Jay Lahinch
Seelenlicht
Im Zeichen der Verborgenen
Band 1 von 2

D1720258

Seelen
licht
IM ZEICHEN DER
VERBORGENEN

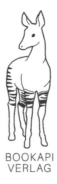

BOOKAPI
VERLAG

Bibliografische Information der Deutschen Nationalbibliothek:
Die Deutsche Nationalbibliothek verzeichnet diese Publikation in
der Deutschen Nationalbibliografie; detaillierte bibliografische
Daten sind im Internet über http://dnb.dnb.de abrufbar.

4. Auflage
© 2019 Jay Lahinch – Bookapi Verlag
Wallgrabenstraße 27, 89340 Leipheim

Coverdesign: Marie Grasshoff
Kapitelzierde: Saje Design
Lektorat & Korrektorat: Saskia Weyel
Buchsatz: Stefanie Scheurich

Druck: booksfactory
ISBN: 978-3-982-148-304

»Die wertvollsten Momente sind,
bevor es beginnt.
Denn ohne Anfang,
kann nichts zu Ende gehen.«

NEUANFANG

Prolog

Mein Leben währt schon sehr lange und nähert sich langsam dem Ende. Obwohl ein jeder von uns weiß, dass man eines Tages gehen muss, fällt es nicht leicht, diese Welt und dieses Leben loszulassen. Solange ich noch nicht weiß, wer diesen Platz nach mir bekommt, möchte ich nicht gehen. Denn wir glauben daran, dass jeder freigewordene Platz in unserer magischen Welt einem neuen Wandler gehört. Wie gern ich nur wüsste, wie mein persönlicher Nachfolger sein wird, von welchem Charakter geprägt. Aber ich werde es nie erfahren, denn mein Tod ist es, der ihm den Zugang in unsere Welt ermöglicht. Und unsere zweite Welt ist das wundervollste Geschenk, das ich je erhalten habe.

Lange Zeit habe ich mich gefragt, warum ausgerechnet ich diese Gabe bekam. Aber bis heute habe ich keine Antwort darauf gefunden. Meine letzten Jahre habe ich zusammen mit den anderen Wandlern in den Wäldern Montanas zugebracht. Wir haben nach solchen Kraftorten gesucht, über alte Geschichten und unsere Wandlungsgestalten gerätselt. Doch keiner weiß, wie dieser Übergang zurück in die alte Welt funktioniert. Ich lege große Hoffnungen in meinen Nachfolger, dass er diese magische Verbindung finden möge und allen unserer Art den Weg ans Licht zeigt. Vielleicht wird es ihm vorbestimmt sein, so wie ein jeder von uns eine Bestimmung in sich trägt. Eine stille Traurigkeit überkommt mich, weil ich es nie erfahren werde, und mein letzter Atemzug erlischt mit dem Gedanken an unseren neuen Wandler, der durch meinen leeren Platz neue Hoffnung in unsere magische Welt bringen wird.

Herbst

EINSAMKEIT

Mason

Mason begann den Tag wie jeden anderen auch. Kaum hatte der Wecker ihn aus dem Schlaf gerissen, hörte er schon das Tapsen von Hundepfoten. Hope legte kurze Zeit später vorsichtig den Kopf auf die Bettkante und wartete darauf, dass er aufstand.

»Guten Morgen«, murmelte er verschlafen und der Hund zuckte beim Klang seiner vertrauten Stimme mit den Ohren und sah ihn erwartungsvoll an. Wie an jedem Morgen dauerte es noch einige Minuten, in denen er seinem letzten Traum nachhing. Viel Zeit war ihm jedoch nicht vergönnt, denn Hope stupste

ihn bereits ungeduldig an und begann leise zu winseln.

»Schon gut, du hast ja recht«, gab Mason zu und
machte sich langsam auf den Weg zur Küche, gefolgt
von einer fröhlichen Hope.

Der Morgen verlief wie jeder andere, seit er alleine
war. Ein starker Kaffee am Morgen, ein sehr kleines
und simples Frühstück und dazwischen ein paar
Streicheleinheiten für Hope, die es kaum erwarten
konnte, hinauszukommen.

Als Mason die Haustür hinter sich zuzog, war es
noch angenehm kühl, aber man konnte bereits erahnen, wie warm der Herbsttag noch werden würde.
Die Hündin trabte voran. Mason sah sich aufmerksam
um und erwartete wie jeden Morgen, dass sich etwas
verändert haben müsste. Aber dem war nicht so. Vor
ihm erstreckte sich der grasbewachsene Hang, der
sichelförmig von einem dunklen Wald umgeben war.
Bei Sonnenschein wirkte die Landschaft außerord-
entlich friedlich und schön. Doch es konnte auch verdammt einsam und leer sein, wie Mason wusste.

Er trottete Hope hinterher, die bereits einen Stock
entdeckt hatte und nun mit sich herumtrug. Der Weg
in die nächstgelegene Kleinstadt war nicht weit und
Mason empfand es als unnötig, das Auto zu nehmen.
Das hatte er von Maeve übernommen. Sie hatte das

Autofahren nicht gemocht und den Fußweg am Waldrand entlang immer vorgezogen. Seit ihrem Verschwinden mied Mason es ebenfalls, das Auto für kurze Strecken zu nutzen und erlaubte sich nur selten eine Ausnahme.

In der Gegend seines Ladens kannten ihn einige. Als den Mann, der zurückgezogen im Waldhaus wohnte und dessen Frau spurlos verschwunden war. Manche beobachteten ihn und sahen dann sofort weg, wenn Mason den Blick in ihre Richtung wandte. Die anderen dagegen grüßten ihn und waren sehr darum bemüht, ihm das Gefühl von Nähe und Freundlichkeit zu vermitteln, um ihn zumindest in der Zeit, die er im Dorf verbrachte, nicht den stillen Einsiedler sein zu lassen, der er in Wirklichkeit war.

Als er das Gebäude endlich erreichte, schloss er den Laden auf. Das Klingeln einer kleinen Glocke ertönte beim Betreten des Raumes. Ein leises Seufzen entwich Mason.

Vor einigen Jahren hatte er sich dazu entschlossen, auf dieser überschaubaren Fläche einen Traum zu verwirklichen. Zuerst hatte er mit Angelzubehör begonnen und später auch noch Ausrüstung für Wanderungen hinzugefügt. Der Glacier-Nationalpark war nicht weit entfernt und vor allem unter Touristen ein beliebtes Ziel.

Maeve hatte ihn liebevoll bei der Vorbereitung und Renovierung seines Ladens unterstützt. Sie hatte in der Stadt oft Flyer verteilt und sich sehr engagiert.

Und obwohl sie bereits seit fünf Monaten als spurlos verschwunden galt, kamen immer wieder Besucher in den Laden, sodass er gezwungen war, ihn weiterzuführen, ohne in seiner Trauer zu versinken.

An Tagen wie dem heutigen vermisste er Maeves Anwesenheit mehr denn je. Ihm fehlte jeglicher Antrieb, die Türen zu öffnen, den interessierten Menschen freundlich gegenüberzutreten und ihre Begeisterung zu teilen. Stattdessen wollte er sich in seinem verlassenen Waldhaus einsperren, die Decke über den Kopf ziehen und auf einen besseren Tag warten.

Es war, als hätte sie ihm Hope als letzten Trost hinterlassen, als Grund, jeden Morgen aus dem Haus zu gehen. Als würde sie noch immer seinen Laden bewerben, um genügend Menschen zu ihm zu bringen, damit er den Laden nicht schließen musste und sich selbst aufgab. Außerdem hatte der Gedanke, Maeve könnte noch irgendwo da draußen sein und Absichten für ihn hegen, etwas Tröstliches.

Mason kontrollierte die Bestände und bereitete die Kasse vor, während Hope sich entspannt auf das Hundekissen neben der Theke legte. Wie schön und einfach so ein Leben sein musste und wie beneidenswert er es fand.

Hope war für Maeve wie ein Kind gewesen, das sie nie bekommen hatten. Sie hatte den kleinen Welpen bereits von Anfang in ihr Herz geschlossen. Vielleicht rührte Hopes Namen daher, dass sie die Hoffnung auf ein Kind nie aufgegeben hatte. Wehmütig erinnerte

18

er sich daran, wie der Welpe an Maeves Seite zu einer treuen Begleiterin herangewachsen war.

Nachdem seine Frau und große Liebe verschwunden war, konnte er Hope manchmal dabei beobachten, wie sie vor der Haustür hockte und diese abwartend anstarrte, als würde die fehlende Person gleich hereinkommen. Oder wie sie auf ihre Hinterbeine gestellt aus dem Fenster blickte, als würde sie nach Maeve Ausschau halten.

Jetzt, nach fünf langen Monaten war davon nichts mehr übrig. Hope führte ein sorgloses Leben und schien den gleichbleibenden Tagesablauf zu mögen. Sie vermisste oder trauerte nicht und wurde nicht täglich erneut mit dem wahren Leben des Arbeitens und Aufraffens konfrontiert. Mit dieser belastenden Aufgabe war Mason allein. Würde der Schmerz jemals nachlassen?

Ein Mann schob die Tür auf, obwohl Mason noch nicht einmal das »Geöffnet«-Schild umgedreht hatte. Überrascht blickte er auf und lief dem frühen Besucher eilig entgegen.

»Guten Morgen!«, grüßte ihn der Fremde mit einer lauten, fröhlichen Stimme. Mason musterte ihn einen kurzen Moment und hielt in seinem Vorhaben, den Mann fortzuschicken, inne.

»Guten Morgen. Sie sind sehr früh, es ist noch gar nicht geöffnet«, erklärte er unsicher. *Ausgerechnet heute,* schoss es Mason durch den Kopf.

»Oh, Entschuldigung«, sagte der Mann unbeirrt und

ohne den Laden zu verlassen. Stattdessen sah er sich interessiert um und betrachtete neugierig das Angelzubehör zu seiner Linken.

»Darf ich mir die mal ansehen?« Mason beobachtete verwirrt, wie der gut gelaunte Frühaufsteher zum Regal ging und eine Angel inspizierte. Er rang mit sich selbst, den Fremden nun doch etwas energischer hinauszubitten, um die restliche halbe Stunde bis zur Ladenöffnung in dieser vertrauten Mischung aus Selbstmitleid und Trauer allein zu sein.

»Können Sie diese hier denn empfehlen? Sie angeln doch bestimmt auch selbst, oder?« Der Mann drehte sich zu Mason herum und wartete ungeduldig auf eine Antwort, die zuerst ausblieb. Etwas hielt ihn davon ab, diesen Mann des Ladens zu verweisen. Mit einem kurzen Blick nach oben dachte er an Maeve.

»Ja, eine sehr gute Wahl. Ich war schon lange nicht mehr angeln, aber diese hier hat bisher viele Kunden beeindruckt«, erklärte er und der Mann nickte nachdenklich.

»Ich bin übrigens Ben. Entschuldigen Sie bitte, dass ich hier so hereingeplatzt bin.« Er gab Mason die Hand und zwinkerte ihm zu. Das Leuchten in seinen Augen war nicht zu übersehen.

»Mason«, sagte er sehr knapp und schüttelte ihm die Hand.

»Wir sind erst kürzlich hierhergezogen, meine Frau und ich. Beruflich, weil sich das für Joyce sehr gut ergeben hat, und wir haben hier in der Stadt zum Glück sehr schnell ein Haus gefunden, sodass wir ...« Ben vollendete den Satz nicht, sondern schnappte kurz nach Luft.

»Oh, äh also, ich wollte sagen, dass ich so viel Interessantes über den Nationalpark hier gelesen und gehört habe, dass ich es kaum erwarten kann, dort mal eine Angel auszuwerfen und die Wälder zu sehen.« Begeistert strahlte er Mason an, dem diese überschwängliche Euphorie fremd vorkam.

»Oh, Sie meinen den Glacier-Nationalpark ... Ja, es gibt wirklich sehr schöne Orte dort, kann ich ebenfalls nur empfehlen«, sagte Mason um Freundlichkeit bemüht.

»Und wo genau? Sie leben doch sicher schon lange hier und kennen die geheimen und versteckten Orte, wo sich nicht alle Touristen herumtreiben, oder?«

Mason zögerte mit seiner Antwort etwas, was Ben als Ja interpretierte.

»Hervorragend! Ich werde diese Angel hier kaufen. Aber da ich bereits in einer halben Stunde bei der Arbeit sein muss und ich unmöglich mit einer Angel zum Geschäftstermin auftauchen kann, hinterlege ich sie hier und hole sie ein anderes Mal ab. Bis dahin fällt Ihnen doch bestimmt eine geeignete Stelle ein. Oder noch besser, vielleicht kann ich Sie beim nächsten Mal begleiten?«

Mason war überrumpelt. Dieser Mann redete viel zu viel für seine trägen und trüben Gedanken. Die Freude und Euphorie, die er ausstrahlte, kamen Mason schon fast ein wenig merkwürdig vor. Aber Ben wirkte keineswegs gestellt, sondern absolut authentisch und echt in seiner unbeschwerten Art. Als sei Mason der Merkwürdige in diesem Raum.

Ben ging hinüber an die Theke und entdeckte dort Hope, die neugierig zu ihm aufblickte. Er kniete sich kurz zu ihr und strich ihr über die Ohren, während er irgendetwas zu ihr sagte, das Mason nicht verstand. Schnell lief er ihm nach, um die Angel abzukassieren, und tippte den Betrag ein.

»Vielen Dank Mason, und entschuldigen Sie nochmals den frühen Besuch. Meine Frau warnt mich immer davor, dass ich die Leute in den ersten Morgenstunden noch nicht mit meinen Plaudereien erschrecken soll.« Er lachte.

»Kein Problem«, sagte Mason schneller, als er darüber nachdenken konnte.

»Ich werde die Angel sicher für Sie hinterlegen. Kommen Sie zur Abholung einfach wieder vorbei.« Er reichte Ben zum Abschied die Hand und wurde erneut von dem Strahlen in seinem Gesicht überrumpelt.

»Danke und einen guten Tag noch!« Dann verschwand der große blonde Mann so schnell aus dem Laden, wie er hereingekommen war, und ließ Mason mit dem nachdenklichen Gefühl zurück, dass dieser Besuch ihn aus seinem täglichen Trott herausgerissen hatte.

Später betraten noch zwei Stammkunden den Laden und suchten nach besseren Ködern und neuen Angelleinen. Rick, der ältere von beiden, begrüßte Hope mit ein paar kurzen Worten und trat zu Mason an die Kasse.

»Wie laufen die Geschäfte, Mason? Noch immer keine Touristen, die massenweise den Laden stürmen, was?« fragte der Alte und zückte seine Geldbörse, um zu zahlen.

»Nein, leider nicht. Von den Touristen verirren sich manchmal ein paar hierher, aber von großen Umsätzen kann da nicht die Rede sein«, gab Mason zurück. Ihm war bewusst, dass sein »leider« nicht ehrlich gemeint war. Aber Rick würde das nicht bemerken und auch nicht ahnen, dass Mason diese Einsamkeit sehr willkommen war.

»Hm, verstehe. Hast du schon mal daran gedacht, das Waldhaus zu verkaufen? Finanziell gesehen könnte man da sicherlich etwas rausholen und du könntest hier in die Nähe des Ladens ziehen. Wäre doch bestimmt besser, als ...«

»Das Waldhaus steht nicht zum Verkauf«, unterbrach er Rick mit fester Stimme. Dieser blickte ihn noch einmal lange an, nickte und hob seine faltige Hand zum Abschied.

»Du solltest darüber nachdenken. So kann es nicht ewig weitergehen, oder willst du erst wach werden, wenn du bereits pleite bist? Halte nicht zu lange an Altem fest, es wird dich Kraft und Geld kosten. Beides hast du nicht, Mason. Denk darüber nach.« Das Klingeln ertönte wie ein Warnsignal, als Rick den Laden verließ, und Mason versank in seinen eigenen Gedanken.

Das Waldhaus zu verkaufen war ihm unmöglich, und selbst in der größten Not würde er noch daran festhalten.

An diesem Zuhause hingen so viele schöne Erinnerungen an eine frühere Zeit. Als Maeve und er noch ein glücklich verliebtes Paar gewesen waren, ihr Lachen auf der Veranda ertönte oder ihre sanfte Stimme am Morgen erklang.

Es waren nicht nur die Bilder, die noch unverändert dort hingen und ihn an seine große Liebe erinnerten, sondern auch, dass er Maeve manchmal noch im Sonnenlicht auf der kleinen Treppe vor dem Haus sehen konnte, als sei sie eben noch dagewesen.

Das Haus hatte Maeve bereits bei der ersten Besichtigung gefallen. Für sie war es schon beim ersten Betreten ein Zuhause gewesen. Er konnte nicht vergessen, wie sie durch die Räume ging, die offene Küche für wundervoll befand und anschließend von der Veranda auf den Wiesenhang mit dem umgebenden Wald geblickt hatte und von Grund auf glücklich schien. Da wusste Mason, das ist es. Das ist unser neues Zuhause.

Daraufhin hatten sie ihre Kartons gepackt und so schnell wie nur möglich das neue Heim bezogen.

Maeve hatte es geschafft, dieses Haus mit all ihrer Wärme zu füllen und jeder Kerzenschein gab dem einsamen Haus das Gefühl von Geborgenheit. Er seufzte. All das war ziemlich bald nach dem Tod seiner Eltern gewesen. Und auch daran erinnerte er sich zu jeder Zeit des Tages zurück.

Er war noch viel zu jung, als seine Eltern starben. Mit siebenundzwanzig ist man nicht bereit, die wichtigsten Menschen in seinem Leben zu verlieren. Aber wahrscheinlich ist man das nie.

Es war ein Autounfall, der so plötzlich und unerwartet kam, dass Mason lange nicht wahrhaben wollte, was geschehen war. Sie waren für ein paar Tage fortgefahren und seitdem nie wieder zurückgekehrt. Vielleicht fiel es ihm deshalb so schwer, ihren Tod zu akzeptieren. Es war, als würde er innerlich noch immer darauf warten, dass sie den Schotterweg herauffuhren und ihn zur Begrüßung in die Arme nahmen. Doch das würde nie mehr geschehen.

In dieser Zeit war Maeve sein einziger Halt gewesen. Auch wenn damals viel Stille zwischen ihnen herrschte, schaffte sie es, ihm in aller Trauer ein Gefühl von Geborgenheit zu geben. Was hätte er nur ohne sie getan? In diesen Monaten schien er abseits vom Leben zu stehen. Alles war an ihm vorbeigezogen wie ein Traum, an den man sich später nicht mehr erinnerte. Und nur dank Maeve war ihm das überhaupt nur möglich gewesen, denn sie hatte sich um alles Weitere gekümmert und Mason in seiner verschwommenen Welt in Frieden gelassen. Es war ein eisiger Winter gewesen und wie Mason empfand, bestand diese Kälte nicht nur außerhalb des Hauses, sondern auch in seinem Innern.

Er erinnerte sich noch an die verschneite Beerdigung, auch wenn ihm einige Details nicht in Erinnerung geblieben waren. In schwarzen Reihen waren sie zum Grab gegangen und in der Ferne waren ein paar Glockenklänge ertönt. Maeve hatte trotz der Kälte ein schönes Kleid getragen. Seiner Mutter hätte es sicher gefallen. Auch wenn sie nicht viel mit Maeve gemeinsam hatte, waren die beiden sehr gut miteinander ausgekommen und hatten mit der Zeit ein vertrautes Verhältnis aufgebaut.

Es war Maeves sehr ruhige und schüchterne Art, die seinen Eltern anfangs Schwierigkeiten bereitet hatte. Besonders seiner überschwänglich fröhlichen Mutter, die oftmals laut lachte und ungehalten plapperte. Stattdessen bestand Maeves persönliche Stärke im Zuhören und sie strahlte stets eine friedliche Ruhe aus, die ihn schon immer fasziniert hatte. Nur seine Mutter konnte das nicht nachvollziehen und manchmal hatte sie Mason besorgt gefragt, ob er sich mit Maeve sicher war und wie er es ertrug, dass sie so wenig sprach. Sie konnte sich einfach kein Haus vorstellen, in dem weniger gesprochen wurde als in ihrem eigenen.

Doch Maeve war nicht immer so zurückhaltend gewesen. Wenn sie erst einmal Vertrauen gefasst hatte, war sie ein wunderbar fürsorglicher und liebevoller Mensch und Mason schätzte jede Kleinigkeit an ihr. Für manch einen mochte sie zu ruhig sein, doch für ihn war sie besonders, ein einmaliges Geschenk. Und der einzig wertvolle Mensch, der ihm nach dem tragischen Unfall noch geblieben war.

Maeve hielt seine Hand, als sie endlich vor dem Grab standen. Die Schneeflocken rieselten langsam hinab, als wäre es ein friedlicher Weihnachtsmorgen. Mason erinnerte sich nicht einmal mehr daran, ob er vor dem Grab Tränen vergossen hatte oder nicht. Wahrscheinlich hatte seine tiefe Trauer solche vermeintlichen Kleinigkeiten ausgeblendet. Doch er erinnerte sich an die wenigen Worte, die er vor seinen verstorbenen Eltern mit Maeve wechselte.

»Ein Schneesturm«, sagte er leise zu ihr, sodass niemand anders ihn hören konnte. Dabei war es nicht weiter von Bedeutung. Keiner der umherstehenden Menschen war ihm wichtig. Er hatte soeben seine Familie verloren.

Maeve blickte ihn mitfühlend an. Womöglich hätte er alles sagen können und egal, wie sinnlos oder verwirrend es gewesen wäre, sie hätte Verständnis für ihn gehabt.

»Nur ein Schneesturm wäre für diesen Tag angemessen«, brachte er hervor und sie hielt seine Hand ein wenig fester als zuvor.

»Ich weiß.« flüsterte sie. »Ich weiß.« Und in ihren Worten schwang so viel Empathie und ehrliche Liebe mit, dass Mason sie am liebsten nie wieder losgelassen hätte.

Der Tag im Laden verging langsam und zäh, trotzdem neigte er sich bald dem Ende zu und Mason entschied, schon etwas früher zu schließen. Dies stand ihm zum Glück frei.

Er nahm Hope an die Leine, obwohl sie ihm auf das Wort folgte. Er hatte selten einen Hund gekannt, der eine so innige Beziehung zu seinen Bezugsmenschen hatte. *Bezugsmensch,* dachte Mason dann kurz und schmerzhaft. *Du bist allein.* Er würde niemals vergessen, wie Maeve den kleinen Hundewelpen damals schon ins Herz geschlossen hatte und auch den Namen wählte. Hope war von Anfang an wie ein eigenes Kind bei ihnen aufgewachsen und immer lieb und voller Zuneigung gewesen. Und doch war sie Fremden gegenüber scheu und neigte dazu, sich zu verstecken. Nun aber sah sie ihn neugierig an und wich ihm nicht mehr von der Seite, bis sie das Waldhaus erreicht hatten. Ein weiterer Arbeitstag war zu Ende gegangen.

Maeve

Maeve ging umgeben von wilden Blumen durch das Gras. Ihre braunen Haare fielen über ihren Rücken und sie trug ein leichtes Kleid, als sei es mitten im Sommer. Sie drehte sich kurz zu ihm und dem Waldhaus um, lächelte und lief kichernd weiter. Mason begann zu gehen, wollte ihr folgen. Als auch er auf die Wiese trat, erschien ihm diese wie ein Sumpf, der ihn nur schwer vorankommen ließ. Währenddessen entfernte sich Maeve immer weiter und verschwand mit einem leichten Lachen in Richtung Wald.

»Maeve, warte«, rief er ihr aufgeregt nach und versuchte sich weiter durch das dichte Gras zu kämpfen.

»Maeve«, rief er nun deutlicher, doch sie folgte unbeirrt ihrem Weg. Mason wollte es verstehen, wollte ihre Erklärung hören, weshalb sie ihn zurückließ.

»Maeve!« Doch er erhielt keine Reaktion. Sie hatte fast den Waldrand erreicht. Das Gras schlang sich um seine Beine, als wollte es ihn festhalten. Er versuchte dagegen anzukämpfen, doch viel zu schnell wurde ihm bewusst, dass jeglicher Kampf vergebens war. Er würde es nicht schaffen. Er würde sie verlieren. Erneut verlieren.

Mason blieb stehen und bemühte sich verzweifelt, sich alles an ihr einzuprägen. Ihre zierliche Figur, die Art, wie sie ging und den Klang ihres Kicherns. Und den Blick, den sie ihm zuwarf, bevor sie endgültig im Wald verschwand.

Gerade als er ihr Kleid zwischen den Baumstämmen verschwinden sah, erklang ihre Stimme. Sie schien seinen Namen zu flüstern.

»Mason. Ich bin hier.«

Außer Atem schreckte er auf. Das Schlafzimmer war dunkel und Hope lag schlafend auf ihrem Platz neben ihm. Er brauchte einige Augenblicke, bis er sich zurecht fand und verstanden hatte, dass es nur ein Traum gewesen war.

Als sein Herzschlag sich beruhigt und seine Augen sich an die Dunkelheit gewöhnt hatten, stand er auf und trat an das zugezogene Fenster. Vorsichtig und darauf bedacht, leise zu sein, schob er die Vorhänge zur Seite. Mondschein schimmerte ihm entgegen und tauchte den Wiesenhang vor ihm in sein silbernes Licht. Während er die Gegend nach ihr absuchte, verebbte allmählich die Hoffnung, der Traum könnte auch nur einen Funken Wahrheit in sich tragen. Denn da draußen waren nur die Nacht, der Wald und das einsame Haus außerhalb der Kleinstadt. Er seufzte hörbar und Hope zuckte kurz mit den Ohren. Wann würden diese Träume endlich in Realität umschlagen oder aufhören, ihn jede Nacht an den Schmerz zu erinnern? Als ob ihr Verlust nicht schon schlimm genug wäre.

Und natürlich stellte sich Mason wie jeden einzelnen Tag die Frage, ob sie jemals zurückkommen würde.

In der Küche nahm Mason sich ein Glas Wasser und öffnete die Tür, um erneut nach draußen zu sehen. Noch immer wartete er auf eine kleine, besondere Veränderung. Nur dass diese seit fast einem halben Jahr auf sich warten ließ. Die Nacht war zu kalt, um lange auf der Veranda zu bleiben, weshalb Mason sich schon bald wieder ins Haus begab und zurück ins Bett schlich. Der bevorstehende Winter würde lang werden und wenn er ehrlich war, fürchtete er sich ein wenig davor. Der letzte Sommer ohne Maeve war bereits schwer gewesen und er wusste nicht, wie er einen düsteren und einsamen Winter überstehen sollte.

Bitte, Maeve. Komm nach Hause.

Der nächste Morgen war anders und durchbrach damit seinen eintönigen, aber gewohnten Ablauf. Zuerst erklang die Melodie seines Weckers, der wie jeden Morgen auch Hope aufweckte. Doch noch während Mason sich die Decke über den Kopf zog und sich verschlafen über seine Augen rieb, begann Hope alarmiert zu bellen und aufgeregt durch das Waldhaus zu rennen. Erschrocken setzte er sich auf und versuchte festzustellen, was die Hündin so in Aufruhr versetzte.

»Hope?«, rief er unsicher, doch sie reagierte nicht auf seine vertraute Stimme. Ihr Bellen hallte durch die leeren Zimmer. Mason folgte ihr unruhig. Es war ihm fremd, dass Hope ihn so eindringlich vor etwas warnte. Sie stellte sich auf die Hinterläufe und blickte aus dem Fenster. Kaum hatte Mason sich neben sie gestellt, um zu sehen, was ihr solche Sorgen bereitete, rannte sie zur Tür und begann erneut laut zu bellen.

»Ist ja gut, Hope … es ist alles gut.« Vorsichtig und zögernd öffnete er die Haustür und die Hündin stürmte hinaus. Sein Blick folgte ihr, während sie von der Veranda sprang und über die Wiese rannte. Er atmete die Herbstluft tief ein und genoss die Aussicht auf den

Wald. Die ersten hellen Sonnenstrahlen spiegelten sich in rotem Laub und grünen Tannspitzen wider. Die Vögel hatten bereits begonnen ihre Lieder zu singen. Erst viel zu spät erkannte Mason den Grund für Hopes Aufregung. Zwischen den Bäumen am Waldrand bewegte sich kurz etwas, bevor es vollkommen zwischen den Blättern verschwand. Er fuhr sich durch die Haare und seufzte, dann pfiff er Hope zurück. Die Morgendämmerung war die Zeit der Waldtiere und besonders Rehe verließen um diese frühe Zeit oft ihre Verstecke und wagten sich etwas weiter hinaus auf die Wiesen. Der Carolina Dog hatte anscheinend ein verirrtes Reh entdeckt. Mason rief die Hündin erneut zu sich. Nachdem Hope sich versichert hatte, dass sich kein Eindringling mehr auf dem Grundstück befand, folgte sie ihm friedlich zurück ins Haus. Er warf einen letzten Blick zurück zum Wald, auf die Stelle, an der dieser geheime Besucher verschwunden war. Es war ein ziemlich weites Stück und erforderte einigen Mut, sich bis an das Haus heranzuwagen, dachte er. Hopes Lärm musste das Tier verschreckt haben und Mason rechnete nicht damit, dass es sich schon bald wieder hier am Waldhaus sehen lassen würde.

An diesem Morgen fiel sein Blick immer wieder auf Hope. Er beobachtete, wie sie auf die Kunden reagierte, die den Laden betraten, auch wenn es an diesem Vormittag nur wenige Menschen waren. Aber nichts an ihr hatte sich verändert, im Gegenteil. Sie verhielt sich ebenso unbeschwert und friedlich wie zuvor. Es war beinahe schmerzhaft für Mason, zu erkennen, wie glücklich sie ihr Leben fortführte, ohne dass sie Maeve vermisste.

Deines sollte ebenso weitergehen, schoss es ihm durch den Kopf und er erschrak über diesen Gedanken. Ihm war bewusst, dass er sich vor dieser Perspektive fürchtete, weil er Angst hatte, Maeve könnte den Eindruck erhalten, er habe sie nie aufrichtig und aus tiefstem Herzen geliebt. Und dass Mason sie an jedem Tag vermisste, stand wirklich außer Frage. Aber würde sie tatsächlich jemals zurückkommen oder verschwendete er seine Zeit? Vielleicht war es wahr, was die Leute sagten. Dass Maeve nie mehr auftauchen würde und er es endlich einsehen musste. Dass er endlich loslassen musste, um sein Leben neu zu beginnen. Doch stattdessen vermisste er sie an jedem einzelnen Tag und selbst nach einem halben Jahr war es ihm noch nicht möglich, die Hoffnung auf ihre Rückkehr einfach aufzugeben.

Ben kam am Nachmittag zurück. Noch bevor er die Theke erreicht hatte, holte Mason bereits seine reservierte Angel hervor.

»Oh, vielen Dank!«, sagte Ben und nahm ihm das Paket ab.

»Sehr gerne«, antwortete Mason. »Wie vereinbart habe ich sie gut verwahrt.« Danach schwebte eine schwere Stille zwischen ihnen und Mason wurde bewusst, dass noch etwas Ungesagtes zwischen ihnen stand.

»Und wann möchten Sie sich den Glacier-Nationalpark ansehen? Das Wetter soll in den nächsten Tagen ganz gut sein«, begann Mason. Ben ging sofort eifrig darauf ein.

»Wirklich? Dann sollte ich mir das nicht entgehen lassen. Was halten Sie von Freitagnachmittag? Ich könnte dann schon etwas früher Feierabend machen.« Mason sah ihn überrascht an.

»Sie werden doch mitkommen, oder?«, fragte Ben nach. Masons Blick fiel kurz auf Hope und er erinnerte sich an ihre unbeschwerte, freundliche Art.

»Doch natürlich. Freitagnachmittag klingt sehr gut«, antwortete er, ohne weiter darüber nachzudenken, und Ben verabschiedete sich erfreut.

Die Verborgenen

»Ich kann sie sehen!«, flüsterte Isla leise, und doch war ihre Aufregung deutlich zu hören. »Ich sollte zu ihr gehen und ihr endlich sagen, dass ...«

»Isla! Halte dich zurück! Das wirst du unter keinen Umständen wagen, hast du mich verstanden?« herrschte Caja sie energisch an. »Du wirst dich in Geduld üben, bis sie von selbst zu uns findet.« Isla wiederholte in Gedanken genervt das Wort »Geduld«, während sie von dem Baumstamm hüpfte. Sie mochte dieses Wort überhaupt nicht.

»Ob sie Sayde gefallen wird? Was meinst du, Caja

ist sie nicht wunderschön?« fuhr Isla fort, ohne ihren Blick abzuwenden.

»Sayde hasst Veränderungen und auch alles Neue, das dadurch entsteht. Er wird auch sie verachten, sie abweisen und deutlich spüren lassen, dass sie auch nur eine unerwünschte Veränderung ist. Egal, wie sehr sie von Unschuld und Reinheit geprägt sein mag, er würde es nicht mal erkennen, wenn sie direkt vor ihm stünde. Er wird es nie sehen und nein, Isla – sie wird ihm bestimmt nicht gefallen. Dafür ist er zu blind geworden in all den Jahren.« Caja wandte sich verärgert ab und bahnte sich langsam einen Weg zwischen den Bäumen hindurch.

»Was nicht erkennen?«, rief Isla ihr hinterher, doch Caja antwortete nicht. Bevor sie ihr folgte, warf sie einen letzten Blick auf die Neue und fragte sich, welche Eigenschaften sie mit sich brachte. Im Gegensatz zu Sayde konnte sie es kaum erwarten, dass sie endlich ein Teil von ihnen wurde. *Hoffentlich kann sie diese Langeweile endlich beenden,* dachte Isla und betrachtete sie weiter neugierig. Sie wirkte so unscheinbar. *Unscheinbar schön,* schoss es ihr durch den Kopf, und sie dachte über Cajas Worte nach. Unschuld und Reinheit hatte sie gesagt. Isla schüttelte den Kopf. Caja war alt und grau geworden und die Geschichten, die sie erzählte, entsprangen sicherlich nicht alle der Wahrheit. Isla stieß einen schrillen Schrei aus und beobachtete, wie die Neue verschreckt in der Dunkelheit zwischen den Bäumen verschwand. *Sie ist kein*

bisschen anders, dachte Isla und folgte Caja in den Wald. Die Neue würde nichts an diesem Schicksal ändern und schon gar nichts an Saydes Einstellung.

Mason

Die Tage bis zum Ende der Woche vergingen schleichend und immer wieder durchkreuzte der anstehende Angelausflug Masons Gedanken. Er fragte sich, wie er darüber denken würde, wenn Maeve noch an seiner Seite wäre, und versuchte sich vorzustellen, wie sie zu ihm sprechen würde, wenn sie könnte. Ob Maeve ihm raten würde, endlich loszulassen und sich wieder ins Leben zu stürzen? Er seufzte und schob diesen Gedanken vorsichtig beiseite. Sein Platz würde immer irgendwie an ihrer Seite sein. Er dachte an die Hochzeit, die bereits einige Jahre zurücklag.

Trotzdem würden die Bilder dieser Erinnerung niemals vergehen.

Die Hochzeit hatte ganz Maeves Art entsprochen. Im kleinen Kreis der Familie und mit einigen Freunden hatten sie sich das Jawort gegeben. Da sie beide keine große Verwandtschaft hatten, ergab es sich einfach. Maeves Eltern und ihre Schwester waren extra dafür angereist, denn sie wohnten viel weiter nördlich in einer Kleinstadt in Kanada. Sie waren nicht besonders begeistert gewesen, eine ihrer beiden Töchter derart weit entfernt heiraten zu sehen. Doch Maeve war schon Jahre zuvor beruflich hierher versetzt worden und hatte nicht vor, ihr neues Zuhause zu verlassen. Sie wusste auch, dass es Mason sehr wichtig war, in der Nähe seiner Eltern zu bleiben.

Es war ein sonniger Tag gewesen und durch die Kirchenfenster drangen gleißende Sonnenstrahlen herein, die wie leuchtende Funken umher hüpften, als Maeve in ihrem prachtvollen weißen Kleid die Kirche betrat. Es war nur gezielt mit glitzernden Steinen versehen, die wie Tautropfen am Morgen das Licht spiegelten. Maeve sah wunderschön aus und Mason würde diesen Anblick nie vergessen.

Als sie endlich das Ende des Mittelganges erreichte und sich vor dem Altar neben ihn stellte, sahen sie einander an und alles um sie herum war vergessen. Da waren einfach nur sie beide, Mason und Maeve.

Als hätte der Rest an Bedeutung verloren. An diesem Tag glaubte er, sie seien von nun an unzertrennlich und für immer vereint. Und dann war sie eines Morgens einfach verschwunden gewesen. Er hatte zuerst nachgesehen, ob sie bereits mit Hope spazieren ging und danach ihr Geschäftshandy überprüft. Aber von diesem Zeitpunkt an hatte es nie wieder eine Spur von ihr gegeben und mit den Monaten hatten die Menschen die Suche nach ihr aufgegeben. Maeve war nie vergessen worden, aber ihre Familie und Freunde hatten die Hoffnung auf ihre Rückkehr längst aufgegeben, während er sich noch immer daran klammerte.

Mason wartete so sehr darauf. Jeden Tag, wenn er den Waldhang hinaufblickte, hoffte er inständig, sie zwischen den Baumreihen zu erkennen oder zu sehen, wie sie durch das hohe Wiesengras auf ihn zukam. Doch nichts dergleichen geschah. Mason schwankte wie ein Boot, das zu hohen Wellen ausgesetzt war. Die Entscheidung, Maeve hinter sich zu lassen oder sich weiter an ihre Rückkehr zu klammern, konnte er selbst nicht treffen. Er wartete einfach, bis der Wind das Boot auf die eine oder andere Seite umkippen würde. Doch es war nicht an dem Boot oder dem Wind, sich für eine Seite zu entscheiden. Es war an Mason, und plötzlich erkannte er, dass dieses Leben weitergehen musste. Auch wenn er für immer mit der Erkenntnis leben musste, dass Maeve auf immer verloren war.

Der Glacier-Nationalpark war riesig und mit einigen Touristenpunkten versehen. Der Flathead River war der Nebenfluss des großen Clark Fork und verlief sehr weit westlich zu Beginn des offiziellen Gebiets, sodass er vom Waldhaus nicht allzu weit entfernt war.

Ben hatte die Angel aus Masons Laden und seine gesamte Ausrüstung dabei. Sie folgten einem Wanderpfad in Richtung des Flathead Lake, der nach den Flathead-Indianern benannt worden war. Weiter östlich gab es ein Reservat, über das Mason allerdings nicht besonders viel wusste. Ben war kein stiller Begleiter und stellte ihm unzählige Fragen über dieses Gebiet. Obwohl Mason am liebsten nur wenig geredet hätte, war es ihm gar nicht möglich, diesen Nachmittag schweigend zu verbringen. Er fühlte sich beinahe unwohl, weil Hope nicht neben ihm war. Aufgrund des Verbots von Hunden in den Wanderregionen des Parks, hatte er die Hündin zu Hause zurücklassen müssen.

Mason hatte keine besonders gute Beziehung zum Wald. Damals, als Maeve von einem Tag auf den anderen fehlte, sperrte die Polizei den Waldrand mit einem rot-weißen Band ab und suchte zwischen Baumstämmen und Moos nach Hinweisen auf einen möglichen Mord. Die Suche dauerte mehrere Wochen und Mason hatte jeden Tag aufs Neue auf das

Absperrband geblickt und sich gefragt, was sie dort finden würden. Er fürchtete sich in dieser Zeit vor jedem Anruf und jeder neuen Information.

Wie oft hatte er wach im Bett gelegen und war von den schlimmsten Befürchtungen heimgesucht worden. Ob sie entführt worden war? Ob irgendjemand sie festhielt und sie an ihn dachte und hoffte, er würde sie befreien? Oder würde die Polizei sie leblos im Wald auffinden und ihn eines Tages bitten, sich ihre Leiche anzusehen? Mason schauderte bei dem Gedanken daran. Obwohl sich seine Ängste bisher nicht bewahrheitet hatten, mied er es bis heute, in den Wald zu gehen. Er musste wieder an die Träume denken, in denen Maeve jedes Mal im Wald verschwand.

Er glaubte nicht an Traumdeutungen oder Vorahnungen. Der Wald hatte schon immer zum Waldhaus und dieser Umgebung gehört. Es war deshalb ganz natürlich, dass dieser Masons Träume beeinflusste. Während er mit Ben zwischen den immergrünen Douglasien hindurchging und die verschiedenen Farben betrachtete, dachte er an Maeve. Sie hatte den Wald geliebt und es hatte sie schon immer in den Glacier-Nationalpark gezogen. Stundenlang war sie dort gelaufen und hatte ihm danach mit leuchtenden Augen und voller Faszination von dem Spaziergang berichtet. Mason ließ seinen Blick schweifen und versuchte, diesen Ort durch Maeves Augen zu sehen. Die hohen Bäume, die den Himmel fast ganz verdeckten, das Zwitschern der Vögel und der steinige Unter-

43

grund. Etwas weiter vor sich konnte er bereits den breiten Flathead River erahnen und das leise Plätschern des Wassers hören. Für einen Moment blendete er Bens Stimme einfach aus, atmete tief durch und versuchte, diesen friedlichen Ort einfach in sich aufzunehmen und zu fühlen, was Maeve hier empfunden hatte. Ein trauriges Lächeln schlich sich auf sein Gesicht. Aber er fühlte sich ihr hier auch ein wenig näher.

Als sie den Fluss erreichten, war Mason fast ein wenig überrascht, wie klar und blau das Wasser war. Dieser Anblick brachte sogar Ben für einige Augenblicke zum Schweigen und sie blickten ruhig über die schöne Landschaft, die sich vor ihnen erstreckte. Das musste Maeve geliebt haben. Diese Ruhe und Harmonie, die alles ausstrahlte. Gerade als Ben etwas dazu sagen wollte, ertönte eine fremde Stimme neben ihnen und eine Frau erschien mit ihrem Hund.

»Du kannst doch nicht einfach weglaufen, Slash ...«, schimpfte sie. Erst dann bemerkte sie die beiden Männer. Sie lächelte vorsichtig und strich dem beinahe komplett schwarzen Pitbull Terrier über den Kopf.

»Entschuldigen Sie«, begann Mason. »Sie dürfen mit einem Hund nicht in den Park. Strenges Hundeverbot.« Die Frau kam langsam auf ihn zu, während er sprach.

»Oh, wirklich? Das ... das wusste ich gar nicht«, sagte sie hastig. Ihr Hund zerrte an der Leine und versuchte zu Mason zu gelangen. »Ja, sonst hätte ich meinen auch mit dabei«, sagte er etwas freundlicher und erwiderte ihr Lächeln. Wie sie nun vor ihm stand, bemerkte er ihre Augen, so strahlend blau wie das Meer in der Karibik oder der Himmel an einem wolkenlosen Sommertag. Seine Gedanken drehten sich und er war sich selbst nicht sicher, ob er gerade für einen kleinen Moment gedacht hatte, wie wunderschön sie war.

»Tatsächlich? Sie haben auch einen Hund?«, fragte sie interessiert. Mason stellte für einen Moment seine Sachen ab.

»Ja, einen Carolina. Aber ich darf sie leider nicht mitnehmen«, wiederholte er und sie grinste kurz.

»Vielleicht können wir heute eine Ausnahme machen? Wir wollten eigentlich zum See, und Sie? Ich heiße übrigens Heather.« Schnell hielt sie ihm die Hand entgegen.

»Mason.« Er war noch immer von ihren blauen Augen fasziniert. Ihre schwarzen Haare waren recht kurz und neben dem kräftigen Pitbull wirkte sie zierlich und groß, dachte Mason. Ben stellte sich Heather ebenfalls vor.

»Wir wollten auch zum See. Vielleicht können wir ...«

»Ja, gern! Das klingt hervorragend!«, unterbrach Heather ihn, noch bevor er ausgesprochen hatte. Dann lachte sie und gemeinsam folgten sie dem Weg am Fluss entlang.

Der Flathead Lake war ein wundervoller Ort. Prachtvolle Berge ragten auf der gegenüberliegenden Seite empor. Aufgrund Heathers Hund Slash vermieden sie eine Stelle, an der sich an diesem Freitagnachmittag viele Touristen aufhielten, und suchten eine versteckte Stelle auf.

»Seid ihr öfters hier?«, fragte Heather neugierig, während Ben seine Angel vorbereitete.

»Eigentlich nicht«, antwortete Ben für Mason und fügte beiläufig hinzu:

»Mason und ich kennen uns erst seit ein paar Tagen. In seinem Laden habe ich die Angel gekauft.«

»Du führst einen Laden?«, wandte Heather sich interessiert an Mason und ihre durchdringenden Augen bewirkten, dass er für einen Moment kein Wort sagen konnte.

»Ja, oberhalb von Evergreen. Für die ganzen Touristen, die den Nationalpark besuchen«, antwortete Ben erneut für ihn und warf seine Angel schwungvoll aus. Mason hatte noch nicht einmal begonnen, seine Sachen auszupacken.

»Dann könnte ich ja mal vorbeischauen, wenn ich ... so etwas da brauche.« Sie deutete auf Ben und sein Zubehör.

»Ja, genau! So habe ich Mason auch kennengelernt!« Bens laute, fröhliche Art kam Mason noch immer fremd vor. Wie lange hatte er in Trauer und Schweigen gelebt? Und wann war ihm diese Geselligkeit so fremd geworden? *Vielleicht ist es Zeit,* dachte Mason.

Zeit, aus diesem zurückgezogenen Waldhaus hinaus ins Leben zu treten und einen Neuanfang zu wagen. Erschrocken wich er vor seinen eigenen Gedanken zurück. Es klang, als hätte er Maeve nicht wahrhaftig geliebt, als wäre sie nicht das Wichtigste in seinem Leben gewesen. Es kam ihm vor, als würde er Maeves Verlust viel zu leichtfertig beiseiteschieben.

Masons Blick blieb an Heather haften, die ihn immer noch anlächelte. Er wollte nicht, dass Maeve sich ersetzt fühlte. Wenn sie denn noch irgendwo da draußen war, dachte er. Nichts und niemand konnte Maeve ersetzen, das war unmöglich.

Aber womöglich war es nicht notwendig, dass er weiterhin einsam und verschlossen in seinem Waldhaus lebte, in der Hoffnung, Maeve würde zurückkehren. Der Winter würde bitter genug werden und vielleicht war das hier eine Chance. Früher hatte Maeve sehr oft von Chancen und Möglichkeiten gesprochen und gesagt, man sollte ihnen dankbar entgegentreten.

»Mason?«, fragte Heather und irritiert blickte er aus seinen Gedanken auf.

»Ob du nicht auch anfangen möchtest, hat Ben gefragt?«, wiederholte sie und sah ihn etwas besorgt an. Endlich begann auch Mason seine Angel vorzubereiten.

»Klar, natürlich, äh ... Moment ...«

Und mit einem kräftigen Schwung ließ er die Angelleine über den Flathead Lake fliegen, bis der Haken mit einem platschenden Geräusch im Wasser landete. Ja, er würde dieser Chance dankbar entgegentreten, so wie Maeve es immer gesagt hatte.

Heathers Lachen war ansteckend und Ben füllte den Nachmittag mit viel Gesprächsstoff. Mason ließ sich einfach mit den Themen treiben und verfolgte das Geschehen um ihn herum. Slash suchte seine Nähe und er war irgendwie erleichtert, einen Hund an seiner Seite zu haben.

»Und was machst du beruflich?«, fragte Ben und ihre Blicke richteten sich auf Heather.

»Ich bin Marketingbeauftragte und vertrete gemeinsam mit meinem Bruder verschiedene Firmen. Er lebt in London und kümmert sich um alles, während ich am liebsten zu den verschiedenen Orten reise«, sagte sie. Das passte zu ihrer unkomplizierten Art und mit diesen Augen brachte sie die Männerwelt sicher schnell um den Verstand. Ben erzählte daraufhin von seinem Job als Versicherungsvertreter und die beiden unterhielten sich über ihre Aufgaben, als Mason eine kleine Bewegung zwischen den Bäumen wahrnahm. Da sich der Nachmittag dem Ende neigte, dämmerte es bereits und er kniff konzentriert die Augen zusammen. Irgendetwas hatte sich dort auf Schulterhöhe bewegt und es konnte unmöglich nur ein Vogel gewesen sein. Ben und Heathers Stimmen traten langsam in den Hintergrund, als er zwei dunkle Augen und einen schmalen Kopf ausmachte. Aus der Dämmerung trat ein Reh hervor, das sich unsicher umsah. Mason hielt kurz den Atem an und betrachtete das Tier, das kein gewöhnliches Reh zu sein schien. Es war übersät von weißen Tupfen, wie liegen gebliebene Schneeflocken. Er wollte Heather und Mason darauf aufmerksam machen, doch Bens plötzliches lautes Lachen erschreckte das Reh und es verschwand mit aufgeregten Sprüngen in der Dunkelheit des Waldes. Er blickte abwesend auf den Punkt, wo es verschwunden war.

»Ist alles in Ordnung?«, fragte Heather nach einer Weile und riss ihn damit aus seinen Gedanken.

»Ja«, antwortete Mason. »Ich dachte nur, da sei ein Reh gewesen.«

»Ein Reh?« Ben blickte zwischen die Bäume, doch das Tier war längst verschwunden.

»Wenn uns das Angeln zu langweilig wird, könnten wir das nächste Mal zusammen auf die Jagd gehen.« Heather wandte sich ihm überrascht zu.

»Auf die Jagd?«

»Ja, ich bin Jäger«, erklärte Ben begeistert.

»Ich bin mir nicht sicher, ob das in einem Nationalpark erlaubt ist …«, sagte Mason und die anderen wandten sich nach ihm um. Sie schwiegen für einen Moment, bevor Heather darauf reagierte.

»Mason hat vermutlich Recht. Aber du würdest doch nicht wirklich ein Reh erschießen, oder?«

»Wieso denn nicht? Es wäre nicht das erste Mal und meine Frau Joyce bereitet daraus die besten Mahlzeiten zu. Ihr wisst nicht, was euch dabei entgeht«, rechtfertigte sich Ben.

»Ich möchte es mir gar nicht vorstellen, so ein Tier zu erschießen und dann blutig mit nach Hause zu schleppen.« Heather schüttelte sich bei der Vorstellung und blickte erneut zu Mason.

»Und wie verbringst du deine Zeit, wenn du nicht gerade Angeln bist?«, fragte sie an ihn gerichtet. Und während Mason sie ansah, rätselte er darüber, was er darauf antworten sollte. Zuletzt hatte er vor Ewigkeiten geangelt und seit Maeves Verschwinden verbrachte er seine Zeit im Laden, mit Hope und im Waldhaus. Er war nicht mehr ausgegangen und hatte ohne Maeve auch keine Ausflüge unternommen. Doch das wollte er Heather nicht sagen. Er wollte sich selbst nicht eingestehen, dass sein Leben im Gegensatz zu anderen an Normalität verloren hatte. Dass alles aus den Fugen geraten war, seit er seine Frau verloren hatte. Aber auch das konnte er unmöglich zugeben.

»Die meiste Zeit vom Tag bin ich im Laden. Das nimmt ziemlich viel Zeit in Anspruch«, antwortete er, obwohl es nicht ganz der Wahrheit entsprach.

»Das kann ich mir vorstellen«, sagte sie und nickte. »Vielleicht kann ich dich dort mal besuchen kommen.«

Sie blickten auf den weitläufigen Flathead Lake und Mason fragte sich im Stillen, was er von diesem Angebot halten sollte.

Mason

Mason war von leuchtendem Licht umgeben, das so hell war, dass er sich zuerst daran gewöhnen musste. Nachdem er der Helligkeit ein paar Mal vorsichtig entgegen geblinzelt hatte, blickte er auf. Er konnte weder sagen, woher dieser kräftige Sonnenschein plötzlich kam, noch wie er zu diesem sonderbaren Ort gelangt war. Das Leuchten war beinahe weiß und so grell, dass Mason außer dem Licht nichts weiter erkennen konnte.

Er kniff die Augen ein paar Mal zusammen, wollte sich konzentrieren, um herauszufinden, wo er sich befand. Erneut schlug er die Augen auf. Und da war sie.

Stand ihm direkt gegenüber in einem wundervollen weißen Kleid, das oben eng an ihrem schmalen Körper lag und unten aus einem fließenden Stoff bestand, der mit der Umgebung zu verschwimmen schien. Maeve war von einem schimmernden Strahlen umgeben und lächelte ihn liebevoll an.

Mason war vollkommen überwältigt von ihrem Anblick. Er konnte nicht sprechen, sondern wollte sie einfach nur ansehen.

Sie wartete auf ihn und zeigte ihm mit einer kleinen Handbewegung, dass er neben sie gehörte. Dass sie zusammengehörten.

Er wollte rennen, sie in die Arme schließen, sie küssen und nie wieder loslassen, damit sie ihm nicht erneut verloren gehen konnte – doch er konnte nicht. Kein Körperteil bewegte sich so, wie er es befahl. Wie festgefroren verharrte er auf der Stelle und musste ertragen, dass ihn nur wenige Meter von Maeve trennten. Verzweifelt kämpfte er gegen dieses innere Eis an.

»Maeve!«, schrie er und selbst dieses eine Wort fühlte sich unfassbar schwer an. Gleichzeitig verspürte Mason eine winzige Erleichterung, weil er mit ihr sprechen konnte.

»Bitte, Maeve .... Ich liebe dich.« Er war den Tränen nahe. Sie bewegte sich nicht und lächelte ihn nur weiterhin mit ihren glitzernden Augen an. Wie wunderschön sie aussah. Und wie nah sie war. Er wollte sie berühren, ihre Nähe spüren und endlich begreifen können, dass sie zurück war. Schüchtern strich sie durch ihre langen Haare und umfasste eine dunkle Strähne.

»Bitte ...«, flüsterte er, noch nicht bereit, sich den Tränen auszusetzen.

»Ich vermisse dich. Ich vermisse dich an jedem Tag, den ich beginne.« Die Tränen rollten über seine Wangen. Seine Sicht verschwamm.

Die Erkenntnis, ihr so nah und trotzdem nicht bei ihr sein zu können, zerschnitt ihm das Herz. So sehr hatte er sich gewünscht, sie am Waldrand zu erblicken und sie zu berühren, ihre Hand zu halten und aus ihrem Mund zu hören, dass sie nun bei ihm bleiben würde. Dass er sie nicht mehr verlieren würde. Ein Schluchzen entkam ihm bei diesem Gedanken.

»Nein, bitte«, schluchzte er und blinzelte heftig.

Doch sie war verschwunden, als er erneut die Augen aufschlug. Das Leuchten blendete ihn und er fühlte sich verloren in all dem Weiß.

Mason sackte zusammen, all das Eis in ihm war gebrochen, und er fiel auf den blendend weißen Boden. Er hatte sie erneut verloren. Verzweifelt hob er die Hände vor sein Gesicht, obwohl er die Tränen nun vor niemandem mehr verbergen musste. Der bittere Schmerz des Versagens nahm ihn so sehr ein, dass er sich selbst vergaß und auch keinen Gedanken mehr daran verschwendete, wo er war oder wohin Maeve gegangen sein könnte.

Sie war verschwunden und er hatte es nicht geschafft, sie zu erreichen. Sie zu halten oder seine Fragen beantworten zu lassen. Seine Trauer brach aus ihm heraus wie ein stürmischer Wasserfall. Mason wischte sich gerade mit den Handflächen über die Augen, als etwas ihn aufhorchen ließ.

»Komm zu mir«, flüsterte Maeve.

Hope gab einen ängstlichen Laut von sich, als Mason sich ruckartig im Bett aufsetzte. Sie mochte es nicht, wenn er aufgebracht oder beunruhigt war. Abwesend strich er über ihr Fell und wartete, bis sein Pulsschlag ruhiger wurde. Langsam sah er sich um und erkannte, dass das einzige Licht von der flimmernden Küchenlampe herrührte. Kurz sackte er in sich zusammen, ließ sich in sein Kissen fallen und murmelte ein paar Worte zu Hope. *Es wird nie aufhören,* dachte er.

Irgendwann stand er auf und ging zum Fenster, doch außer dem prasselnden Regen konnte er keine besondere Veränderung feststellen. *Von wegen Leuchten,* dachte Mason geknickt und ging in die Küche, um sich ein Glas Wasser zu holen.

Hope folgte ihm müde und legte sich direkt wieder zu seinen Füßen hin. Er sprach leise mit ihr, um sie beide etwas zu beruhigen.

»Tut mir leid, Hope«, murmelte er und holte tief Luft. *So kann es nicht weitergehen, Mason. Nicht so.* Hin- und hergerissen fuhr er sich durch die Haare und kippte das restliche Wasser in einen Blumentopf.

Nimm die Chancen, die dir das Leben schenkt.

Das hatte Maeve immer gesagt. Mit einem schüchternen Lächeln auf den Lippen, hatte sie ihm diese Worte manchmal zugeflüstert.

Und obwohl er den Tag zuvor noch unsicher und schwankend in seiner Entscheidung gewesen war, breitete sich nun eine seltene Klarheit in ihm aus: So würde es nicht weitergehen.

Am nächsten Morgen war der Waldrand in grauen Nebel getaucht. Nicht unbedingt eine Einladung, das Haus bereits so früh zu verlassen. Aber Hope erinnerte ihn daran, dass trotz der schlaflosen Nächte, kein Weg daran vorbeiführte. Er sehnte sich geradezu nach Normalität und wusste zugleich nicht, ob er sie überhaupt zulassen konnte.

Als er den Laden öffnete, war es zuerst lange ruhig und kein Kunde kam herein. Hope und er warteten hinter der Theke und obwohl er neue Bestellungen kontrollieren oder die Bestände prüfen könnte, blieb er einfach neben der Hündin sitzen und hing seinen Gedanken nach. Sie reichten von schwerem Vermissen bis hin zu diesem Strahlen, das Heather zu umgeben schien. Als hätte sie ihn mit nur einer Begegnung auf neue Weise fasziniert. Gleichzeitig fühlte er sich wie ein Verräter, weil da plötzlich eine Frau auftauchte, die in seinen Gedanken umherschwirrte.

Mit einem Seufzen rappelte er sich auf und strich Hope über den Kopf.

»Es wird alles so bleiben, Hope. Keine Sorge«, murmelte er und ging nebenan in die kleine Abstellkammer, als die Klingel über der Tür ertönte.

Verwirrt drehte er um und sah, dass Heather mit Slash im Vorraum stand.

»Hi Mason«, sagte sie mit einem Lächeln und er fragte sich für einen Moment, ob er sich das nun einbildete. Wurde er langsam wirklich verrückt?

»Hi«, brachte er nur hervor und ging zu ihr. Hope erhob sich ebenfalls und folgte ihm, um kurz darauf bereits Freundschaft mit Slash zu schließen.

»Die beiden scheinen sich gut zu verstehen«, bemerkte Heather beinahe beiläufig und sah sich um.

»Das ist also dein berühmter Laden, von dem ich gestern gehört habe«, stellte sie fest und betrachtete einige Angelmodelle.

»Sieht ganz so aus.« Mason lachte kurz auf und überlegte fieberhaft, was er sagen sollte. Ihm war bewusst, dass seine Antworten ständig knapp ausfielen.

»Also, suchst du eine Angel? Ich weiß gar nicht, welche ich dir zuerst empfehlen soll«, sagte er nach kurzem Überlegen und fing Heathers vielversprechenden Blick auf.

»Wieso? Weil du sonst noch mal mit mir an den See gehen müsstest? Mit beiden Hunden?«, fragte sie und er fand keine schnelle Antwort darauf.

Er sollte ihr besser sagen, dass seine Frau vor einem

halben Jahr spurlos verschwunden war. Dass er sogar als Mörder verdächtigt wurde und manche Leute in dieser Kleinstadt noch immer glaubten, er könnte Maeve in den endlosen Wäldern verscharrt haben. Ein kalter Schauer lief ihm bei dem bloßen Gedanken über den Rücken.

»Also, gehen wir noch mal an den See oder nicht?«, wiederholte sie und stemmte die Hände in die Hüften.

»Klar, natürlich«, sagte Mason eilig und strich über Hopes Fell.

»Aber die beiden sind dort nicht erlaubt«, begann er, doch Heather unterbrach ihn direkt.

»Na und? Gestern hat es doch auch funktioniert. Außerdem ist das eine Gemeinsamkeit. Und es war wunderschön, findest du nicht?« Slash forderte Hope mit einem Bellen zum Spiel auf und Heather löste die Leine. Kurz darauf rannten die beiden durch den großen Verkaufsraum.

»Doch, es war ... ja, es war schön. Musst du denn nicht arbeiten?«, fragte er nervös und Heather schüttelte energisch den Kopf.

»Heute stehen keine Termine an. Slash und ich wollten uns einfach mal in den Angelläden umsehen. Wusstest du, dass es hier noch einen anderen gibt? Da war ich zuerst. Ein furchtbarer Typ.« Sie grinste und ihre blauen Augen funkelten ihn an. »Können wir? An den See, meine ich?«

»Jetzt?«, fragte Mason ungläubig und warf einen kurzen Blick auf Hope, die sichtlich Gefallen an Slash gefunden hatte.

»Ja, natürlich jetzt. Scheint nicht gerade so, als hättest du heute besonders viel Kundschaft. Oder muss ich zuerst eine Angel kaufen, damit du mit mir in den Park gehst? So wie bei Ben? Na komm, Slash – wir gehen.«

Und dann war es einfach entschieden. Es war, als hätte er überhaupt keine Chance, gegen Heathers Unbeschwertheit anzukommen. Still und heimlich hatte ihre Freude ihn angesteckt.

Kurz darauf schloss er den Laden ab und ging zum ersten Mal mit Hope in den Glacier-Nationalpark.

Das Wetter hatte sich kein bisschen gebessert und die Wolken verdeckten in verschiedenen Grautönen den Himmel. Es war die erste Ankündigung des bevorstehenden Winters. *Der erste Winter ohne Maeve,* schoss es ihm durch den Kopf, während Hope mit Slash um die Wette rannte.

»Wohnst du alleine hier, Mason?« Heather klang so beiläufig und entspannt wie immer.

»Ja«, war alles was er antwortete und sein Verstand appellierte an ihn. Er sollte Heather von Maeve erzählen.

»Und du?«, fragte er stattdessen und ärgerte sich insgeheim ein wenig über sich selbst.

»Ich wohne nirgendwo sehr lange und reise von hier nach da. Aber ja, da wo ich wohne, bin ich auch alleine.« Ihr Lächeln wirkte zaghaft und ihre Augen fast ein wenig traurig.

»Vielleicht sollten wir beide nicht mehr allein sein.

So wie Slash und Hope«, fügte sie hinzu und Mason verschlug es bei dieser Andeutung die Sprache.

Als sie zwischen den hohen Douglasien hindurchgingen, begann es zu regnen und einige Menschen verließen hektisch den Park. Heather stellte sich stattdessen lachend unter einen Baum, um Schutz zu suchen.

»Dann sind wenigstens nicht so viele Leute da«, rief Mason zu ihr hinüber, um das Prasseln des Regens zu übertönen. Bis zum Flathead Lake war es noch ein beachtlicher Fußmarsch und er war sich nicht sicher, ob dafür der geeignete Tag war.

»Wir sollten wohl besser im Wald bleiben«, schlug er vor und Heather stimmte ihm sofort zu. Maeve hatte immer wieder eine wunderschöne Lichtung erwähnt, die etwas weiter nördlich lag.

»Weiter nördlich gibt es einen guten Platz ... Hope?« Er pfiff kurz. Sie rannte ihm entgegen und schüttelte ihr nasses Fell.

»Warum bist du dir da so sicher? Warst du schon mal dort?«, gelang die Frage durch das Rauschen zu ihm.

»Nein«, sagte er so leise, dass ihn Heather unmöglich verstehen konnte.

»Nein, dort war ich noch nie. Aber ich sollte es mir unbedingt einmal ansehen«, wiederholte er etwas lauter.

Die Lichtung war nicht sehr groß und der Boden war eine Mischung aus Grasfläche und Geröllstücken.

Die Douglasien lichteten sich, sodass der Himmel sich wieder über ihnen ausbreitete. Heather klagte nicht über den Weg, obwohl ihre Schuhe bereits von Wasser und Schlamm aufgeweicht waren.

»Vielleicht hättest du den Angelladen erst aufsuchen sollen, wenn das Wetter besser ist.« Mason grinste vorsichtig und sie erwiderte sein Lächeln.

»Auf keinen Fall, Slash scheint es ja zu gefallen«, bemerkte sie, während der Pitbull sich in den Schlamm legte.

»Was hältst du davon, wenn wir uns für Freitag verabreden? Es gibt dort wirklich eine gute Bar in der Stadt«, schlug Heather vor. Überrascht blickte Mason auf.

»Ich würde dich einfach gerne kennenlernen«, fügte sie hinzu. »Und Ben könnte natürlich auch mitkommen.« Sie musste bemerkt haben, wie er zögerte.

»Okay... Ich kann Ben bei Gelegenheit mal fragen«, sagte Mason.

»Nein, kein Problem ich mache das schon! Nicht, dass es sonst...«

Eine kurze, unbehagliche Stille schlich sich zwischen sie. Da bewegte sich eine braune Gestalt auf die Lichtung. Fassungslosigkeit zeigte sich in Masons Gesicht. Ein zierliches Reh trat mit leichtfüßigen, bedächtigen Schritten zwischen den hohen Bäumen hervor. Neugierig blickte es herüber und Mason bewunderte erneut die weißen Tupfen auf dem Fell. Es war dasselbe Reh, das ihm bereits am See begegnet war. Er musste es sich einfach einbilden, denn es war unmöglich, dass ihm ein so seltenes Exemplar gleich zwei Mal hintereinander begegnete. Das Reh stellte die Ohren auf und hielt für einen Moment inne. Plötzlich schoss Hope bellend auf das Tier zu, das eilig davon sprang. Innerhalb von wenigen Sekunden war es vollkommen verschwunden und Mason blieb ratlos zurück. Hope hatte es ebenfalls gesehen. Fragend wandte er sich an Heather.

»Hast du das gesehen?« Seine Stimme klang unsicher. Heather nickte ihm bestätigend zu.

»Es war ... besonders. Hast du die weißen Punkte gesehen?«, fragte sie und nun war es Mason, der nickte. »Ein wundervoller Platz, wie bist du nur darauf gekommen?« Sie blickte weiter auf die Lichtung und wartete auf seine Antwort.

»Heather ... Ich muss dir etwas sagen«, brachte Mason nervös hervor. Ihre blauen Augen blickten überrascht auf.

»Meine Frau ist vor einem halben Jahr verschwunden. Sie hat mir oft von diesem Ort hier erzählt. Es war ihr Lieblingsplatz.« Die Worte fühlten sich wie eine unglaublich schwere Last an und jedes einzelne davon wie ein innerer Kampf, den Mason mit sich selbst führte.

»Oh«, machte Heather, ohne Weiteres zu sagen.

Ja, oh, dachte Mason und schwieg ebenfalls. Wenige Augenblicke verharrten beide in diesem Moment, bis Heather ihn plötzlich umarmte und lange festhielt.

Verwirrt schnappte Mason nach Luft und seine Gedanken drehten sich. Er wollte Heather empört von sich schieben und sie entsetzt fragen, was das sollte. Und gleichzeitig sehnte er sich viel zu sehr nach dieser Nähe. Als sie sich von ihm löste, sah sie ihm lange und nachdenklich in die Augen.

»Kommt sie wieder, Mason?«, flüsterte sie vorsichtig. Er wusste nicht, was sie sich mit dieser Frage erhoffte. Ob sie wissen wollte, ob sie noch am Leben war oder ob er immer noch an ihr festhielt. Ob er bereit für etwas Neues war oder niemals aufgeben würde, nach ihr zu suchen.

»Ich weiß es nicht«, flüsterte er leise zurück. »Ich weiß es einfach nicht.«

Mason

Mason kämpfte sich durch dichtes, dunkles Gestrüpp.
Er konnte keinen Weg erkennen und wusste auch
überhaupt nicht, wohin er ging. Trotzdem trieben ihn
seine Beine immer weiter, während seine Arme von
Zweigen zerkratzt wurden, so als hätte er ein Ziel vor
Augen, das er selbst nicht kannte.

Sein Kopf war leer. Mit keinem einzigen Gedanken
hinterfragte er sein merkwürdiges Wandeln. Keine
Sekunde lang wunderte es ihn, dass er mitten in der
Nacht durch diese Gegend strich.

Vor ihm tat sich ein dunkles Tor auf, das ein wenig

von den Ästen verdeckt wurde. Mason schob sie ohne darüber nachzudenken zur Seite und stemmte das Tor mir aller Kraft auf. Sonnenlicht strahlte ihm entgegen. Er trat zufrieden auf eine Blumenwiese und hatte das Gefühl endlich angekommen zu sein. Mason atmete tief durch und eine angenehme Ruhe durchströmte ihn. Aus dem hellen Funkeln der Sonne kam etwas auf ihn zu und er hielt schützend die flache Hand an seine Stirn, um es erkennen zu können. Lange Beine, ein schmaler Körper und ... spitz zulaufende große Ohren. Das Schneeflockenreh schritt langsam auf ihn zu. Überrascht hielt er für einige Augenblicke die Luft an.

Die dunklen Augen schauten ihn neugierig an, die Ohren waren ebenfalls auf ihn gerichtet und Mason konnte spüren, dass die empfundene Ruhe allein von diesem Geschöpf ausging. Einmal blieb es zögernd stehen, bewegte sich danach aber wieder vorsichtig auf ihn zu. Er hatte Angst, es zu verscheuchen, deshalb schwieg er und rührte sich nicht.

Das Schneeflockenreh machte einen leichten Bogen um Mason, wandte den Blick aber zuerst nicht von ihm ab. Kurz vor dem dunklen Tor blieb es stehen und sah ihn erneut direkt an.

Sein Herz setzte einen Moment aus und er blinzelte zweimal um sicherzugehen, dass er sich das Ganze nicht einbildete. Die Hinterläufe des Rehs verschwanden durch das Tor in die endlose Dunkelheit und Mason sackte innerlich zusammen. Hinter dem Tor war es ihm unmöglich, dem Tier noch einmal zu begegnen, das wusste er. Gerade als er überlegte, was er nun tun sollte, ertönte die leise Stimme erneut.

»Finde mich.«

Mason öffnete die Augen und seufzte. Das musste endlich aufhören. Diese Träume raubten ihm den Schlaf und jeglichen Verstand.

Dass ihm das Schneeflockentier im Traum begegnet war, konnte er zumindest nachvollziehen. Damit hatte er wohl die Begegnung im Wald verarbeitet. Aber dass es mit Maeves Stimme zu ihm gesprochen hatte, ging eindeutig zu weit.

Nachdem er kurz aus dem Fenster gesehen hatte, um sich selbst zu versichern, dass alles in Ordnung war, legte er sich wieder ins Bett und starrte an die Decke, die vom Mondlicht etwas erhellt war.

Das war nun genug. Er musste endlich zurück zur Normalität finden. Ob er einen Psychiater aufsuchen sollte? Unmerklich schüttelte er den Kopf. Als ob er zugeben würde, dass Maeves Stimme in seinen Träumen zu ihm sprach. In Form eines Rehs! Mason lachte beinahe über sich selbst und als er wieder die Augen schloss, hatte er einen Entschluss gefasst. Er sollte Heather anrufen und wieder mit ihr ausgehen. Oder freitags eine Bar aufsuchen. Vielleicht auch samstags. Er musste endlich anfangen, wieder normal zu werden.

Lautes Gelächter schlug ihm entgegen, als Mason die Bar betrat. Die Tische waren gut gefüllt und er erkannte Ben und Heather bereits an einem davon sitzen. Unsicher ging er auf die beiden zu und Heather begrüßte ihn mit einem strahlenden Lächeln und ihren leuchtenden Augen.

»Hallo Mason! Schön, dass du kommen konntest«, sagte sie zur Begrüßung und er fragte sich, ob er überhaupt eine andere Wahl gehabt hätte. Heather hätte ihn sicherlich so lange auf dem Handy angerufen und mit ihrer unbeschwerten, fröhlichen Art auf ihn eingeredet, bis er in der Bar erschienen wäre.

»Selbstverständlich«, log Mason und setzte sich neben Ben, der ihn ebenfalls kurz begrüßte. Er bestellte beim Kellner ein Getränk, während Heather und Ben ihre Gläser beinahe geleert hatten. Pünktlichkeit war noch nie seine Stärke gewesen und nachdem er eine halbe Ewigkeit mit sich gerungen hatte, an einem Freitagabend überhaupt wieder aus dem Haus zu gehen, war die deutliche Verspätung entstanden. Ben erzählte gerade von seiner neuen Arbeit und seinem heutigen Kundengespräch, als Mason Heather musterte. Langsam verschwammen die Bilder mit seiner ersten Verabredung mit Maeve. Sie hatten in einem Café gesessen und sie hatte wunderschön ausgesehen. Er hatte ihr ein Kompliment gemacht, woraufhin sie schüchtern lächelte und sie einander lange ansahen.

Maeve hatte anfangs wenig gesprochen, doch ihre Art, die sie wie ein warmes Licht umgab, hatte ihn von Anfang an fasziniert. Ebenso wie ihr Lächeln und das Funkeln ihrer Augen. Während er die Parallelen zu Heather zog und gleichzeitig auch ihre Unterschiede erkannte, schweiften seine Gedanken ab.

»Du siehst großartig aus«, sagte er plötzlich ohne auf das bisherige Gespräch von Heather und Ben Rücksicht zu nehmen. Überrascht blickten sie auf und Heathers Mund verzog sich zu einem glücklichen Lächeln.

»Danke«, erwiderte sie und Ben wollte gerade weiter reden, als er bemerkte, dass es unpassend war. Zwischen Heather und Mason vergingen wenige Augenblicke, bevor sie sich plötzlich abwandte und nach dem Kellner Ausschau hielt.

»Wir sollten unbedingt noch etwas trinken, was wollt ihr?« Und damit waren die Momente vergangen und Ben setzte seine Erzählungen aus dem Versicherungsbüro weiter fort.

»Entschuldigt mich kurz, ich muss an die frische Luft«, erklärte Heather später mit einem Grinsen und hob eine Schachtel Zigaretten nach oben. Fragend sah sie Mason an, der verwirrt zu Ben blickte.

»Ich rauche nicht«, sagte Ben schnell und schnappte nach seinem Glas. »Dazu wäre mir das Geld zu schade.«

Heathers Blick lag weiter auf Mason.

»Kommst du mit?«, fragte sie und obwohl er ebenso

wenig vom Rauchen hielt, wie Ben es tat, begleitete er Heather mit nach draußen.

Kalte Luft schlug ihm entgegen und es war auf den Straßen bereits dunkel geworden. Der Alkohol setzte ihm stärker zu, als er geglaubt hätte. Vorsichtig lehnte er mit dem Rücken an die Wand, um das Gleichgewicht nicht zu verlieren und Heather trotzdem nicht zu zeigen, dass er zu viel getrunken hatte.

»Verdammt«, fluchte sie neben ihm und er blickte langsam auf. Mit zitternden Fingern bemühte sie sich, die Zigarette anzuzünden. Doch die spärliche Flamme verlor sich sofort im Wind.

»Komm, ich helfe dir«, bot er an und formte seine Hände zu einem sicheren Schutz. Sie lächelte und kam ein paar Schritte dichter an ihn heran. Hinter seinen Handflächen gelang es Heather schließlich die Zigarette anzuzünden und bevor sie sich wieder von einander abwanden, suchte sie noch einen Moment länger nach seinem Blick. Ihre sonst strahlend blauen Augen wirkten hier draußen traurig und verzweifelt. Als läge nicht die fröhliche Heiterkeit des Abends sondern eine erdrückende Last über ihr. Dabei war es ihre ansteckende Freude, die er an ihr bewunderte. Erst nach einer gefühlten Ewigkeit wandte sie sich von ihm ab und atmete langsam den grauen Rauch aus.

»Das Allein sein ist unerträglich, nicht wahr?« Heather seufzte. Und als gäbe es dem nichts weiter hinzuzufügen, nickte Mason nur und betrachtete die Sterne über der Stadt.

»Niemand sollte einsam sein müssen«, setzte sie heiser fort. »Niemand möchte einsam sein. Ist doch so, oder nicht?« Und da erkannte Mason diese innere Schwere, die sie so sehr belastete. In der Stadt und unter Leuten war sie stets gut gelaunt und man konnte ihr lautes Lachen bis an das Ende der Straße hören. Doch in ihren eigenen vier Wänden war sie viel zu allein.

»Ja«, sagte Mason deshalb. »Niemand sollte alleine sein.« Mit diesen Worten breitete sich auch in ihm dieses Gefühl aus, das er seit Maeves Verlust in sich trug. Er teilte mit Heather mehr, als ihm anfangs bewusst gewesen war.

»Möchtest du wirklich nicht?«, fragte sie und hielt ihm die restliche Zigarette hin. Mason schüttelte den Kopf, ohne etwas zu erwidern.

»Du hast Recht.« Mit einem Schnipsen warf sie die Zigarette zu Boden und trat mit ihren eleganten Schuhen kurz darauf.

»Wir sollten wieder zu Ben zurück, oder nicht?«, fragte Mason, obwohl er sich nur ungern von dem Halt der Wand hinter ihm entfernen wollte.

Heather lachte kurz unecht auf.

»Wir sind ihm doch nichts schuldig«, sagte Heather und wieder suchte sie seinen Blick auf eine ganz wundersame Weise.

»Wir könnten die ganze Nacht hier draußen verbringen und müssten uns dafür nicht rechtfertigen.

Vor niemandem und schon gar nicht vor Ben. Wir sind frei.« Und während sie das vor sich hin sprach, erkannte Mason, wie betrunken sie doch auch war.

»Natürlich«, fügte er also bestätigend hinzu. Dabei hatte er sich seit Maeves Verschwinden alles andere als frei gefühlt. Er fühlte sich haltlos und leer ohne sie. Als fehlte jemand an seiner Seite.

»Können wir nur noch einen Moment bleiben?«, flüsterte Heather zu ihm herüber und lehnte sich neben Mason an die Wand.

Er wollte nicht widersprechen, sie nicht ermahnen, dass es allmählich Winter wurde und die Kälte längst durch seine Kleider drang. Also gab er ihr diesen letzten, weiteren Moment und wartete einfach ab.

Sie blickten zu den Sternen hinauf und Heather legte schon bald vorsichtig ihren Kopf auf seine Schulter. Plötzlich war sie so still geworden, doch er traute sich nicht zu fragen, ob sie womöglich eingeschlafen war. Und während die Nacht mit einem wundervollen Sternenhimmel über ihnen lag, legte Mason seinen Arm um Heather. Als wollte er ihr etwas von dieser Einsamkeit nehmen.

Zögerlich bewegte Heather sich und wandte sich Mason zu. Ihre Gesichter waren so nah beinander, dass er es kaum wagte, zu atmen. Sein Verstand rief ihm innerlich zu, er möge aufspringen und augenblicklich zu Ben zurückkehren. Doch etwas hielt ihn zurück. Auch als Heathers Lippen sich auf die seinen legten, wich er nicht sofort von ihrer Seite. Nur für einen Wimpernschlag verharrten sie so nah beinander, bevor Mason sich hektisch von ihr löste, als hätte er soeben seine Finger an ihr verbrannt. Mit aufgerissenen Augen starrte er sie an und sie blickte mit derselben Verwirrung zurück. Trotzdem entging ihm nicht die Enttäuschung in ihrem Blick, als er sich aufrappelte und mit zitternden Händen nach der Türklinke griff. Er wollte etwas zu ihr sagen. Etwas Entschuldigendes, Tröstendes oder Aufbauendes. Doch ihm fiel nichts davon ein.

Heather legte sich die Hände vor ihr hübsches Gesicht und Mason war unsicher, ob sie zu weinen begann. Sie seufzte und streckte ihre Hand nach ihm aus. Unsicher half er ihr nach oben und wieder standen sie dicht voreinander. *Ihre endlos traurigen und einsamen Augen,* dachte Mason. Gleichzeitig trug sie so viel Neues, so viel Lebensfreude in sich, die Mason gerne mit ihr teilen würde.

»Entschuldige, ich … «

»Nein, nein mir tut es Leid!«, entgegnete sie und hob abwinkend die Hand. Jemand riss energisch die Tür auf und Ben trat nach draußen. Voller Verwirrung blickte er die beiden an und wartete auf eine Erklärung, die nicht folgte.

»Wie lange raucht man in Evergreen eine Zigarette? Was zur Hölle habt ihr so lange gemacht?«, fragte er und blickte von Mason zu Heather.

»Wir wollten gerade hereinkommen«, erklärte Mason und ließ Heathers Hand augenblicklich los.

»Ja, genau … Der Wind … und … es hat nicht so funktioniert.« Keiner sagte etwas dazu, denn Heathers nervöses Plappern ließ zu viel Raum für Interpretationen.

Hope ging winselnd vor dem Bett auf und ab, als wollte sie ihn bitten, endlich das Licht zu löschen und zu schlafen. Doch seine unruhigen Gedanken hielten ihn davon ab. Was heute geschehen war, hatte das schlechte Gewissen in ihm geweckt, ohne dass er es jemals überhaupt für möglich gehalten hätte. Er fühlte sich, als hätte er Maeve verraten, stattdessen war er sich nicht einmal sicher, wo sie war und ob sie denn noch lebte. Und ohne jegliches Lebenszeichen von ihr, fühlte er sich trotzdem unwohl mit dem Gedanken, dass Heather ihn für einen kurzen Augenblick geküsst hatte.

Er würde Maeve nie aufgeben, schoss es ihm durch den Kopf. Hope legte ihren Kopf auf die Bettkante und blickte ihn aus den dunklen Augen an. Es würde für ihn immer nur Maeve geben. Allerdings war es auch möglich, dass sie niemals zurückkehren würde. Dann müsste Mason sein restliches Leben in Einsamkeit verbringen, weil er nie aufgehört hatte, auf Maeve zu warten.

Heathers Art faszinierte ihn und schreckte ihn gleichzeitig ab. Sie war impulsiv und scheinbar ohne

Angst vor einer ablehnenden Reaktion. Ob sie sich wirklich in so kurzer Zeit in ihn verliebt hatte? Das war unmöglich. Sie kannten einander doch kaum. Trotzdem konnte er nicht leugnen, dass auch Heather eine merkwürdige Anziehungskraft bei ihm auslöste. Mason erinnerte sich an ihre Worte. Dass niemand dauerhaft allein sein sollte. Er seufzte und Hope begann wieder zu winseln.

»Schon gut, Hope. Ist schon gut«, murmelte er und fügte in Gedanken hinzu: *Gar nichts ist gut. Einfach gar nichts.*

Die Verborgenen

Sayde schlich unruhig auf und ab, während Isla ihn versteckt beobachtete. Er wirkte angespannt und irgendwie auch frustriert, wenn er sich alleingelassen fühlte. Manchmal schien er zu vergessen, dass sie seine Gedanken hören konnte.

Es waren dieselben Gedanken, die Sayde immer mit sich herumtrug.

Er dachte über seine Vergangenheit nach und daran, dass er niemals zu seiner Frau zurückkehren würde. Ebenso quälte ihn die schmerzhafte Erkenntnis, dass sie ihn bereits ersetzt hatte und ein anderer Mann mit ihr in dem Haus lebte, das Sayde damals für sie erbaut hatte.

Isla seufzte beinahe lautlos. Obwohl bereits so viele Jahre vergangen waren, konnte er nicht loslassen und verzweifelte innerlich daran. Sie fragte sich, ob er sich jemals selbst vergeben würde. Dieses Schicksal anzunehmen, dem sie erlagen, war kein einfacher Weg. Aber es war die einzige Möglichkeit, mit dieser großen Wendung in ihrem Leben klarzukommen. *Keiner von uns hatte eine Wahl,* dachte Isla etwas wehmütig und musterte Sayde mit trauriger Miene. Er hatte nie darüber gesprochen und sie hatten es nie gewagt, nach seinem früheren Leben zu fragen. Aber manchmal versteckte sich Isla, um seinen Gedanken zu lauschen und etwas über seinen Charakter zu erfahren, der früher anders gewesen sein musste.

Sie versuchte sich vorzustellen, wie er ausgesehen haben mochte und wie wunderschön seine Frau gewesen war. Wie sie sich kennengelernt hatten und wie er um ihre Hand angehalten hatte. Es passte überhaupt nicht in ihre Vorstellung, dass Sayde einmal ein liebenswürdiger Mensch gewesen sein musste, denn sie kannte ihn nur so verschlossen und verbittert, wie er heute war. Aber das alles hatte erst begonnen, nachdem er in diese Welt und in dieses Leben hatte fliehen müssen.

Caja hatte erzählt, dass Wandler die Gabe, in ein zweites Leben zu tauchen, von Geburt an in sich trugen und dass es der Moment des Schicksals war, der die Wandlung dann vollbrachte. Angeblich war es nicht möglich, Kontrolle über die erste Verwandlung auszuüben, und doch zerbrach Sayde sich darüber den Kopf.

Isla spürte, wie sich Mitleid in ihr ausbreitete, und sie versuchte ihn zu verstehen. Langsam setzten sich die Bilder von dem schweren Unfall vor ihrem inneren Auge zusammen. Viel zu oft dachte Sayde daran zurück, wie er beinahe seinen tödlichen Verletzungen erlag und um sein Leben kämpfte. Blutverschmiert und umgeben von einzelnen Teilen seines Autos lag er auf der gegenüberliegenden Straßenseite und betete um eine Chance, um das Überleben.

Aber es schien ihm einfach nicht vorbestimmt zu sein. Irgendwann wäre dieser Zeitpunkt womöglich sowieso gekommen und er hätte sein Schicksal nicht aufhalten können. Wahrscheinlich hatte Caja recht: Es war vorbestimmt, wann man in dieses Leben geschickt wurde. Und Saydes altes Leben war in diesem einen Moment zu Ende gegangen, sodass ihm nie eine andere Wahl geblieben war.

Stattdessen sah er diese Chance als eine furchtbare Strafe. Als ein Gefängnis, das ihn aus seinem bisherigen Leben aussperrte. Das ihn mit ansehen ließ, wie seine Frau ihn ersetzte und ihre Zeit mit jemand anderem verbrachte, während er jeden Tag an sie dachte. Aber es schien nicht zu genügen, denn es war immer dasselbe Gesicht, das in seinen Gedanken auftauchte, immer dieselbe Person, für die er mehr Verachtung empfand, als Isla es jemals für möglich gehalten hätte. Der Mann sah ihm nicht nur ähnlich, sondern war auch der Verursacher seines Unfalls gewesen. Isla konnte in Saydes Gedanken sehen, wie sich der Mann über ihn beugte und zu ihm sprach. Saydes Blick war verschwommen gewesen und er hatte seine Worte nicht verstanden. Bis heute fragte er sich, was sein Bruder wohl zu ihm gesagt hatte, bevor er sich seiner trauernden Frau angenommen hatte, um seinen Platz einzunehmen. Sayde kam mit energischen Schritten auf Islas Versteck zu und seine Augen funkelten ihr wütend entgegen. Er musste sie bemerkt haben und noch bevor er sie erwischen konnte, flüchtete sie davon. Während sie ihm entkam, dachte sie daran, was für ein einsames und trauriges Dasein Sayde führte. Und wie sehr sie sich wünschte, dass sich irgendetwas daran änderte. Ihre Ungeduld trieb sie beinahe in den Wahnsinn und sie bewunderte Cajas Ruhe. Schon bald würde die Neue zu ihnen finden und diese verzweifelte Stille endlich beenden.

Winter

GLÜCK

Mason

»Heather, Vorsicht!«, rief Mason mit einem Grinsen, als sie taumelnd ihr Gleichgewicht verlor und auf dem Eis landete. Während die anderen Hand in Hand an ihr vorbeifuhren, lachte sie über sich selbst. Mason kam zu ihr und half ihr auf.

»Ich sagte doch, dass ich nicht Schlittschuhfahren kann«, kicherte sie und hielt ein oder zwei Momente lang in der halben Umarmung mit Mason inne.

»Trotzdem macht es unheimlich Spaß«, fügte sie leise hinzu. Mason nickte.

»Na komm, wir versuchen noch mal eine Runde

gemeinsam.« Er nahm ihre Hand und sie lächelte ihn dankbar an.

Es war mittlerweile Dezember und Weihnachten stand bereits vor der Tür. Vor dieser Zeit fürchtete Mason sich am meisten. Während seine Mitmenschen bei ihren Familien saßen und die vertraute, gemeinsame Zeit genossen, würde er einsam im Waldhaus an einem leeren Tisch sitzen und an seine verschwundene Ehefrau denken. Der Winter in Montana war sehr kalt und brachte in diesen Monaten viel Schnee mit sich. In der Kleinstadt war man trotzdem unter Leuten, außerhalb in einem Waldhaus dagegen nicht.

Mit Maeve hatten die Winter nur selten etwas Unheimliches gehabt. Sie hatte das gesamte Haus mit ihrer Wärme und Herzlichkeit gefüllt und Hope war als junger Hund verspielt durch die Räume gehüpft. Sie hatten gelacht und anschließend lange aus dem Fenster gesehen, um die Schneeflocken zu beobachten. Erst jetzt wurde ihm bewusst, dass er damals, mit Maeve an seiner Seite, niemals allein gewesen war.

Die Einladung von Ben, das Weihnachtsfest bei ihm und seiner Frau zu verbringen, hatte er ihm nicht abschlagen können. Schon gar nicht, nachdem auch Ben langsam bemerkte, dass zwischen ihm und Heather etwas entstand, von dem er selbst noch nicht wusste, was es wirklich war. Außerdem wollte er vermeiden, dass Heather ihn nach einem gemeinsamen Weihnachtsabend fragen würde. Mason stellte sich vor, wie der Abend verlaufen würde, wenn er mit Hope zuhause bleiben würde.

Der Weihnachtsabend wäre dann ebenso still, wie die restliche Zeit im Waldhaus auch. Obwohl niemand im Haus wäre, mit dem er gemeinsam essen könnte, würde er ein anständiges Abendessen zubereiten und würde sich an den leeren Tisch setzen, während Hope ihn bettelnd betrachtete. Ausnahmsweise an Weihnachten würde er ihr einige Stücke vom Fleisch füttern, das für eine einzige Person sowieso viel zu viel war. Mason würde den gesamten Abend nur mit Hope reden, weil niemand sonst da wäre.

Nervös stand er vor der angegebenen Adresse, die Ben ihm mitgeteilt hatte. Schneeflocken fielen vom Himmel und unzählige Gedanken kreisten in seinem Kopf. Selbstverständlich dachte er an Maeve und unwillkürlich auch an Heather. In den vergangenen Wochen hatte er sich sehr häufig mit Heather verabredet und es hatte sich eine gute Verbindung zwischen ihnen aufgebaut. Nun war es, als würde sie nur noch darauf warten, bis Mason loslassen würde. Aber aus einem unbestimmten Grund, einem merkwürdigen Gefühl, war ihm das einfach nicht möglich. Innerlich hielt er immer noch an Maeves Rückkehr fest.

Jemand öffnete die Tür und es musste Bens Frau, Joyce, sein, die ihm lächelnd gegenüber stand.

»Hallo Mason, möchten Sie nicht hereinkommen? Ich konnte Sie vom Küchenfenster aus sehen«, sagte sie freundlich und es war ihm plötzlich sehr peinlich. Angestrengt suchte er nach den richtigen Worten.

»Joyce – entschuldigen Sie ... « Höflich streckte sie ihm die Hand entgegen. Ben tauchte anschließend hinter seiner Frau auf und begrüßte Mason mit einem breiten Grinsen.

»Schön, dass du hier bist. Jetzt komm ins Haus, es ist ziemlich kalt draußen.« Bens Selbstverständlichkeit ließ ihn schmunzeln. Als sei an ihm, und der Art und Weise frierend vor der Tür zu stehen ohne zu klingeln, überhaupt nichts Seltsames.

Das Wohnzimmer war wunderbar weihnachtlich geschmückt und Mason fragte sich, ob Maeve auch das Waldhaus so hergerichtet hätte. In den Fenstern waren Kerzen aufgestellt und Lichterketten zierten den Treppenaufgang.

»Nimm ruhig Platz, Mason. Was möchtest du trinken?«, fragte Joyce, doch er reagierte nicht. Schweigend betrachtete er die glücklichen Fotos der Beiden. Bilder ihrer Hochzeit und aus gemeinsamen Urlauben ließen sein Herz schwer werden.

»Ich bringe dir einen Wein«, fügte Joyce leise hinzu und ging zurück in Richtung Küche. »Der passt am besten zum Essen«, sprach sie weiter vor sich hin.

Ben ließ ihn einfach in Ruhe und er war dankbar dafür. Er wollte nicht über glückliche Ehen sprechen und auch nicht über Maeve. Aber das hatte auch Ben bereits längst bemerkt. Obwohl er sicherlich viele Fragen hatte und ihm die Worte nie ausgingen, hatte er es bisher nicht gewagt, Mason nach seiner verschwundenen Frau auszufragen.

Plötzlich klingelte es an der Tür und Mason schreckte zusammen. Irritiert und fragend zugleich blickte er Ben entgegen, der sich an einer unschuldigen Miene versuchte und schnell das Wohnzimmer verließ. Sein Herzschlag beschleunigte sich und Mason ahnte nichts Gutes.

Heathers fröhliche Stimme drang unverständlich zu ihm hindurch und zuerst glaubte er, es sich einzubilden. Ob Ben tatsächlich auch Heather zum Weihnachtsessen eingeladen hatte? Noch bevor er sich darüber den Kopf zerbrechen konnte, trat sie bereits in einem auffällig roten Kleid ins Wohnzimmer und strahlte Mason wissend entgegen.

»Schöne Weihnachten!«, rief sie und kam mit einem kleinen Geschenk in den Händen voller Freude auf ihn zu. Mason schnappte nach Luft und blickte entsetzt zwischen Ben und Joyce hin und her, die hinter Heather im Türrahmen auftauchten.

Unbewusst fiel Mason einen Schritt zurück und suchte nach einem Ausweg aus dieser Situation. Was sollte das? Hatte Ben Heather etwa mit Absicht eingeladen, ohne ihn darüber zu informieren? Weil er womöglich gewusst hatte, dass er unter diesen Umständen im Waldhaus geblieben wäre?

Heather hielt inne und zögerte, als sie seine abweisende Art bemerkte. Ihr Gesichtsausdruck veränderte sich und verlor jegliche Euphorie, die zuvor darin geleuchtet hatte. Slash war ihr gefolgt und sprang nun freudig durch das Wohnzimmer, während sich die Personen beinahe reglos gegenüberstanden.

»Frohe Weihnachten«, brachte Mason hervor und blickte fassungslos in die Runde. Er fühlte sich hintergangen und Ben hatte ihn extra gebeten, Hope nicht mitzunehmen, weil Joyce furchtbare Angst vor Hunden hatte. Wie gern wüsste er Hope nun bei sich, damit er sich nicht vollkommen allein und verraten fühlte.

Er wollte fragen, warum Heather Slash mitgebracht hatte, wenn die Hunde doch zuhause bleiben sollten. Doch er ersparte sich diese Worte. Wahrscheinlich hatte Ben Heather ebenso darum gebeten. Nur war Heather nicht der Mensch für Regeln. Sie war viel mehr die Rebellin unter ihnen, die vor nichts zurückschreckte und auch keine Rücksicht kannte.

Noch immer sprachen sie nicht und Slash warf sich Heather verspielt vor die Füße. Sie kniete sich zu ihm und strich dem Hund über das glatte Fell.

»Wenigstens du freust dich über meine Anwesenheit an Weihnachten. Dem Fest der Liebe.« Ihre letzten Worte klangen abfällig und schwer enttäuscht.

Später saßen alle am Tisch und Joyce servierte das Hirschragout mit den Beilagen. Ben schien die stummen Fragen zu verstehen und begann direkt das Gespräch.

»Den habe ich schon geschossen, bevor wir nach Evergreen gezogen sind. Hier habe ich noch keinen Hirsch gejagt. Und auch kein Reh. Wusstet ihr, dass es in Montana erlaubt ist Wölfe zu schießen? Ich meine, wer sollte denn ... « Joyce warf ihm einen strafenden Blick zu.

»Was du damit sagen wolltest ist, dass unsere gesamte Gefriertruhe voller Fleisch ist, oder nicht?«, versuchte sie es mit einem entschuldigenden Lächeln. Ben bemerkte die Unannehmlichkeit zuerst nicht.

»Mason hat hier in den Wäldern schon Rehe gesichtet, obwohl er nicht einmal danach gesucht hat. Das dürfte hier also einfach werden, eines zu ... «

»Es freut mich sehr, dass ihr an Weihnachten heute bei uns seid«, unterbrach ihn Joyce und nahm ebenfalls Platz.

»Bitte lasst euch nicht von seinen Jagdgeschichten abschrecken. Bedient euch. Möchtest du noch Wein, Heather?«

»Ja, sehr gerne«, antwortete Heather, doch es war weit entfernt von ihrer sonst so guten Laune. »Für den Fall, dass die Stimmung hier gar nicht mehr weihnachtlich wird«, zischte sie heimlich an Masons Seite.

»Es tut mir Leid«, gab er schnell zurück. »Im Gegensatz zu dir wusste ich nicht, dass wir beide an Weihnachten hier sein würden. Ihr habt mich überwältigt und ich habe nicht damit gerechnet. Weihnachten ist nun mal nicht gerade einfach, wenn … wenn … « Er brachte es nicht fertig den Satz zu vollenden.

»Wenn einem die Frau verschwunden ist«, beendete es Heather leise und sah ihn mit traurigen Augen an.

»Ich will für dich da sein, verstehst du das nicht? Vielleicht solltest du dir mein Geschenk ansehen.«

Ein Geschenk, dachte Mason. Heather hatte ein Geschenk für ihn. Er fühlte sich vollkommen unvorbereitet und mies. Als wäre er ohne Maeve nicht einmal in der Lage ein normales Weihnachtsfest zu verbringen.

»Hier.« Sie überreichte ihm das kleine Päckchen, das er ratlos anstarrte. Das war zu viel. Egal, was ihn unter der Verpackung erwartete, er wäre nicht in der Lage, ein Geschenk von ihr anzunehmen. An Weihnachten, dem Fest der Liebe. An einem so emotionalen Abend, der das Vermissen noch stärker machte, als bisher.

»Vielleicht sollten wir zuerst essen«, schlug Joyce vor. »Das Hirschragout wird sonst kalt.«

Und damit kehrte die Stille an den Tisch zurück. Sogar Ben schwieg und erzählte keine Jagdgeschichten mehr.

Heather half Joyce beim Abräumen des Geschirrs und gemeinsam brachten sie die Küche wieder in Ordnung. Ben klopfte Mason kurz auf die Schulter und deutete mit dem Kinn in Richtung der Terrasse, zu der Mason ihm dann folgte.

Draußen war es bereits Nacht geworden und die eisige Kälte drang ihm entgegen.

»Tut mir Leid, Mason. Ich hätte es dir sagen sollen«, gestand Ben. »Aber ich musste es Heather und auch Joyce versprechen.« Mason sah ihn nur fragend an.

»Joyce meinte, da entwickelt sich etwas zwischen euch. Und du wärst sonst bestimmt nicht gekommen.« Wie wahr, dachte Mason.

»Ich bin einfach noch nicht so weit«, erklärte Mason irritiert. »Nicht so wie Heather. Die eigentlich nur noch auf den Startschuss wartet, bis es offiziell wird.« Ben schmunzelte über seine Worte und verschränkte die Arme.

»Ja, da hast du wohl recht.«

Beide blickten über den von Schnee bedeckten Garten und beobachteten wie die Flocken langsam vom Himmel fielen. Der Anblick strahlte so viel Ruhe aus. Etwas Weihnachtliches.

»Du wirst sie immer vermissen, oder? Deine Frau?«, fragte Ben nach einer Weile und Mason nickte.

»Was, wenn sie eines Tages wieder zurückkommt? Wie lange wartet man denn auf Jemanden, den man liebt?« Ben holte gerade Luft, als wollte er etwas antworten, da verstand er, dass die Frage überhaupt nicht an ihn gerichtet war. Es waren die Fragen, die Mason seit Tagen, Wochen und Monaten mit sich herumtrug und womöglich nie loslassen würden.

»Heather wird furchtbar enttäuscht sein. Wann wirst du es ihr sagen?«

Mason sah fragend zu ihm hinüber, denn er verstand nicht, was er da sagte.

»Sei ehrlich, Mason. Das mit euch wird nicht funktionieren. Das solltest du ihr sagen. Du kannst sie nicht ewig hinhalten, verstehst du? Heather kann das nicht verstehen«, erklärte Ben überraschend vorsichtig und Mason nickte.

»Ja, da hast du wohl Recht. Ich sollte es ihr sagen, aber nicht heute. Nicht an Weihnachten.«

»In Ordnung«, bestätigte Ben. »Was glaubst du, ist in ihrem Geschenk?« Mason seufzte.

»Ich wünschte, ich würde es nie erfahren. Aber womöglich komme ich aus dieser Sache nicht so einfach wieder heraus.«

Ben hob als Antwort die Schultern und sah ihn entschuldigend an, bevor sie zurück ins Haus gingen.

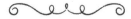

»Es sind Flugtickets. Nach London. Ich habe dir doch erzählt, dass mein Bruder dort wohnt. Ich würde dir meine Wohnung zeigen und die Stadt und … « Heather verstummte und schien Masons Reaktion abzuwarten. Als erwartete sie enorme Freude und Dankbarkeit, anstelle der unangenehmen Stille.

»Danke«, sagte Mason und bemühte sich um ein Lächeln. »Aber vielleicht nicht im Winter …«

Heather seufzte kaum hörbar.

»Ja vielleicht.«

»Vielleicht sollte ich jetzt gehen.« Alle Blicke richteten sich bei diesen Worten auf Mason.

»Bleib doch noch«, versuchte es Ben. »Möchtest du nochmal Wein?« Langsam erhob er sich und schob den Stuhl dicht an den Tisch zurück.

»Bitte entschuldigt mich und danke für das Essen und eure Gastfreundschaft. Aber ich sollte wirklich gehen. Hope ist es nicht gewohnt, so lange alleine zu bleiben.«

Er hatte mit mehr Widerrede gerechnet, doch niemand fügte dem noch etwas hinzu und Ben verabschiedete sich mit einer Umarmung, während Heather ihm einen flüchtigen Kuss zum Abschied auf die Wange gab.

»Vielen Dank nochmal«, gab Mason zurück, bevor er ein Taxi rief. *Was für ein trauriger Abend,* dachte Mason. Wenn man sich sogar einsam fühlte, obwohl man von den einzigen Menschen umgeben war, die einem noch geblieben waren.

Zuhause wurde er bereits von Hope erwartet und sie sprang winselnd vor Freude an ihm hoch.

»Es tut mir Leid, dass du so lange warten musstest«, redete er mit ihr. »Ich hätte dich gerne mitgenommen, das kannst du mir glauben.«

Er fütterte sie mit einem Stück Fleisch aus der Küche, auch wenn er das in Maeves Anwesenheit nie gewagt hätte. Doch es war Weihnachten und Maeve war nicht hier. Es schien ihm deshalb kein Verbrechen zu sein.

Er ließ sich auf einen der Stühle sinken und beobachtete Hope. Sie stellte sich auf ihre Hinterläufe und drückte die Vorderpfoten gegen die Fensterscheibe. Interessiert blickte sie hinaus, als wollte sie Mason an eine alte Tradition erinnern. Er ging zu ihr und betrachtete den verschneiten Wald und die von weißen Flocken bedeckte Wiese.

»Du hast recht, gehen wir noch nach draußen«, forderte er sie auf und sie folgte ihm zur Tür. Schnell zog er sich eine Jacke und Schuhe an.

»Aber bleib dicht bei mir, hast du verstanden? Bei dem hohen Schnee und der Dunkelheit könnte ich dich sonst schnell verlieren«, sagte er diesen unvorstellbaren Gedanken mehr zu sich selbst. Hope auch noch zu verlieren wäre sein gnadenloser Untergang gewesen.

Der Schnee lag unberührt wie eine Decke auf dem Wiesenhang. Über ihm glitzerte der silberne Mond in seiner Ruhe und legte seinen Schimmer auf das dunkle Waldhaus. *Hier draußen ist mein Zuhause,* dachte Mason und der Gedanke tröstete ihn. Dieser Ort hatte eine unerklärliche Art, schön zu sein, auch wenn der Preis der Einsamkeit hoch war. Die Kälte drang bereits sehr bald zu ihm durch und seine Gedanken wurden wehmütig. Am Weihnachtsabend allein durch die Nacht zu schreiten, von Schnee und Eis umgeben, gab der Traurigkeit Raum, um wieder über ihn herzufallen. Es war, als würde das Vermissen seinen Spuren im Schnee heimlich folgen. Hope lief friedlich an seiner Seite und begleitete ihn, wohin er auch ging. Manchmal steckte sie ihre Schnauze in den tiefen Schnee oder hüpfte zwischen den dichten Flocken, die vom Himmel fielen, hindurch.

»Na komm«, sagte er nach einer Weile inmitten dieser unheimlichen Stille. »Lass uns nach Hause gehen, Hope. Hier draußen ist es verdammt kalt.«

Und gerade, als er sich abwenden und zurückkehren wollte, vernahm Mason ein kurzes Funkeln in der Ferne nahe des Waldrandes. Konzentriert versuchte er, dieselbe Stelle nochmals auszumachen und als er schon kopfschüttelnd weitergehen wollte, glitzerte es erneut. Ohne den Punkt aus den Augen zu lassen, ging er weiter und beobachtete das Glimmen in der Nacht. Hope hob den Kopf und visierte es ebenfalls an.

Und dann sah er es.

Er musste träumen. Fassungslos hob er einen Arm, berührte sein eigenes Gesicht, kniff in seine Hand. Er musste träumen. Etwas anderes war gar nicht möglich. Er wollte lachen, brachte jedoch keinen Ton heraus. Mason stapfte durch den Schnee und es schien, als hätte sich nichts geändert. Langsam kroch die Unsicherheit zwischen Angst und Wahnsinn in ihm herauf. Das konnte nicht sein. Was er sah, war nicht wahr, seine Sehnsucht spielte ihm einen Streich.

Da vorne erhob sich Maeve aus dem Schnee.

Theoretisch hätte es ja irgendeine dunkelhaarige, schlanke Frau sein können, eingehüllt in eine Decke, allein und ausgesetzt wenige Meter von seinem Waldhaus entfernt. Der Gedanke, es könnte tatsächlich Maeve sein, ließ ihn viel zu euphorisch und naiv werden. Trotzdem hielt er nicht inne und ging weiter. Einen kurzen Moment fragte Mason sich, ob er nun schneller durch den Schnee eilte oder ob sein Kopf zuvor auch so nervös gepocht hatte.

Übertreib nicht, Mason, redete er sich ein, um den starken Wunsch und die darauffolgende bodenlose Enttäuschung geringer zu halten. Doch egal, wer diese Frau im Schnee vor seinem Haus war, er musste ihr natürlich Hilfe anbieten, so viel stand fest. Er musste sein inneres Ich nur darauf vorbereiten, dass es nicht Maeve sein würde. Dass es verrückt und nicht real war.

Die Frau schlich ihm langsam entgegen und während sie zielstrebig aufeinander zugingen, überlegte Mason, ihr etwas zuzurufen. Aber er hielt jegliche Begrüßung oder andere Möglichkeit für unangemessen. Er hatte keine Ahnung, was er überhaupt in diesem unwirklichen Moment sagen sollte. Hope dagegen schien die Fremde zu erkennen und bellte ihr mit aufgerichteten Ohren entgegen. Sie hüpfte und hinterließ dabei unzählige Abdrücke im Schnee. Nur Masons angespannte Haltung und die Dunkelheit der

Nacht, hielten die Hündin davon ab, sich weiter von ihm zu entfernen.

Nun war sie nur noch wenige Schritte von ihm entfernt und blieb so plötzlich stehen, dass Mason es ihr augenblicklich gleichtat. Sie sah ihn an und wie er trotz der nächtlichen Dunkelheit erkennen konnte, musterten ihre hellgrünen Augen sein Gesicht. Dann lächelte sie.

Mason glaubte zu zerbrechen und sein Herz schien stehenzubleiben. Gleichzeitig verlor er jedes Gefühl, als hätte ihn die klirrende Kälte zu Eis erstarren lassen und auch den letzten Gedanken aus seinem Kopf gefegt. Dieser Traum war anders und fühlte sich so überraschend echt an, dass es Mason irgendwie traurig stimmte. Wahrscheinlich würde er frustriert aufwachen, noch bevor seine Hand Maeve berühren würde. Seine innere Angst warnte ihn davor, doch er war zu überwältigt, sodass er sie einfach ignorierte.

»Maeve ... bist du das?« Seine Stimme zitterte und ein Kribbeln durchströmte seinen Körper. Die Sekunden bis zur Antwort waren das unerträglichste daran.

»Ja«, flüsterte sie.

»Ja, Mason. Ich bin zurück.«

Ihre Rückkehr war nicht so, wie er sie sich immer vorgestellt hatte. Er wollte sie in seine Arme schließen, sie küssen, ihr in tausend Worten beschreiben, wie glücklich er war und wie viel Trauer er durchlebt hatte. Er wollte ihr diese eine Frage stellen, die ihn jeden Tag hatte verzweifeln lassen, nämlich wo sie gewesen und wie sie verschwunden war.

Stattdessen starrte er sie nur ungläubig an, darauf gefasst, im nächsten Moment in seinem Bett aufzuwachen.

»Lass uns ins Haus gehen«, bat Maeve ihn leise. »Ich erfriere noch hier draußen.«

Nebeneinander gingen sie zum Haus. Mason traute sich noch immer nicht in ihre Nähe, daher nahm sie still und vorsichtig seine Hand in ihre. So war Maeve. Still, vorsichtig und liebevoll. Wie sehr er sie liebte, wie sehr er sie vermisst hatte und ... *Das hier ist nicht die Wahrheit,* schoss es ihm durch den Kopf. Egal, wie unbeschreiblich groß diese Sehnsucht danach war, das konnte nicht echt sein. Er wusste es einfach und er war vorbereitet. Auf die Enttäuschung, die ihn gleich durchfluten würde, weil er in den nächsten Sekunden aufwachen würde.

Doch so war es nicht. Maeve betrat mit ihm das Waldhaus und als würde es Mason seine Stimme zurückgeben, sah er sie noch genauer an als zuvor. Das war sie, seine Maeve. Blass und frierend, aber dieselben moosgrünen Augen, das lange dunkelbraune Haar in Wellen über ihren Schultern und das zarte Gesicht.

»Maeve, das ist nicht echt, oder?« Seine Stimme war nur ein Zittern der Angst, als könnte jeder Augenblick der letzte sein. Maeve verzog ihr Gesicht zu einem schiefen und doch verständnisvollen Lächeln.

»Doch, es ist echt«, brachte sie flüsternd hervor und griff wieder nach seiner Hand.

Plötzlich gab in ihm alles nach und er zog Maeve in seine Arme, hielt sie eng umschlungen an sich und hielt nur noch einen kurzen Moment inne, bevor er sie küsste. Wie Splitter fielen die Zweifel plötzlich von ihm ab.

»Du bist hier«, flüsterte er und blickte suchend in ihr Gesicht. »Wo bist du nur gewesen?« Sie zuckte mit den Schultern.

»Im Wald, glaube ich«, gab sie leise zurück und Masons Augen weiteten sich. Mit dieser Antwort hatte er beim besten Willen nicht gerechnet.

»Glaubst du? Wie kannst du denn nicht wissen, wo du die ganze Zeit gewesen bist?« Seine Stimme wurde ungewollt lauter.

»Ich weiß es nicht, Mason.« Sie ließ seinen Namen so liebevoll klingen wie früher.

»Es ist, als gäbe es keine Erinnerung daran. Als wäre ich gerade eben aus einem Schlaf erwacht und du hast mich gefunden. Ich weiß es nicht. Wie lange war ich weg, sagst du?«

»Sieben Monate«, hauchte Mason entsetzt und starr vor Angst.

»Sieben unerträglich lange Monate.«

Maeve hatte sich aus ihrem Kleiderschrank, den Mason seit ihrem Verschwinden nicht angerührt hatte, etwas zum Anziehen geholt und sich dankbar vor das Kaminfeuer gesetzt, um sich aufzuwärmen. Mason kochte Wasser auf und stellte ihr eine Tasse Tee hin, während seine Gedanken rasten. Ob ihr etwas Schlimmes, Traumatisches zugestoßen war, über das sie nicht reden konnte? Etwas, das sie selbst verdrängt hatte? Ob Maeve ihn anlog? Er schnappte nach Luft und ging zu ihr zurück. Wie konnte er nur so über sie denken? Das war nicht Maeves Art.

»Wo bin ich sieben Monate gewesen, Mason?« Nun war ihre Stimme weinerlich und brüchig. Ihre Verzweiflung war ihr deutlich ins Gesicht geschrieben und Mason wurde augenblicklich bewusst, dass sie ihren Gedächtnisverlust nicht erfunden hatte. Es nagte an ihr, ebenso wie an ihm.

»Ist schon gut ... Du bist wieder hier. Du bist wieder zu Hause. Bei mir.« Er schloss sie erneut in seine Arme. Er konnte es noch immer nicht glauben, dass er nicht längst aus diesem Traum aufgewacht war. Das Zusammensein mit Maeve fühlte sich neu und verwirrend an.

»Maeve, ich liebe dich.« Er war sich nicht sicher, ob sie sein raues Flüstern verstanden hatte, also wiederholte er seine Worte.

»Du warst so lange fort und ich habe mich an jedem Tag gefragt, wo du bist, ob du noch lebst und warum du gegangen bist. Ich habe dich mehr vermisst, als du dir vorstellen kannst, und jetzt bist du einfach hier, mitten in der Nacht – einfach so? Das kann doch nicht wahr sein ...« Seine Stimme wurde wieder leise.

»Ich dich auch, Mason«, flüsterte sie und ihr Kuss war so wunderschön und verwirrend, wie Mason es noch niemals zuvor erlebt hatte.

In dieser Nacht konnte Mason nicht schlafen.

Vielleicht war er manchmal für ein paar Momente eingenickt, aber es fühlte sich an, als hätte er die ganze Zeit nur Maeve angeblickt. Seine rasenden Gedanken hatten ihn keine Ruhe finden lassen.

Maeve war schon bald vor Erschöpfung dicht an seiner Seite eingeschlafen. Am nächsten Morgen, als die ersten Sonnenstrahlen durch das Fenster fielen, schreckte Mason sofort auf und blickte in Maeves noch verschlafenes Gesicht. Sie war kein Traum. Maeve schien seine Unruhe zu spüren und öffnete langsam die Augen. Ein müdes, aber glückliches Lächeln stahl sich auf ihr Gesicht.

»Guten Morgen, Mason«, sagte sie liebevoll.

»Guten Morgen. Ich kann nicht glauben, dass du hier bist.« Sanft strich er ihr über die Wange.

»Möchtest du Frühstück?« Sie nickte. Noch einige Momente lang beobachtete er ihr Gesicht, ihre wundervollen Augen und genoss die Erkenntnis, dass sie wahrhaftig wieder zu Hause war.

Als er aufstand und in die Küche ging, bemerkte er Hope, die zu Maeve tapste und sich zu ihr kuschelte. Maeve sprach mit ihr und freute sich unheimlich, die

Hündin bei sich zu haben. Das konnte Mason an ihrer Stimme erkennen.

Es war friedlich und wie aus einer früheren, längst vergessenen Zeit. Es war merkwürdig, dass Maeve keine Erinnerung an diese langen Monate hatte, und es bereitete ihm insgeheim Sorgen. Irgendetwas war ihr zugestoßen.

Maeve kam in die Küche und lächelte ihn vorsichtig an.

»Darf ich dich etwas fragen?«

Mason atmete tief ein und machte sich innerlich gefasst. Er betete, dass egal, was Maeve nun sagen würde, er es verkraften möge.

»Bist du wütend auf mich?«

»Maeve ...« sagte er sanft und trat näher an sie heran. »Ich bin daran verzweifelt, dass du so plötzlich verschwunden bist. Ich habe geweint, geschrien und geschwiegen. Ich habe mich von der Welt abgeschottet, weil ich so voller Trauer war. Noch nie war ich so einsam. Ich habe geglaubt, du wärst nicht mehr am Leben, wärst entführt worden. Ich habe befürchtet, du wärst abgehauen, um woanders dein Glück zu finden, und hatte Angst davor, dass die Polizei mir irgendwann sagen würde, du wärst ermordet im Wald gefunden worden. Wochenlang habe ich das Haus nicht verlassen und gezittert, wenn das Telefon klingelte. Ich habe ständig versucht, unseren letzten gemeinsamen Moment in Erinnerung zu behalten. Jedes Wort und jede Geste. Ich habe an mir selbst gezweifelt und bin an deinem plötzlichen Verlust beinahe zerbrochen. Sich jeden einzelnen Tag Sorgen zu machen, sich zu fragen, ob du wieder zurückkommen wirst, treibt einen in den reinsten Wahnsinn. Es waren die schlimmsten sieben Monate meines Lebens. Aber um deine Frage zu beantworten, nein, ich bin nicht wütend. Ich bin einfach verwirrt über das, was passiert und fürchte mich davor, vielleicht nur verrückt geworden zu sein.« Die Worte strömten aus ihm heraus wie etwas, das sich viel zu lange angestaut hatte und nun endlich ans Tageslicht kam. Maeve blickte ihm sprachlos und mit großen Augen entgegen.

»Maeve, ich habe dich tot geglaubt. Ich habe dich vermisst, an jedem Tag und in jedem Moment. Ich habe mich an alles geklammert, was von dir übrig blieb und geglaubt, ich könnte den Verlust nicht überleben, geschweige denn jemals aushalten.«

»Oh Mason ...« Sie umarmte ihn zärtlich. »Es tut mir so unendlich leid.«

»Ich wünschte so sehr, man könnte diese Zeit zurückdrehen.« Und dann weinte Maeve beinahe lautlos an seiner Schulter und ihre Tränen versickerten in seinem T-Shirt.

»Das wünschte ich auch, Maeve«, murmelte er ihr zu und strich vorsichtig über ihren Rücken.

»Mason? Liebst du mich noch?« Ihre Stimme war zaghaft.

Einen Herzschlag lang trafen sich ihre Blicke und Mason nickte kaum merklich.

»Ja, Maeve... Ich werde dich immer lieben.«

Die Zeit, als Maeve wieder mit im Waldhaus lebte, kam Mason vor wie eine in Traum gehüllte Wirklichkeit. Wie oft hatte er überlegt, wie das lang erhoffte Wiedersehen verlaufen würde, wie er sie in die Arme schließen und küssen würde. Wie sein Herz vor Freude zu rasen begann und aller Schmerz plötzlich vergessen sein würde.

Mason setzte schweigend Teewasser auf, während Maeve andächtig durch das Waldhaus ging und alles betrachtete, was sie damals zurückgelassen hatte.

»Du musst so viele Fragen haben und keine davon kann ich dir beantworten.«

Mason sah auf, blickte in ihre grünen Augen.

»Ich glaube dir«, sagte er zögerlich und leise, dann holte er tief Luft. »Aber ich verstehe es nicht. Du warst so lange Zeit fort, einfach verschwunden. Und erinnerst dich nicht daran? Mae, wenn dir irgendetwas zugestoßen ist, egal, wie schrecklich und schwer es auszusprechen ist, bitte lass es mich wissen, hörst du? Es bringt mich sonst eines Tages um den Verstand.«

Er blickte sie auffordernd an und sie nickte kaum merklich.

»Sobald ich mich erinnere, werde ich dir davon berichten. Versprochen, Mason. Es ist nur ... Ich erinnere mich an nichts. Als hätte man lange geschlafen und weiß nicht mehr, ob oder was man geträumt hat.

Als sei die Erinnerung ausgelöscht worden. Es macht mir Angst, selbst nicht zu wissen, was passiert ist oder wo ich war. Das ist unheimlich, oder nicht?«

»Ja, das ist es«, bestätigte Mason. Hope kam ängstlich zu ihnen gelaufen. Sie spürte die gedrückte Stimmung und hörte an der Art, wie sie sprachen, dass etwas nicht stimmte.

»Schon gut, mein Mädchen.« Er strich ihr über den Kopf.

»Wo hast du mich gefunden?«, fragte Maeve plötzlich.

»Vor dem Waldrand im Schnee. Als du mir entgegenkamst. Keinen Augenblick früher, Maeve. Ich wusste nicht, dass du im Wald bist. Ehrlich.« Sie seufzte.

»Das glaube ich dir auch. Aber warum hat mich zuvor niemand gefunden? Wurde ich entführt? Oder bin ich freiwillig gegangen? Und wohin?« Sie ließ die Hände sinken und sah ihn verzweifelt an.

»Es gab keine Hinweise auf einen Einbruch oder eine Entführung. Du warst eines Morgens einfach nicht mehr da. Spurlos verschwunden, ohne jegliche Hinweise. Weder im Waldhaus noch dort draußen. Die Polizei hat lange nach dir gesucht.«

»Und keine einzige Spur von mir?«, hauchte sie fassungslos.

»Sieben Monate keine Spur von dir«, versicherte Mason. »Bis du an Weihnachten plötzlich vor unserem Haus im Schnee saßt.«

»Das ist vollkommen verrückt.« Maeve ging zum Fenster und betrachtete die Stelle vor dem Waldhaus.

»Wo bin ich nur gewesen?«

Mason wusste keine Antwort darauf, denn es war dieselbe Frage, die ihn bereits seit Monaten quälte. Und nun, wo Maeve endlich zurück war, um ihm diese Antwort zu bringen, um sein Herz und seinen Verstand zu beruhigen, da wusste sie es selbst nicht einmal. Dieses Rätsel wurde immer größer und merkwürdiger statt kleiner und unbedeutender.

»Aber welchen Grund hätte ich, davonzulaufen? Hatten wir Streit?« Mason schüttelte den Kopf.

»Das Leben mit dir war alles, was ich mir je erträumt habe, das musst du mir glauben. Ich war so glücklich und unser Zuhause habe ich immer geliebt. Ebenso den Wald und die Spaziergänge mit Hope.« Sie lächelte kurz zu der Hündin hinüber.

»Ich war dort«, sagte Mason knapp und Maeve blickte überrascht auf.

»An deinem Ort, auf dieser Lichtung im Glacier-Nationalpark. Es war wunderschön und ich konnte zum ersten Mal wirklich verstehen, was du immer über den Wald gesagt hast.«

Ein wundervolles Lächeln erschien auf Maeves Gesicht.

»Können wir dorthin gehen? Gemeinsam?«, fragte sie und Mason nickte.

»Natürlich, Maeve. Alles, was du möchtest, solange du bei mir bleibst.«

Hope hüpfte durch den Schnee und Mason sah ihr nach. Es stand fest, dass Maeve die Liebe seines Lebens gewesen war, als er sie geheiratet und mit ihr dieses Haus gekauft hatte. Er hatte sie immer weiter geliebt. Gehofft und gebetet, sie möge zurückkommen. Maeve war immer alles für ihn gewesen. Aber nun war eine unerklärliche Lücke zwischen ihnen entstanden, die keiner von ihnen mit Antworten füllen konnte.

Mason holte tief Luft und die eisige Kälte klärte seine Gedanken. Im Innern liebte er Maeve noch immer und würde dies wohl bis auf alle Ewigkeit auch tun.

Die Lichtung wirkte an diesem Tag friedlicher. Maeve hatte Mason eindringlich erklärt, dass sie Hope nicht mitnehmen durften, aber er hatte ihr versichert, dass es in Ordnung war.

Maeve ging nachdenklich durch den Schnee und betrachtete den Himmel und die verschneiten Bäume. Mason beobachtete sie und blieb mit Hope an der Leine am Wegrand stehen. Sie sah glücklich aus und es war schön, sie so zu sehen.

»Sie da – bitte verlassen Sie mit Ihrem Hund sofort das Gelände!«, rief eine fremde Stimme zu ihm herüber und ein rundlicher Mann kam eilig auf ihn zugelaufen.

»Haben Sie die Schilder nicht beachtet? Hier herrscht strenges Verbot für Hunde, bitte verlassen

Sie ...« Der Mann hatte Mason fast erreicht. Mason wandte sich um und wollte nach Maeve rufen.

Doch Maeve war verschwunden. Er erstarrte und sein Blick überflog die Lichtung. Er rief ihren Namen, doch seine Frau tauchte nicht auf. Zwischen den Bäumen trat ein Reh auf die Lichtung und Mason schnürte es die Kehle zu. Er rang nach Luft, sein Herz pochte aufgeregt in seiner Brust und er verlor beinahe den Verstand. Hope bemerkte seine Unruhe und bellte aufgeregt, sodass der Mann eingeschüchtert etwas entfernt stehen blieb.

Mason starrte auf das Schneeflockenreh, das ihm neugierig, beinahe liebevoll entgegenblickte. Das konnte nicht wahr sein.

»Ich muss Sie nun wirklich bitten, zu gehen ...« Der Mann machte einen Schritt auf ihn zu und Hope bellte erneut.

»Maeve!«, entfuhr es Mason energisch, sodass auch die Hündin für einen Moment verstummte. Der Mann packte ihn am Arm.

»Wenn Sie mir bitte folgen würde, Sie können hier nicht einfach ...« Er ließ sich widerstandslos von dem Mann mitziehen, während Hope sich dagegen sträubte. Bevor sie um die Ecke bogen, warf Mason noch einen hektischen Blick zurück auf das Reh und sofort wurde ihm bewusst, dass seine Fantasie ihm einen gewaltigen Streich spielte. Das Schneeflockenreh flimmerte, wie ein Hologramm wechselte es flackernd die Gestalt zwischen Maeve und dem Reh. Mason entwich ein kurzes, hysterisches Lachen und er glaubte zu begreifen, dass Maeve in den letzten Tagen nur seiner Vorstellung entsprungen war.

Nichts daran war echt. So langsam verlor er tatsächlich seinen Verstand.

Das letzte Bild, das er vor sich sah, war das neugierige Reh, das mit seinen weißen Tupfen unverwechselbar war. Dann verließ Mason mit Hope und dem unfreundlichen Mann die Lichtung.

Mason stapfte gemeinsam mit Hope den Hang zum Waldhaus hinunter und hing seinen verwirrten und verzweifelten Gedanken nach. Er entschied, bald einen Psychiater aufzusuchen. Mehrfach hatte er das Gefühl gehabt, dass Maeve nach ihm rief. Er hatte sich umgedreht, war zurück gelaufen. Vergebens.

Plötzlich hielt Hope inne, spitzte die Ohren und wandte sich um. Maeve kam ihnen außer Atem entgegen gelaufen und Mason traute seinen Augen nicht. Ihre Wangen waren gerötet und sie blickte ihm mit großen Augen fassungslos entgegen, während Hope freudig an ihr empor sprang. Sprachlos starrte Mason seine Frau an und hatte das Gefühl, jeden Moment bewusstlos umzufallen. »Mason! Du bist einfach gegangen, was war los?«, fragte sie und kam zu ihm. Er schnappte hektisch nach ihrem Arm, fühlte ihre Hand, spürte ihren Pulsschlag und beobachtete, wie sie schwer atmete.

»Ist etwas?«, fragte sie besorgt und musterte ihn.

»Nein, nein, alles in Ordnung. Ich musste nur mit Hope den Park verlassen und das ziemlich schnell. Der Mann war sehr ungehalten«, erklärte er hastig und ließ von Maeve ab. »Ich habe noch nach dir gerufen – hast du mich nicht gehört?« Sie runzelte die Stirn.

»Natürlich, ich kam doch danach auf die Lichtung. Ich dachte, du hättest mich dort gesehen.«

Nein, dachte Mason energisch. *Ich habe dich nicht gesehen, weil auf der Lichtung ein Reh stand. Ein einzigartiges, unverwechselbares Reh, das mir in letzter Zeit öfters begegnet ist und weiße Punkte auf dem Fell trägt. Nein, ich habe dich nicht gesehen. Nur ein Reh, das mit deinem Bild verschwamm.*

Die Verborgenen

Caja versteckte sich im Dickicht, um Schutz vor der Kälte und dem Schnee zu finden. Als Isla sich ebenfalls zurückzog, wurde es für wenige Momente ruhiger.

»Erzähl mir wieder von den alten Geschichten, Caja«, forderte sie müde und Caja lächelte.

»Warum hörst du sie so gerne, obwohl du sie nicht glaubst?«

Doch Isla wehrte sich nicht dagegen und dies sprach für ihre Erschöpfung.

»Die Hunkas, unsere allerersten und frühesten Ahnen, waren große Krieger, so sagt man, und die meisten von ihnen führten einen eigenen Clan. Angeblich wurde unsere Art aus den stärksten Eigenschaften geschaffen, aber das sind Vermutungen aus meinen langen Jahren in dieser Welt. Die Hunkas hatten eigene Schutztiere und jeder Clan trug sein eigenes Schutztier auf einem Wappen.«

»Wer bestimmte die Schutztiere?«, murmelte Isla, obwohl sie die Antwort bereits aus Cajas Geschichten kannte. »Wer hat sich das ausgedacht?«

Caja lächelte. »Niemand. Die Hunkas erzählten, dass ihnen ein bestimmtes Tier erschienen war, meist im Traum. Das Tier sprach zu ihnen oder machte tagsüber auf sich aufmerksam. Du musst wissen, Isla, Schutztiere sind ein Symbol für eine Eigenschaft, so sagt es der Glaube der Hunkas. Die stärkste Eigenschaft im Innern eines Hunkas, sei es Mut, Tapferkeit, Stärke, Wille oder eiserne Sturheit, manifestiert sich also in Form des Schutztieres. Sie alle tragen eine tiefe Bedeutung in sich, jedes Tier steht für eine ausgeprägte Art des Charakters.«

Caja vernahm ein leises Seufzen von Isla.

»Du stehst für das Zeichen der Freiheit, Isla«, wisperte Caja ihr zu, doch sie war bereits eingeschlafen.

»Eines Tages wirst du es erfahren und verstehen, dass wir die Bestimmung eines Schutztieres in uns tragen. Gute Nacht, Isla. Mögen alle Schutztiere dieses Waldes deine Träume bewachen.«

Mason

Mason hatte ihr nichts von dem Schneeflockenreh erzählt und haderte weiter mit dieser bizarren Beobachtung. Es wäre einfacher gewesen, ihn für verrückt zu erklären. Die Tage mit Maeve vergingen weiter in einer ihm fremd gewordenen Ruhe und Normalität. Maeve lebte sich langsam wieder zu Hause ein und es begann, wie früher zu werden. Bis auf dieses Rätsel, das Mason Tag für Tag Kopfzerbrechen bereitete.

Er erinnerte sich an die erste Begegnung mit dem Schneeflockenreh, als er der Einzige gewesen war, der es gesehen hatte. Beim zweiten Mal hatte aber auch

Heather das wunderschöne Tier und seine Einzigartigkeit erkannt. Es existierte also wirklich, dessen war er sich sicher.

Immer wieder träumte er von Maeve und dem Schneeflockenreh. Und immer wieder verschwammen die beiden miteinander oder wechselten sich in ihrer Gestalt ab, sodass Mason verschwitzt aus dem Schlaf schreckte.

Maeve zog sich ihren Wintermantel über und legte Hope die Leine an, während Mason noch erschöpft am Esstisch vor seinem Kaffee saß. Die wirren Träume hatten ihn vom erholsamen Schlaf abgehalten und er fühlte sich furchtbar erschöpft.

»Sei vorsichtig«, rief er ihr zu.

»Ja, keine Sorge. Wir sind schon bald wieder zurück.« Er konnte hören, wie sie die Tür öffnete und hinaus trat. Innerlich wartete er darauf, wie die Tür anschließend ins Schloss fallen würde. Doch dieses Geräusch blieb aus.

Sekunden verstrichen, bevor er sich aufrappelte und zur Tür eilte. Kurz darauf konnte er Maeves freundliche Stimme hören.

»Guten Morgen, haben Sie sich verfahren?«

Mason trat auf die Veranda hinaus und erblickte sofort die junge Frau, die vor dem Waldhaus stand. Heather. Für einen Moment wurde ihm schwindlig und er konnte kaum glauben, dass dies überhaupt wahr sein konnte.

»Mason!« Heather stapfte empört an Maeve vorbei, die ihm nur ratlos entgegen blickte.

»Was ist nur los mit dir? Seit Weihnachten hast du dich kein einziges Mal mehr gemeldet! Ich habe mir schon solche Sorgen um dich gemacht!«, rief sie aufgebracht. Maeves Blick wechselte zwischen Heather und Mason hin und her.

»Wer ... wer ist sie?«, fragte sie vorsichtig und Heather drehte sich wutgeladen zu ihr um.

»Ist sie das? Ist das deine angeblich verschwundene Frau? Sie scheint mir gar nicht so verschwunden zu sein! Oder war das nur eine Masche? Lügst du allen Frauen in dieser Stadt vor, dass deine Frau seit Ewigkeiten spurlos verschwunden ist?« Heathers Worte überschlugen sich beinahe und ihre Augen funkelten ihn wütend an, während Maeve ihn mit offenem Mund anstarrte. Hope dagegen hatte sich eingeschüchtert hinter Maeve zurückgezogen.

Beide Frauen sahen Mason erwartungsvoll entgegen und es war nun an ihm, dieses Chaos zu beenden. Er wollte es für ein einfaches Missverständnis erklären, doch so einfach war es überhaupt nicht. Er selbst konnte sich Maeves Verschwinden ebenfalls nicht erklären, wie sollte er es dann Heather beibringen? Außerdem konnte er Maeve unmöglich erklären, dass Heather nichts weiter, als eine unbedeutende Kundin aus dem Laden war, denn daraufhin würde Heather durchdrehen.

Er befand sich in einem furchtbaren Zwiespalt.

»Heather, es tut mir Leid ... Aber sie kam erst an Weihnachten zurück, sie ... sie war wirklich verschwunden. Das war keine Lüge«, erklärte er und hob beschwichtigend die Hände. Maeve nickte geistesabwesend.

»Ja, das stimmt«, bestätigte sie leise und Heather sah sie für einen kurzen Moment an.

»Und wo war sie dann die ganze Zeit?«, rief sie vorwurfsvoll und machte einen weiteren Schritt in Masons Richtung.

Dann verstrichen die Augenblicke schweigend, denn keiner von ihnen konnte erklären, wohin Maeve verschwunden und woher sie plötzlich wieder gekommen war.

»Wie konntest du es wagen, mir so ins Gesicht zu lügen«, entfuhr es ihr zischend.

»War der Kuss überhaupt echt oder willst du mir jetzt auch noch sagen, du hättest ebenso gefühlt wie ich? Empfindest du überhaupt etwas für mich? Oder ist das alles nur Teil deiner hinterhältigen Lüge?« Heathers Worte trafen ihn wie Messerstiche und Maeve schnappte nur hektisch nach Luft. Ihre Hände verkrampften sich um Hopes Leine und kurz darauf schimmerten einige Tränen auf ihren Wangen.

Seine Gedanken drehten sich im Kreis und er fühlte sich zwischen den beiden Seiten gefangen. Welche Worte er auch wählen würde, eine der beiden würde er damit verletzen. Vergeblich suchte er nach einer

Möglichkeit, die Situation ohne Streit zu beenden. Heathers durchdringender Blick dagegen war eindeutig und gab ihm zu verstehen, dass er ohne eine ausführliche Erklärung nicht davon kommen würde. Er seufzte.

»Ich wusste nicht, dass Maeve zurückkehren würde«, sagte er langsam. Heather verschränkte sofort die Arme.

»Also sollte ich nur die Lücke füllen, bis sie aus dem Nichts, pünktlich zu Weihnachten, wieder auftauchen würde?«, entgegnete sie.

»Nein!« Maeve blickte ihn erschrocken an, schnappte nach Hope und wollte mit der Hündin gerade zurück ins Haus kehren, als Mason ihr dabei im Weg stand.

»Nichts von dem was ich zu dir gesagt habe, war gelogen. Ich hätte es nicht für möglich gehalten, dass sie tatsächlich wieder nach Hause kommen würde. Aber solange wir leben, wird mein Herz immer ihr gehören.«

Maeve hielt inne und sah ihn versöhnlich an, während Heather ihn mit aufgerissenen Augen anstarrte. Er wollte etwas hinzufügen und sie trösten, doch Heather kam ihm zuvor.

»Sag nichts«, warnte sie ihn und kehrte auf der Stelle zu ihrem Auto zurück. Mit diesen Worten ging sie fort und ließ Mason mit schwerem Gewissen zurück.

»Was war das, Mason?«, fragte Maeve mit zitternder Stimme. »Was hat diese Frau da gesagt?« Er konnte es in ihren traurigen Augen erkennen und in der Art wie sie hilfesuchend über Hopes Fell strich.

»Es tut mir Leid, dass du sie so erlebt hast, Maeve. Heather ist sehr ... impulsiv.«

»Wer ist sie?«, betonte Maeve erneut und wartete seine Antwort ab.

»Eine Freundin. Wir haben viel Zeit verbracht, als du ... als du ... « Maeve seufzte.

»Liebst du sie?«, fragte sie anschließend.

»Nein!«, entgegnete er und trat näher an Maeve heran. »Ich liebe dich und das weißt du.«

Für einige Augenblicke sagte niemand etwas.

»Maeve – ich muss dir etwas sagen«, brachte er stockend hervor. Sie blickte angespannt auf. Sie musste bemerkt haben, wie verkrampft er war und wie sich seine Stimme zu weigern schien.

»Als du auf die Lichtung kamst, du ... also ... du warst nicht du selbst.« Er holte tief Luft und Maeve sah ihn besorgt an.

»Mason ... geht es dir nicht gut? Was hast du?« Sie näherte sich ihm nur sehr langsam, doch er hielt ihr abwehrend die Hand entgegen.

»Du warst ein Reh. Ein Reh, das mir schon während deines Verschwindens begegnet ist. Ein Reh, das in meinen Träumen mit deiner Stimme zu mir spricht.«

Als er es ausgesprochen hatte, fiel eine schwere Last von ihm ab und seine Schultern sackten nach unten. Maeve sagte kein Wort.

»Seit Tagen glaube ich, verrückt zu werden, doch

ich kann nicht aufhören, daran zu denken. Ich weiß, was ich gesehen habe! Du warst nicht dort und trotzdem sagst du, du wärst auf die Lichtung getreten, nachdem ich dich gerufen habe! Du bist dieses Reh«, stieß er hervor, vor Aufregung vollkommen außer Atem.

»Hey ... alles gut, Mason. Es ist alles gut.« Maeve nahm ihn mit großem Entsetzen im Blick in den Arm und hielt ihn lange fest.

»Du musst denken, dass ich verrückt geworden bin, als du nicht hier warst«, flüsterte er, doch Maeve reagierte nicht darauf und strich ihm nur beruhigend über den Rücken.

»Wir sollten im Haus bleiben. Ich glaube, ein Schneesturm zieht auf«, sagte sie, ohne auf seine Worte einzugehen.

Der Schneesturm begann, wie Maeve es vorhergesagt hatte, noch vor Einbruch der Nacht. Sie saßen gerade am Tisch beim Abendessen, als Hope winselnd durch die Räume trappelte und versuchte, sich unter dem Tisch zu verstecken. Maeve sprach beruhigend auf sie ein und strich ihr über den Kopf.

»Ich habe Hope vermisst«, sagte sie sanft.

»Euch beide natürlich«, fügte sie dann hinzu und zwinkerte.

»Aber ich werde nie vergessen, wie sie zu uns gefunden hat. Weißt du noch, Mason? Als ich sie vom Tierheim mit nach Hause brachte? Sie war noch so klein und völlig verängstigt. Ich hätte sie dort unter keinen Umständen lassen können.« Die Erinnerung zauberte Maeve ein trauriges Lächeln ins Gesicht, während draußen der Schnee tobte. Mason erinnerte sich selbstverständlich daran, wie Maeve ehrenamtlich unzählige Stunden im Tierheim verbracht hatte und eines späten Abends, den rotbraunen Welpen in das Waldhaus trug. Hope war damals kaum größer als eine Katze gewesen und die kräftigen, laut bellenden Hunde in den Zwingern hatten ihr große Angst eingejagt. Auch Mason lächelte. Maeves gute Seele hätte es niemals ertragen oder zulassen können, den scheuen Welpen im einsamen Zwinger zurückzulassen. Stattdessen wuchs Hope wie ihr eigenes Kind bei ihnen Zuhause auf.

Den Nachrichten im Radio nach zu urteilen, würde sich der Schneesturm einige Tage über das Gebiet des Nationalparks legen. Sie waren vorbereitet und sorgten sich nicht darüber, die nächste Zeit einsam hier draußen zu verbringen.

Später, als Maeve das Geschirr in der Küche abspülte und Mason gerade Hope beruhigte, die sich im Bett verkrochen hatte, erschall ein lautes Klirren, wie von zersprungenem Glas.

Mason fand Maeve in der Küche, wie sie fassungslos

ihre zittrigen Hände anstarrte. Ein großer Servierteller lag zertrümmert auf dem Boden.

»Meine Hände ...«, flüsterte Maeve panisch.

»Schon gut, es war nur ein Teller.« Er ging zu ihr, umfasste ihre Hände und sah sie an. Ihre Haut war erschreckend kalt, obwohl sie vom Spülwasser warm sein müsste.

»Mason ich spüre sie nicht und sie zittern und ...« Ängstlich blickte sie in seine Augen.

»Hab keine Angst, Maeve. Es ist alles gut. Uns kann der Schneesturm nichts anhaben, versprochen.« Doch jetzt erkannte auch er das Zittern ihrer Hände und es erinnerte ihn augenblicklich an die merkwürdigen Momente auf der Lichtung. Als würde Maeve flackern, wie die Flamme einer Kerze in einem Windhauch.

»Ich möchte kurz nach draußen gehen«, sagte sie kaum hörbar und Mason schüttelte entsetzt den Kopf.

»Nein, du kannst jetzt nicht rausgehen, Maeve. Der Schneesturm ist zu gefährlich ... Bitte bleib bei mir.« Flehend drückte er ihre Hände ein wenig fester.

»Mason, ich werde dich nicht verlassen. Niemals.« Ihr Lächeln war versöhnlich. Wieder flimmerten ihre Hände, als hätte bereits etwas Unaufhaltsames begonnen.

»Du kannst da jetzt nicht raus. Maeve, ich werde dich sonst verlieren! Aus diesem Schneesturm kommst du nicht wieder zurück!« Seine Stimme wurde lauter und die Panik, die sich seiner bemächtigt hatte, wuchs.

»Ich liebe dich, Mason. Und das wird auch immer so sein.« Sie löste sich aus seinem Griff und zog die Haustür mit einem kräftigen Zug auf. Nachdem sie noch einmal kurz ihre Hände betrachtet hatte, trat sie auf die Veranda hinaus.

Wild umher wirbelnde Schneeflocken schlugen ihr heftig entgegen, während Maeve ganz langsam die kalte Luft einatmete und die Augen schloss. Mason trat näher zu ihr und beobachtete, wie sie allmählich ruhiger wurde. Sein Blick blieb an ihr haften und er redete sich selbst ein, dass er sie nicht noch einmal verlieren würde. Dass er nur wenige Meter von ihr getrennt war und jeden Moment eingreifen konnte. Aber was sich vor seinen Augen abspielte, war durch kein Handeln der Welt umzukehren.

Maeves Abbild begann zu verschwimmen. Die Silhouette eines Rehs blitzte auf.

»Maeve!«, schrie er entsetzt und griff nach ihrem Arm. Doch er fasste ins Leere. Ihr flimmerndes Gesicht wandte sich unsicher zu ihm um und ihre Lippen formten ein paar letzte Worte. Ihre Angst und Fassungslosigkeit waren ihr deutlich anzusehen.

»Was auch passiert, Mason ... Ich liebe dich. Und ich werde immer zu dir zurückkehren. Immer.«

»Maeve! Bitte verlass mich nicht schon wieder!«, flehte er und seine Stimme versagte beinahe.

»Ich liebe dich, du bist ...« Noch bevor er seinen Satz vollenden konnte, war Maeve verschwunden. Nur wenige Meter von ihm entfernt, stand das Schneeflockenreh und blickte ihn nervös an. Die großen Ohren waren aufgestellt und die Augen geweitet vor Angst.

Die weißen Punkte waren im Schneesturm kaum auszumachen und Masons Herzschlag setzte für einige Momente aus. Das hier konnte unmöglich real sein. Das war nicht echt. Menschen konnten sich nicht in Tiere verwandeln. Es war ihm unbegreiflich.

»Ich werde dich suchen«, hauchte er. »An jedem einzelnen Tag werde ich dich suchen, bis ich dich eines Tages wieder in meinen Armen halten kann. Bitte vergiss mich nicht, Maeve.« Seine Stimme war nicht annähernd laut genug, um den heftigen Sturm zu übertönen. Das Schneeflockenreh wandte den zarten Kopf in Richtung Wald und musterte für wenige Augenblicke die Dunkelheit, bevor es einfach darin verschwand.

Von da an kam Mason das Waldhaus wie ein Gefängnis vor. Seine Sorge um Maeve war kaum auszuhalten und doch war es ihm nicht möglich, vor die Tür zu treten, die bereits am nächsten Morgen zugeschneit und festgefroren war. Ununterbrochen dachte er an Maeve und immer wieder blitzte das Bild von einem zu Tode erfrorenen Reh mitten im Wald vor seinem inneren Auge auf. Plötzlich war es nicht mehr die Zeit bis zu ihrer Rückkehr, die eine Rolle spielte, sondern einzig und allein, dass sie überhaupt wieder zurückkam. Bei dem Gedanken daran, dass er im warmen Waldhaus hockte und Maeve dort draußen im Sturm um ihr Leben kämpfte, bekam er ein schlechtes Gewissen.

Ohne die Arbeit oder eine andere Ablenkung waren

die Tage lang und eintönig. Die Erkenntnis, dass Maeve am Leben war und ihr plötzliches, unerklärliches Verschwinden mit dem besonderen Schneeflockenreh zusammenhing, war schwer zu begreifen, und doch überkam Mason eine seltsame Welle der Erkenntnis und Akzeptanz. Er war nicht verrückt geworden, jedoch war dies die eigenartigste Geschichte, die er bisher erlebt hatte. Manchmal sprach er mit Hope, blätterte gedankenverloren in einem Buch, das er nicht las, und die meiste Zeit starrte er aus dem einzigen Fenster, das er frei gelassen hatte. Täglich suchte er am Waldrand nach jedem kleinsten Hinweis, ohne dass er einen fand.

Erst am dritten Tag begann sich der Sturm zu legen. Mason legte Hope eine Leine an und auch wenn es riskant war, sie nach einem Schneesturm mit nach draußen zu nehmen, fühlte er sich sehr viel sicherer und ruhiger, wenn sie an seiner Seite war.

Der Wind hatte nachgelassen, aber der Schnee lag noch immer sehr hoch und er hatte Mühe, durch die dicke weiße Schicht zum Waldrand hinaufzugehen. Auch Hope hatte Schwierigkeiten und versank fast komplett im tiefen Schnee. Mason hatte nicht vor, sich zu weit hinauszuwagen. Er kannte die Warnungen nach Schneestürmen und er hatte die letzten Tage sehr genau darüber nachgedacht. Maeve hatte sicherlich Schutz im tieferen Wald gefunden und war unversehrt. Dieser Spaziergang diente lediglich dazu, den vorderen, lichteren Wald abzusuchen, um seine eigene Sorge etwas abzuschwächen.

Als sie endlich den Wald erreicht hatten, wanderte Masons Blick zwischen den Baumreihen hindurch. Ruhig und konzentriert, obwohl er erschöpft war und die Kälte bereits durch seine Kleidung sickerte. Hope spitzte die Ohren und schien ebenfalls Ausschau zu halten. Seine angespannten Schultern lockerten sich, als er nichts Auffälliges entdeckte. Einige Äste waren abgebrochen und lagen quer über dem Boden oder hingen in den Baumkronen. Gerade deshalb sollte man nach einem Sturm niemals den Wald aufsuchen.

Mason überlegte beim Weitergehen, einen lauten Schrei loszulassen, um eventuell ein paar Tiere aufzuscheuchen. Vielleicht würde er Maeve so ebenfalls sehen können und konnte beruhigt nach Hause zurückkehren.

Allerdings fand er den Gedanken, die nach dem Schneesturm geschwächten Tiere, die sich in ihren Verstecken zusammenkauerten, zu erschrecken, sehr rücksichtslos. Er wollte sie nicht noch mehr in Panik versetzen. Mason erkannte, wie viel stärker sein Mitgefühl für die Waldtiere plötzlich war, seit er wusste, dass Maeve eines von ihnen war. Von jetzt an war seine Frau und große Liebe nicht einfach nur spurlos verschwunden und möglicherweise tot. Sie war ein Teil des Waldes und er musste nur zwi-

schen den Bäumen hindurchgehen, um ihr irgendwann zu begegnen.

Maeve

Sieben Tage waren seit dem Schneesturm vergangen und die Sonne zeigte sich endlich wieder am Himmel. Die Temperaturen waren noch immer im Minusbereich und Schneereste verdeckten einige Futterstellen. Wir standen zu viert auf einer Lichtung und die anderen rissen hungrig Rinde von den Bäumen. Zwei von ihnen waren seit dem Sturm nicht wieder aufgetaucht und wahrscheinlich der Kälte erlegen. Eines davon war ein Jungtier aus dem letzten Jahr gewesen und manchmal rief seine Mutter noch nach ihm. Aber es würde nicht zurückkehren, der Winter hatte seinen Tribut eingefordert.

Seit ich denken konnte, war ich mit dieser kleinen Herde durch die Wälder gezogen und ich konnte mich an nichts anderes erinnern, als die Zeit, die wir seit Mai zusammen verbrachten. Die anderen Rehe hatten gerade zu dieser Zeit ihre Jungen zur Welt gebracht und sie auf Schritt und Tritt behütet. Doch die Kleinen waren noch nicht zur Flucht bereit und wenn wir auf Futtersuche gingen, drückten sie sich im hohen Gras dicht auf den Boden, damit sie ungesehen auf unsere Rückkehr warten konnten.

In den folgenden Monaten zogen wir gemeinsam mit den Jungtieren über die Felder. Wir lehrten sie das richtige Futter zu suchen, die Umgebung zu sichern und ständig wachsam zu sein, bevor wir uns den Sommer über aufteilten. Es war ein warmer und nahrungsreicher Sommer gewesen, sodass wir uns sicher waren, die Jungtiere würden selbstständig durchkommen. Und so streute sich unsere Herde, wie es für Rehe üblich war. Die Jungtiere verließen uns und wir zogen ebenso allein durch das Territorium.

Gelegentlich begegnete ich dabei jungen Hirschen, die gegeneinander kämpften und versuchten sich zu beweisen. Die Jungen verloren ihre typische Zeichnung und übten sich in ihrer Selbstständigkeit. Und gegen Ende des Sommers setzten wir uns zu neuen Sprüngen, kleinen Gruppen, zusammen. Darunter fanden sich wieder Vertraute und frühere Jungtiere, die zurückkehrten.

Der darauffolgende Herbst war die gefürchtetste Zeit des Jahres. Wenn die Jagd begann und Menschen in unseren Wäldern umher schlichen und auf uns schossen. Sie glaubten unbemerkt zu sein, schienen aber nicht zu wissen, dass wir sie weit über dreihundert Meter bereits riechen konnten, noch bevor unsere Augen sie erfassten. Wir wussten, dass sie sich in der Nähe aufhielten und so sehr wir auch versuchten zu entkommen, trafen sie leider viel zu häufig. Danach zerrten sie es blutig und mit leblosen Augen aus dem Wald. Nannten das Leben in unserem Blick Lichter und ich fragte mich lange, was es bedeuten sollte. Mir erschien es nicht richtig, über die Lichter unseres Lebens zu philosophieren, während sie uns doch erschossen und uns unsere Leben nahmen.

Vielleicht war es Glück, dass ich bis zum Winter überlebte und sogar dem eisigen Schneesturm nicht zum Opfer fiel. Es schien mir ein trauriges Geschenk, weil wir in diesem Jahr viele Leben aus unserer Sprunggemeinschaft verloren hatten. Mütter stießen Suchlaute nach ihren Jungen aus und einige Hirsche waren zum Winter nicht zurückgekehrt. Ja, es war eine bedrückende Zeit nach dem Schneesturm, wie wir dort zusammenstanden und im Schnee scharrten.

Meine Ohren zuckten nach links, ein Vogel raschelte dort im Baum. Ein Zedernseidenschwanz, dessen rundlicher Körper und graue Federn kaum zu erkennen waren. Sein rötlicher Kopf mit den kleinen abstehenden Federn glich einer Haube.

»Mae?«

Erschrocken zuckte ich zusammen und sah mich

um. Das Geräusch einer Stimme schien mir fremd und vertraut zugleich.

»Mae, komm schon. Ich weiß, dass du da drin bist«, ertönte es erneut.

»Wer spricht da?«, schoss es durch meinen Kopf. Unsicher duckte ich mich und versuchte herauszufinden, was vor sich ging.

»Ich bin es. Direkt über dir. Hier oben.«

Der Zedernseidenschwanz zwitscherte.

»Du?«

Der Vogel hüpfte auf einen der unteren Äste und ich überlegte für einen kurzen Moment, ob ich auf und davon springen sollte. Aber normalerweise hatten Rehe keine Angst vor Vögeln.

»Ich wusste, ich würde es irgendwann schaffen, zu dir durchzudringen.« Die Stimme in meinem Kopf klang erfreut und stolz.

»Wie kann es sein, dass ich dich ... höre?«, dachte ich und direkt ertönte wieder das Zwitschern.

»Sein Bewusstsein kann man erst sehr viel später mitnehmen. Ich versuche schon länger, mit dir zu sprechen, aber es war wohl einfach noch nicht an der Zeit.« Ich verstand nicht, was der kleine Zedernseidenschwanz da von sich gab.

»Was passiert hier gerade?«, fragte ich den Vogel und dieses Mal hörte sich sein Gesang fast wie ein Lachen an.

»Du und ich sind Gestaltenwandler. Dein Name ist Maeve, so ruft dich jedenfalls immer der Mann aus dem Waldhaus. Aber ich werde dich nur Mae nennen. Ich will dich nicht so nennen wie der Mann aus deinem alten Leben, vor dem du vielleicht geflüchtet bist.«

Es war irritierend, wie die Worte durch meinen Kopf schossen, ganz zu schweigen von der Unmöglichkeit dieser Situation.

»Wie kann es sein, dass wir uns unterhalten können?«

Der Zedernseidenschwanz pickte kurz an einer Baumrinde.

»Tiere können nicht sprechen. Aber wir Gestaltwandler haben ein menschliches Bewusstsein in uns, das nach und nach mit unserer Wandlungsgestalt verschwimmt. So ist es nach mehreren Verwandlungen möglich, auch in seiner Gestalt sein volles Bewusstsein zu erlangen und über Gedanken zu kommunizieren. So wie ich. Mein Name ist übrigens Isla. Wir können Freundinnen sein. Schließlich gibt es nicht so viele von uns.«

Langsam versuchte ich die Gedanken zu ordnen, die chaotisch durch meinen Kopf schwirrten.

Es klang verrückt und allein die Vorstellung, dass ich soeben mit einem Vogel Gedanken austauschte, machte mich nervös. Ich war ein Reh auf einer Lichtung im Wald. Ein gewöhnliches Leben ohne menschliches Bewusstsein oder Vergangenheit. Ob der Schneesturm mir doch mehr zugesetzt hatte, als ich dachte?

»Mach dir keine Sorgen, Mae. Bald wird es besser. Aller Anfang ist schwer und der eines Gestaltwandlers sowieso.« Isla flatterte auf den nächsten Ast.

»Woher wusstest du, dass ich auch ... so bin?«, dachte ich und der Zedernseidenschwanz hörte mich sofort.

»Du bist gezeichnet. Wie wir alle. Siehst du das hier?« Der Vogel drehte sich um und zeigte mir die blaue Federspitze.

»Bei anderen meiner Art ist sie normalerweise gelb oder rot. Ich bin die einzige mit einer blauen Federspitze. Und du dagegen siehst aus, als hättest du als Junges zu lange im Schnee gestanden. Ist dir noch nie aufgefallen, dass du anders als die anderen bist?«

»Ich habe mir, ehrlich gesagt, noch nie Gedanken darüber gemacht«, antwortete ich schüchtern.

»Unsere Einzigartigkeit macht uns sichtbar. Na ja, zumindest unter uns. Die Menschen verstehen und die anderen Tiere erkennen es nicht«, plapperte Isla unbeirrt weiter.

»Sind wir die Einzigen?« Meine Frage klang selbst in meinem eigenen Kopf leise.

»Die Einzigen? Ach was, es gibt mehr als nur ein Reh und einen Vogel. Du wirst sie kennenlernen und mit der Zeit auch selbst erkennen. Aber zuerst mal müssen wir deinem Bewusstsein auf die Sprünge helfen. Folge mir.«

Der Zedernseidenschwanz spannte die Flügel und setzte über meinen Kopf hinweg. Zögerlich sah ich

Isla nach, unsicher, ob ich ihr wirklich folgen sollte. Normalerweise verließ man die Herde nicht einfach so. Vor allem nicht, nachdem wir schon zwei der Herde verloren hatten. Der Zusammenhalt war jetzt am stärksten und wir suchten nach dem besten Weg, unser Überleben zu sichern.

»Na, kommst du wohl endlich?«, zwitscherte Isla vorwurfsvoll in meinen Kopf und drehte große Kreise über der Lichtung.

»Wie weit reicht diese Gedankenübertragung eigentlich?« Meine Hufe setzten sich in Bewegung und stapften dem verrückten Vogelgezwitscher nach.

»Das bedarf einiger Übung und Zeit. Ich zum Beispiel habe schon eine sehr lange Kommunikationswelle, dich dagegen hört man kaum weiter, als du sehen kannst. Aber keine Angst, ich bleibe bei dir. Ich will meine Freundin ja nicht schon am ersten Tag verlieren.«

Isla folgend verließ ich die Herde und irgendwann auch den Wald. Wir erreichten einen Hang, der einer verschneiten abwärtslaufenden Wiese glich. Umgeben von dunklen Bäumen, stand in der Mitte ein einsames Haus.

»Ich war schon einmal hier«, dachte ich.

»Ja, Mae, das ist dein Zuhause. Hier kommst du her – erinnerst du dich? Ich habe dich und deinen Mann schon beobachtet, als du noch nicht gewandelt bist.«

Meine großen Ohren stellten sich auf, mein Blick war fest auf das Haus gebannt. Zuerst erkannte ich nicht mehr als das bloße hölzerne Haus und die Veranda davor. Isla schwieg und so betrachtete ich weiter eingehend das Gebäude, als plötzlich eine Flut von Bildern meine Gedanken erfasste. Es waren Bilder und Worte, Stimmen und Gerüche, die wie ein Zeitraffer vor meinem inneren Auge vorbeischossen. Wie unzählige Puzzleteile rieselten die Erinnerungen wieder an ihren Platz und ergaben ein gesamtes Bild. Ein Mann, der mich in seine Arme schloss, mich küsste und mit mir sprach. Mason! Wir lachten gemeinsam über etwas und ein Hund – *Hope!,* schoss es mir durch den Kopf – sprang aufgeregt um uns herum. Wir wirkten glücklich und etwas in mir zog sich schmerzhaft zusammen. Auf einmal war ich nicht mehr nur Teil der Herde, sondern sah mein eigentliches Leben in rasenden Bildern davonziehen. All die Jahre, die ich zuvor außerhalb dieses Körpers verbracht und gelebt hatte. Wie oft hatte ich mich nur gefragt, weshalb meine Erinnerungen nur bis zum letzten Frühling zurückreichten. Konnte das wahr sein? Hatte mich mein menschliches Leben für einen Rehkörper verlassen? Wie konnte das real sein?

War es überhaupt möglich, zwischen verschiedenen Gestalten zu wandeln? Weitere Bilder flogen mir wie selbstverständlich zu. Von unserer Hochzeit und dem wunderschönen Kleid, das ich damals getragen hatte. Von Masons glücklichem Lächeln und dieser unbeschreiblichen Liebe zwischen uns.

»Ich erinnere mich ...«, flüsterte ich überwältigt und der Vogel setzte sich auf meinen Rücken.

»Es dauert lange, bis wir unser Bewusstsein mit in die Wandlungsgestalt nehmen können. Aber erst dann beginnt deine wirkliche Reise«, antwortete Isla ruhig. Langsam verebbten die Bilder aus meinem vorherigen Leben und mein Herzschlag begann sich zu beruhigen. Für einige Momente blieb es still zwischen uns und Isla wartete auf meine Reaktion. Als letztes Bild blieb mir Masons vertrautes Gesicht, wie er mich schief anlächelte.

»Mason«, dachte ich sehnsüchtig und wollte am liebsten sofort auf das Waldhaus zustürmen. Mit aufgestellten Ohren setzte ich einen Huf vor den anderen.

»Nein nicht, Mae! Du musst dich noch etwas gedulden. Wir wissen nicht, na ja ... wovor du geflüchtet bist.«

»Wie meinst du das? Ich bin nicht geflohen, sondern wurde grundlos aus meinem Leben gerissen. Mason ... ich liebe ihn. Isla, ich will nach Hause«, klagte ich und scharrte mit dem vorderen Huf im Schnee.

»Tut mir leid, Mae, du verstehst nicht. Wir Gestaltwandler haben meist einen Grund, aus der gewöhnlichen Welt entfliehen zu müssen. Wenn der Drang und Wunsch danach so stark geworden ist, dass man nicht mehr dort sein möchte oder kann, wo man ist – wird die erste Verwandlung ausgelöst. Vermutlich kennst du deinen eigentlichen Grund dafür gar nicht mehr, weil wir das sehr schnell verdrängen. Es wird schwer sein, dahinterzukommen. Aber wir haben Zeit.« Isla hüpfte auf meinen Kopf und meine Gedanken kehrten zurück in die Vergangenheit. Innerlich grübelte ich, suchte nach einem entscheidenden Punkt.

»Er hat den Tod seiner Eltern nie verkraftet«, begann ich zögernd. »Als sie starben, war er so lange Zeit verloren ... Natürlich hat er getrauert und das habe ich immer verstanden. Ich habe all die Aufgaben von ihm ferngehalten, die notwendig waren. Aber er wurde unerreichbar, hat nie mit mir darüber gesprochen oder mich daran teilhaben lassen, was in ihm vorgeht. Wir waren einige Zeit direkt nebeneinander und doch getrennt. Könnte das der Grund sein? Meinst du, das hat gereicht, um ein Reh aus mir zu machen?«, fragte ich unsicher und Isla schlug mit den Flügeln.

»Das kann ich dir leider nicht sagen, Mae. Wir sollten Caja fragen, sie weiß immer eine Antwort. Aber möglich wäre es. Hat es denn nie aufgehört?«

»Mit den Monaten hat es nachgelassen. Aber ich glaube, er hat es nie überwunden. Dieses Trauma ist ihm immer geblieben.« Eine kurze Pause entstand.

»Deshalb muss ich zu ihm, Isla. Er wartet auf mich. Er braucht mich. Ich muss zurück nach Hause.« Fest entschlossen schüttelte ich den Kopf und warf Isla damit in die Luft. Ich stapfte energisch auf das Waldhaus zu und erinnerte mich an unseren Abschied, daran wie er sagte: »Ich liebe dich und werde dich jeden Tag suchen.«

»Hör auf damit, Mae! Ich kann dich hören, schon vergessen? Wie willst du das denn anstellen, hm? Wenn zwischen euch wirklich nichts vorgefallen ist und ihr bis an euer Lebensende glücklich und verliebt weiterleben wollt, wäre es dann nicht besser, du könntest wieder ein Mensch sein?«

Ich zuckte zusammen, als sie das sagte, und hielt inne. Meinen Blick wandte ich nicht vom Haus ab. Isla flog mir hinterher und setzte sich vor mir in den Schnee.

»Ich werde Nachsicht mit dir haben, weil du neu bist. Aber wie ich schon erwähnt habe, bist du nicht allein. Wir versuchen herauszufinden, wie man das Wandeln besser kontrollieren kann. Als Neuwandlerin wärst du uns dabei eine große Hilfe.« Sie wusste, dass sie damit meine gesamte Aufmerksamkeit hatte.

»Wollt ihr nicht auch alle zurück in euer altes Leben?«, fragte ich sie neugierig und Isla zögerte kurz.

»Nicht alle von uns«, antwortete der Zedernseidenschwanz knapp.

»Ich möchte nichts mehr, als wieder bei Mason sein.« Meine Gedanken klangen wehmütig und traurig.

»Lass den Kopf nicht hängen, Mae. Komm, lass uns deine Wandlungszeit noch sinnvoll nutzen.«

»Nutzen?«, fragte ich erstaunt. »Du meinst, das hier soll irgendetwas Positives an sich haben?«

Entsetzt plusterte Isla sich auf und ihr Zwitschern klang schriller als zuvor, so als würde sie lachen.

»Du hast diese absolut seltene Gabe, zwischen den Gestalten zu wandeln und glaubst, es sei nichts Besonderes? Oh Bambi, du musst noch viel lernen. Na los, lass uns zurückgehen.«

Für einen Moment verfolgte ich Islas Flug in der Luft, bevor ich dem Waldhaus einen letzten Blick zuwarf und dem Zedernseidenschwanz folgte.

Mason

Mason öffnete die Tür zu der Bar, in der er sich mit Ben zu einem Gespräch verabredet hatte. Seit dem Schneesturm und Maeves Verschwinden waren einige Tage verstrichen und er musste unbedingt wieder Normalität einkehren lassen. Auch wenn er es ungern zugab, war Mason froh über diese Abwechslung. Seit Wochen starrte er nach seinem Feierabend aus dem Fenster oder wartete auf der Veranda auf ein Zeichen oder ihre Rückkehr. Enttäuscht und niedergeschlagen erinnerte er sich aber immer wieder daran, dass Maeve als Reh womöglich nicht wusste, wer er war.

Er hatte nicht damit gerechnet, dass auch Heather ihn bereits erwarten würde. Das schlechte Gewissen stieg sofort in ihm auf, weil er sich nicht mehr bei ihr gemeldet hatte. Kaum hatte sie ihn bemerkt, stand sie energisch auf und lief ihm aufgebracht entgegen.

»Du hältst es wohl nicht für nötig, mich zurückzurufen oder auf irgendeine Nachricht zu antworten? Was ist los mit dir? Ich dachte, das mit uns ... würde etwas werden!«, sagte sie ungehalten, noch bevor Mason den Tisch erreicht hatte.

Er konnte sie verstehen. Sie hatten viel Zeit miteinander verbracht und sie war geduldig mit ihm gewesen. Heather hatte ihm wirklich viel Freiraum gegeben, um sich für etwas Neues bereit zu fühlen. Sie hatte ihn mit ihrer wunderbaren Art verzaubert und fasziniert, aber nichts davon hatte Mason dazu gebracht, Maeve zu vergessen. Und dann war seine Ehefrau einfach vor seinem Haus aufgetaucht.

»Es tut mir leid«, sagte er und versuchte langsam zum Tisch zu gehen. Heathers Blick lag noch immer wutgeladen auf ihm. Eine kurze Stille entstand.

»Du bist ihr wohl eine Erklärung schuldig«, half Ben ihm auf die Sprünge und Mason nickte zaghaft.

»Heather, es ... tut mir wirklich leid, ich wollte dich nicht verletzen. Aber das mit uns, ich glaube ... Ich glaube, dass ich nicht bereit bin.« Er holte tief Luft.

»Ich konnte sie nie aufgeben«, fügte er leiser hinzu und Ben sah bedrückt zu Boden.

Heather trat einen Schritt näher an Mason heran.

»Mason, was ist passiert? Seit ich dich kenne, erzählst du mir, dass deine Frau spurlos verschwunden ist. Dass niemand wüsste, ob sie jemals wieder auftauchen würde – und plötzlich steht sie einfach so vor deiner Haustür? Das soll ich glauben? Für wie naiv hältst du mich eigentlich? Wo war sie denn, als sie angeblich verschollen war?«

Für einen kurzen Moment konnte Mason zwischen Wut und Ärger ihr Mitgefühl erkennen.

»Ich kann es dir nicht erklären. Du würdest es mir sowieso nicht glauben und auch nicht verstehen. Niemand würde das verstehen.« Heather rang noch sichtlich mit sich und seiner Erklärung.

»Warum hast du nicht mit mir darüber gesprochen? Du hättest mir sagen können, dass du Zeit für dich brauchst. Ich hätte doch versucht, das zu verstehen!« Sie löste kurz die Arme aus ihrer Verschränkung, sah ihn jedoch weiterhin vorwurfsvoll an.

»Heather, es tut mir leid. Ich weiß es leider nicht und ich kann es dir auch nicht annähernd erklären. Dich zu kränken war auf keinen Fall meine Absicht. Unsere gemeinsame Zeit bedeutet mir ebenso viel wie dir.«

»Das glaubst du doch selbst nicht!«, entfuhr es ihr wütend. »Du hast mir vorgespielt, sie sei verschwunden – stattdessen wolltest du mich als eine Affäre hinhalten!« Ihre laute Stimme wurde ihm unangenehm, denn die Leute wandten sich bereits nach ihnen um.

»Heather, ich bitte dich … So war es nie und das

weißt du auch. Maeve war sieben verdammte Monate fort und plötzlich steht sie vor dem Haus. Was glaubst du, wie merkwürdig das war? Nicht, dass ich es mir nicht all die Zeit gewünscht hätte, aber als es tatsächlich so war ...«

»Soll ich jetzt Mitleid mit dir haben?«, zischte sie ihm entgegen und Mason schwieg darauf.

»Nein, ich meine ... kriegen wir das wieder hin? «

Sie schmunzelte unwillkürlich und schien gespielt darüber nachzudenken.

»Aus uns wird nie etwas werden, richtig?« fragte sie skeptisch.

Mason zog vorsichtig die Schultern nach oben und bemühte sich um ein entschuldigendes Lächeln. Und obwohl es befreiend sein sollte, kamen die Zweifel und Fragen in ihm auf, wie es mit Maeve eigentlich weitergehen und wie ihre Beziehung funktionieren sollte.

Heather seufzte und ließ sich auf den Stuhl sinken.

»Können wir wenigstens schon einen Schnaps bestellen, wenn wir schon solche dramatischen Gespräche führen?«, fragte Heather und Ben stutzte. Nur Heather war im Stande nach einem Streit solche Reaktionen hervor zubringen.

»Ich hatte noch nicht einmal ein Abendessen«, gestand Mason und Heather ergriff sofort ihre Chance.

»Das schuldest du mir aber definitiv nach dieser ganzen Sache.« Sie hob die Hand und winkte einen Kellner zu sich.

»Wusstest du von Anfang an, dass das mit uns nicht funktioniert?«, bohrte Heather noch einmal nach.

»Nein«, sagte Mason. »Nein, das wusste ich selbst nicht.«

»Hm«, machte Heather nachdenklich und ihr Blick wanderte durch den Raum.

»Entschuldige, ich ... versuche nur, es irgendwie zu verstehen, was ich falsch gemacht habe.«

»Heather«, sagte Mason und sah noch einmal tief in diesen strahlend blauen Augen, die er so verwirrend wie auch atemberaubend schön fand.

»Du hast dich überhaupt nicht falsch verhalten. Es tut mir leid, dass du dir meinetwegen Sorgen gemacht hast. Und ich mag deine direkte Art, also entschuldige dich nicht dafür.« Beim letzten Satz hoben sich ihre Mundwinkel zu einem Lächeln und sie blickte ihn versöhnlich an.

»Heißt das, wir werden uns weiterhin sehen?«

Mason lächelte nun ebenfalls und nickte.

»Ja, das werden wir.«

Als der Kellner nicht bald darauf erschien, stand Heather auf, um sich an der Theke zu beschweren. Mason konnte sich das Grinsen nicht verkneifen.

»Es macht dir doch nichts aus, dass ich Heather auch angerufen habe, oder?«, fragte Ben nach, doch Mason schüttelte schnell den Kopf.

»Nein, schon okay. Ich hätte ihr das schon viel früher sagen müssen, dass das mit uns keine Chance hat. Das hätte einfach nicht funktioniert.«

»Dabei sieht sie wirklich gut aus«, entgegnete Ben, als wollte er damit bezwecken, dass Mason es sich noch einmal überlegte. Er hatte Heather eine Abfuhr aus Entschuldigungen erteilt, obwohl jede Verabredung mit ihr ein weiterer Schritt in das echte Leben war, er sie unglaublich gutaussehend fand und sie ihm die Zeit gab, die er benötigte. Aber plötzlich war alles anders.

Plötzlich war Maeve zurück.

Als Heather mit den Getränken zurück an den Tisch kam, musterte Ben ihr enganliegendes Kleid, das knapp über ihren Knien endete.

»Heather, draußen herrschen Minusgrade und wir haben gerade erst den Schneesturm durchgestanden, wie kannst du da nur so etwas tragen ohne zu erfrieren?«, fragte Ben. Heather winkte nur grinsend ab.

»Natürlich ist es kalt, aber der Frühling ist schließlich bald in Sicht, oder nicht? Kein Grund, sich einzukleiden, als würden wir im Norden von Montana leben!« Ben und Mason lachten. Zuerst traute Mason sich nicht, etwas zu sagen, weil er noch nicht einschätzen konnte, wie er sich mit Heather in seiner Nähe verhalten sollte. Vor allem, als sie sich wieder direkt neben ihn setzte. Ihre Stimme war laut, als sie von ihrem letzten Wochenende erzählte, das sie bei ihrem Bruder in England verbracht hatte.

Mason hatte Schwierigkeiten, das Gespräch zu verfolgen. Immer wieder drifteten seine Gedanken ab.

142

Er bewunderte Heathers Schönheit, die man nicht verleugnen konnte. Jedoch fehlte ihr diese liebevolle, vertrauliche Art, für die man Maeve immer schnell als schüchtern abgestempelt hatte. Und er wusste, für keine andere Schönheit in Montana würde er Maeve aufgeben. Auch wenn sie aktuell die verrückteste Teilzeitbeziehung führten, würde sein Herz immer ihr gehören.

Es mochte ungewöhnlich sein, doch Maeve war es ihm in jeder Hinsicht wert. Sie würden einen Weg da rausfinden und es irgendwann möglich machen, dass sie wieder zusammen sein konnten. Es würde eine Lösung geben, davon musste er nur selbst überzeugt sein, auch wenn es schwerfiel, dieses Thema mit niemandem teilen zu können.

Als Mason am nächsten Morgen erwachte, war das Haus ungewohnt still. Er hatte am Vorabend vergessen den Vorhang zuzuziehen. Dicke Schneeflocken rieselten langsam an seinem Fenster entlang und er beobachtete sie verschlafen. Die Leere im Waldhaus drückte ihn nieder. Er vermisste Maeve. Seit sie zwischenzeitlich bei ihm gewesen war, hatte sich das Warten verändert. Es war die Gewissheit, dass sie noch existierte und dort draußen im Wald direkt vor seinem Haus war. Vorausgesetzt, sie hatte den Schneesturm gut überstanden.

Er stand schwerfällig auf und tappte in die Küche, um sich einen Kaffee zu machen. Er war die Einsamkeit gewohnt. Trotzdem nagte das Alleinsein beständig an ihm. Er dachte an Heather und daran, dass er die Monate, in denen von Maeve keine Spur gewesen war, bereits mit ihr hätte zusammen sein können. Unwillkürlich stellte er sich vor, wie es gewesen wäre, wenn Heather als seine neue Freundin mit im Waldhaus gewohnt und eines Tages Maeve vor der Tür gestanden hätte. Entsetzt über diese Vorstellung schüttelte er den Kopf und trank seinen Kaffee.

Heather hatte gestern Abend traurig gewirkt, obwohl sie anschließend mehrmals erwähnt hatte, dass sie es verstand und Ben sie bereits darauf vorbereitet hätte. Sie sagte auch, dass sie ihn für seine Geduld, auf seine große Liebe zu warten, bewunderte. Aber Mason hatte ihr angemerkt, wie sehr auch sie sich wünschte, nicht mehr allein zu sein.

Er trat ans Fenster und sah hinaus, versuchte zwischen den trägen Schneeflocken etwas zu erkennen. Einen Augenblick lang stockte er und hätte beinahe die Kaffeetasse fallen gelassen. Hektisch stellte er sie ab und schaute noch einmal nach.

Oben am Waldrand standen drei Rehe, die im Schnee scharrten und nach Futter suchten. Doch soweit er es beurteilen konnte, war Maeve nicht dabei. Mason hastete in das Nebenzimmer, um das Fernglas zu holen. Das hatte er sich angeschafft, kurz nachdem er erfahren hatte, wo Maeve wirklich war.

Obwohl seine Hände nervös zitterten, versuchte er ruhig zu bleiben und die Rehe durch das Fernglas genau zu betrachten. Wahrscheinlich hatte er nur überreagiert und selbstverständlich war Maeve unter ihnen. Er atmete bewusst ruhiger und konzentrierte sich auf die kleine Herde am Waldrand.

Das erste Reh war sehr schmal und hatte einen kantigen Kopf. Keine weißen Punkte, weder am Rücken noch am Kopf. Das zweite war aber auch nur ein vollkommen unauffälliges Tier. Und das dritte... Mason setzte das Fernglas ab und konnte seinen eigenen Herzschlag laut und deutlich in der Stille hören. Maeve war nicht unter den Rehen.

Es verstrichen Minuten, in denen Mason sich nicht bewegen konnte, weil zu viele Gedanken auf ihn einstürmten. Ob der Schneesturm sie unter sich begraben hatte? Warum hatte er sie nur gehen lassen? Er hätte mehr tun können, nein, sogar müssen! Niemand sonst würde seine eigene Frau in einen solchen Schneesturm hinauslassen, ohne alles Erdenkliche zu versuchen. Was hatte er nur getan? Die Gedanken drehten mit ihm durch. Er hätte sie als Reh nicht bis zu ihrer nächsten Rückverwandlung hier einsperren können, denn Maeve hätte nicht gewusst, wer er war und womöglich furchtbare Angst gehabt. Sie hätte sich verletzen oder fliehen können. Er durfte jetzt nicht egoistisch sein, auf diese Weise war es ihm nicht möglich, Maeve zu halten.

Plötzlich fiel die Bewegungsstarre von ihm ab und er

eilte zurück ins Schlafzimmer, um sich warm anzuziehen. Anschließend riss er die Haustür auf und stapfte, so schnell er konnte, durch den Schnee den Hang zum Wald hinauf. Hope folgte ihm ängstlich.

Die drei Rehe blickten nacheinander auf und man konnte sehen, wie sie abwogen, ob er eine Gefahr darstellte. Als er ihnen zu nahe kam, sprangen sie aufgeschreckt in den Wald hinein und verschwanden.

Unbeirrt ging er weiter und erreichte bald darauf die Baumreihen. Es war frustrierend, dass auch Maeve so vor ihm flüchten würde, wenn er sie lebend auffinden würde. Mit den verschiedensten Vorstellungen im Kopf strich er durch den Wald. Irgendwann verlor er jegliches Zeitgefühl. Am Rande der Orientierungslosigkeit lief er weiter.

»Maeve!«, brüllte er frustriert und ein paar Vögel flatterten erschrocken auf.

Voller Verzweiflung rief er erneut nach ihr und trat energisch gegen einen Baum.

Ihm war bewusst, dass der Wald geradezu unendlich groß war. Jeden einzelnen Fleck davon abzusuchen, war ihm überhaupt nicht möglich. Doch so rational konnte Mason im Moment nicht denken. Er würde Maeve nicht schon wieder verlieren. Nicht, nachdem er sie gerade erst zurückbekommen hatte.

Maeve

Vor uns erstreckte sich ein wundervoller großer See.

»Der Flathead Lake«, zwitscherte Isla fröhlich und setzte sich für eine kurze Pause auf meinen Rücken. Die letzten Tage waren wir ihrer Route gefolgt. Nachts hatte sie sich in einen Baum verkrochen und ich musste mich allein ins Dickicht ducken. Abseits der Herde und abseits von Mason. Ich war allein im Nirgendwo mit einem Vogel, der den Weg bestimmte.

»Er ist wunderschön«, sagte ich zu dem Zedernseidenschwanz und das war die Wahrheit. Der See war eingebettet zwischen hohen Bergen in der Ferne und den dunklen Fichten, die ihn umrandeten. Sein Wasser war strahlend blau und mündete weiter hinten in den Flathead River.

»Ja. Früher hieß er Salish Lake, wegen der Salish Mountains, die du dort hinten sehen kannst. Aufgrund der Flathead-Indianer auf der anderen Seite wurde er letztendlich nach ihnen benannt. Heute gibt es dort noch ein Indianerreservat. Aber keine Sorge, so weit laufen wir nicht. Wir werden den anderen Weg zum Flathead River einschlagen«, erklärte sie und ich lauschte ihr interessiert mit aufgestellten Ohren.

»Woher weißt du das alles?«, fragte ich sie, obwohl mir eine ganze andere Frage im Kopf umherschwirrte. Ich war erschöpft und wollte endlich wissen, wohin uns dieser Vogel eigentlich führte.

»Ich bin schon eine Weile länger hier und kenne die Gegend fast auswendig. Das ist recht einfach, wenn man einen guten Überblick von oben hat. Und ja, es ist nicht mehr weit. Der Flathead River kommt uns ein Stück entgegen, dort werden wir Caja und Summer antreffen.«

Isla erhob sich wie selbstverständlich in die Luft und gab mir keine Zeit für weitere Fragen, sodass ich mich wieder in Bewegung setzen musste.

»Sind sie auch wie wir?« Auch wenn ich mir die Antwort bereits denken konnte, musste ich es einfach fragen.

»Klar. Caja ist ein Waschbär und Summer ... Du wirst schon sehen. Vor dir hat zuletzt Caja gewandelt,

148

aber das ist schon viele Jahre her. Sie werden begeistert sein, endlich eine neue Wandlerin kennenzulernen.« Isla drehte einen großen Kreis über mir, weil ich langsamer lief, als sie fliegen konnte.

»Oh, das passiert aber nicht sehr häufig«, dachte ich kurz und Isla schnappte meinen Gedanken direkt auf.

»Das ist richtig, deshalb ist es immer etwas Besonderes und eine große Freude. Ich bin schon so gespannt, was Sayde von dir hält. Wir werden vorsichtig sein müssen, aber er wird dir nichts tun.« Ruckartig blieb ich stehen und wandte meinen Kopf zum Himmel. Das klang nach Gefahr oder irgendeinem anderen Risiko. Meine großen Ohren zuckten nervös. Ich hätte mich darauf nicht einlassen dürfen, jetzt war ich meilenweit von Mason und unserem Haus entfernt.

»Beruhig dich, Mae. Dir wird nichts passieren, du bist eine von uns, schon vergessen? Für gewöhnlich fressen wir einander nicht auf, auch wenn es ... dem tierischen Instinkt entsprechen würde.« Isla versuchte es freundlich zu formulieren, aber ich erkannte ihren Unterton.

Beuteschema? Fressen? Ich? Unwissend und erschöpft wäre ich ein leichtes Opfer und dieser Sayde, wer war er überhaupt? Ein Bär? Aus irgendeinem Grund formte sich vor meinem inneren Auge das Bild eines großen Grizzlybären.

»Aufhören, Mae!« schrillte Isla dazwischen. »Sayde ist unser Anführer, wenn man es so sagen will. Er mag eigenartig sein, aber ich gebe auf dich Acht«, versicherte sie. *Du bist aber nur ein Vogel,* schoss es mir blitzartig durch den Kopf.

»Hey, das habe ich gehört! Der Weg kann sehr lange werden, wenn wir nicht miteinander auskommen«, sagte sie vorwurfsvoll und ich entschuldigte mich gedanklich bei ihr.

»Wie lange bist du schon ein Vogel? Und wie ist das ... passiert?«, versuchte ich meinen Ausrutscher zu umgehen. Isla ging direkt darauf ein.

»So genau weiß ich das nicht mehr, aber schon lange. Ich hatte großen Streit mit meinen Eltern und ... willst du das wirklich so genau wissen?«

»Ja, bitte. Ich versuche das alles noch zu verstehen.« Müde folgte ich dem Vogel in Richtung Fluss.

»Na gut, aber nur, weil du es noch nicht besser weißt. Ich hatte viele Probleme und davon nicht gerade die kleinen. Nach dem Streit mit meinen Eltern bin ich abgehauen und habe eine Nacht im Wald verbracht, weil ich wollte, dass sie mich vermissen. Das habe ich mir wohl zu sehr gewünscht.« Sie machte eine kurze nachdenkliche Pause.

»Da ist meine erste Verwandlung passiert und ich bin zwei Jahre lang zu ihrem Haus geflogen und habe ihnen dabei zugesehen, wie sie trauern. Es war furchtbar.«

»Konntest du nicht noch einmal zurück? Ich habe meine Gestalt wohl noch ein paar Mal gewechselt ...«, flüsterte ich ihr zu, während ich weiter zwischen den verschneiten Bäumen hindurchging.

»Doch, ich war noch zwei Mal bei meiner Familie, leider nur sehr kurz. Das erste Mal waren sie überglücklich und erfreut und ich habe mich bei ihnen entschuldigt. Beim nächsten gab es viel Ärger und Unverständnis, weil ich nicht erklären konnte, was wirklich passiert.« Das konnte ich verstehen und dachte dabei direkt an Mason.

»Isla, wie alt bist du eigentlich?«

»Zweiundzwanzig. Meine erste Wandlung war mit fünfzehn.» Sie sprach es sehr sachlich aus. Ich stockte kurz.

»Das ist ... sehr früh. Und sehr lange. Geht es denn nie vorbei?« Die Bäume lichteten sich langsam und ich meinte, bereits das Wasser hören zu können.

»Nein, Mae. Wenn die Zeit gekommen ist, kannst du nicht mehr zurück in deine menschliche Gestalt wandeln. Dann bleibst du in dieser Welt und deine Familie fängt an, mit deinem Verlust zu leben.« Ein trauriges Zwitschern summte durch meinen Kopf und der Vogel landete auf meinem Rücken.

»Isla, ich kann nicht. Ich muss zurück zu Mason. Ich kann unmöglich bei euch bleiben – du musst mir bitte sagen, wie ich zurück kann!« Vorsichtig drehte ich meinen Kopf, um den Zedernseidenschwanz anzusehen.

»Tja, Mae. Das versuchen wir doch herauszufinden. Und du wirst uns dabei helfen.«

Isla spannte ihre Flügel und hüpfte über meinen Rücken, während ich zwischen den Bäumen hindurchging.

»Bleib hier in der Nähe, hörst du? Ich werde mich ein bisschen umsehen, meine Flügel mögen es nicht, solange herumzusitzen«, plapperte Isla auf meinem Rücken. »Aber keine Sorge, schließlich kann ich deine Gedanken hören. Ich werde dich ohne Probleme wieder finden!«

»In Ordnung«, dachte ich und blickte dem Vogel nach, wie er zwischen den Baumkronen verschwand. Kurz danach atmete ich erleichtert auf.

Dabei war Islas Begleitung tröstlich und sehr angenehm. Sie versprühte so viel Lebensfreude, aber womöglich war es anders auch gar nicht auszuhalten. Trotzdem tat es gut, für einige Momente alleine zu sein.

Mit langen Schritten zog ich durch die Baumreihen und versuchte mich allmählich zu entspannen. Die Sonne schien durch das Blätterdach und wärmte mich, während die umgebenden Douglasien ihren bekannten Duft nach Zitronen verbreiteten. Vielleicht sollte ich akzeptieren, was Isla gesagt hatte und ihr vertrauen, dass wir einen gemeinsamen Weg finden würden, damit ich zu Mason zurückkehren konnte. Nichts war mir mittlerweile wichtiger, als wieder bei ihm zu sein.

Ich war viel zu sehr mit meinen Gedanken beschäftigt und dadurch unaufmerksam geworden. Normalerweise hätte mir das verdächtige Knacken auffallen müssen, ebenso wie der erschreckende Geruch der

Menschen. Der Geruch ihrer Waffen und der darin bestehenden Gefahr hätte mich in Alarmbereitschaft versetzen müssen und ich wäre daraufhin in galoppierenden Sprüngen durch den Wald gehetzt. Stattdessen stand ich in der Schusslinie, ohne es zu bemerken. Es wäre mein Ende gewesen und hätte mich eigentlich das Leben gekostet.

Blitzartig durchfuhr mich ein gleißender Schmerz, der von meiner Schulter ausging und bis in mein Bein pulsierte. Wie ein heftiger Stromschlag durchzuckte mich der Schuss und die enorme Intensität überwältigte mich. Für noch einen kurzen, weiteren Moment hielt ich fassungslos inne, bevor ich gegen meinen eigenen Willen die Flucht ergriff. Meine Sprünge waren schwach und langsamer denn je und mit jedem Satz, zu dem ich ansetzte, pochte der brennende Schmerz an meiner linken Seite. Und während ich versuchte Schutz im dichten Gestrüpp zu finden, fragte ich mich, warum ich nicht auf der Stelle tot umgefallen war, denn so hatte ich es bei einem anderen Reh gesehen. Erschossen, mit einem sauberen Schuss machten sie noch ein paar wenige Sprünge, bevor sie leblos zu Boden gingen. Das starke Adrenalin ließ uns noch dieses letzte Gefühl von Flucht und Hoffnung auf Freiheit, bevor sie uns unsere sogenannten Lichter nahmen. Unbewusst wartete ich innerlich darauf, bis mich jegliches Licht in meinem Inneren verlassen würde und ich meinen letzten Atemzug in meine Lungen holen würde. Stattdessen rannte ich wahrhaftig um mein Leben und erst als ich kraftlos auf einer Anhöhe zwischen Sträuchern verharrte, konnte ich den Jäger sehen. Er zog sich mit grimmigem Gesicht zurück, als wäre ihm selbst bewusst, dass sein Schuss schlecht gewesen war. Ob der Wind oder seine zittrigen Hände mir das Leben gerettet hatten?

Wenn er nur wüsste, dass auch ich eigentlich ein Mensch bin, dachte ich mit den furchtbarsten Schmerzen in meinem bisherigen Leben. Und wenn ich wieder dorthin zurückkehren würde, würde ich diesen Mann finden, der mir beinahe das Leben genommen hätte. Ich würde ihn anschreien und dafür verantwortlich machen, auch wenn mir innerlich bewusst war, dass niemand dieser irrealen Geschichte Glauben schenken würde.

Trotzdem prägte ich mir sein Gesicht ein, die große Statur, seine hellen Augen und die orangeblonden Haare. Hätte er an meiner Schulter nicht eine blutende Wunde hinterlassen, hätte man meinen können, er sei ein sympathischer, aufgeschlossener Mensch.

Nach diesem Gedanken sackte ich unter dieser Qual zu Boden.

»Isla«, dachte ich. »Isla, bitte hilf mir.«

Der kleine Zedernseidenschwanz war flink und schoss ganz plötzlich an mir vorbei, bevor er zur Landung ansetzte.

»Mae!«, schrie sie fast panisch. »Was ist nur ... oh nein. Du wurdest angeschossen – ein Jäger hat dich erwischt!« Ihre Stimme überschlug sich beinahe vor Sorge.

»Wir müssen sofort zu Caja«, sprach sie dann mehr zu sich selbst. »Du musst jetzt sehr, sehr tapfer sein, Bambi. Nicht mehr lange und wir werden da sein, schaffst du das?«

»Habe ich denn überhaupt eine andere Wahl?«, fragte ich erschöpft zurück.

»Nein ... Tut mir Leid, das hast du in der Tat nicht. Und wir müssen uns beeilen. Sieht so aus, als steckt die Patrone noch immer in deiner Seite. Uns bleibt auf keinen Fall viel Zeit. Du darfst nicht liegen bleiben, hörst du? Na los, hoch mit dir. Wir müssen sofort aufbrechen. Lass uns keine Zeit verlieren.«

Als ich mich unter den qualvollen Schmerzen erhob, wollte ich gegen Islas Worte protestieren und mich sofort wieder auf den Boden legen. Ich wollte den Blitzen in meinem vorderen Bein einfach nachgeben und für immer hier liegen bleiben, bis mich ein Bär finden und zerfetzen würde.

»Du kannst nicht aufgeben, Mae. Denk an deinen Mann, denk daran, dass er dich braucht. Dass du zurück nach Hause möchtest. Nicht aufgeben, wir schaffen das!« So sehr Isla sich auch bemühte, optimistisch zu klingen, konnte ich ihren zitternden Unterton wahrnehmen. Diese Situation war überhaupt nicht gut und wie sie mich zur Eile drängte, war ebenfalls alles andere als beruhigend.

Bis zum Flathead River war es tatsächlich nicht mehr weit und Isla erklärte mir, dass sie mit ihren Kommunikationswellen versuchen würde, die beiden anderen ausfindig zu machen. So folgten wir einem unsichtbaren Pfad zum Fluss, der sich glitzernd und kalt durch den verschneiten Wald zog. »Schön, dass du zurück bist«, hörte ich eine fremde Stimme und zuckte nervös mit den Ohren.

»Ganz ruhig, Mae – das ist Caja. Siehst du, da vorne ist sie.«

Quer über dem plätschernden Fluss lag ein Baumstamm, auf dem ein Waschbär hockte. Er hob die schwarze Pfote, als wollte er uns begrüßen.

»Das kann unmöglich wahr sein«, dachte ich, doch der Waschbär widersprach mir schnell.

»Doch, doch, Liebes. Es ist wahr. Und es ist schön, dass du endlich bei uns bist.« Ich trat näher an das kleine Tier heran und musterte sein graues Fell und seine kleinen schwarzen Pfoten und Knopfaugen.

»Das ist unsere Neue, Mae. Sie ist noch ziemlich schüchtern. Sei nachsichtig mit ihr. Und sie ist verletzt. Caja, sie wurde von einem Jäger angeschossen. Du musst ihr helfen!«, rief Isla energisch.

»Schön, dich zu sehen, Mae. Und willkommen in unserer einzigartigen Welt«, sagte Caja. Ich meinte zu hören, dass sie bereits sehr viel älter war.

»Ja, das ist richtig. Ich bin mit Abstand die älteste Dame hier unter uns. Und nun lass dich ansehen, das sieht überhaupt nicht gut aus«, murmelte der Waschbär und sprang von dem Baumstamm herunter.

»Die Kugel steckt noch in ihrer Schulter«, wies der Vogel sie an, als ich auf meine Knie sank und der Waschbär an meine Seite krabbelte und die Wunde begutachtete.

»Oh …«, machte Caja und ich schloss kraftlos die Augen. Egal, was nun noch kommen würde. Ich war am Ende meiner Reserven und ich glaubte, nie wieder auch nur einen Schritt gehen zu können.

»Oh doch, das wirst du Liebes. Summer, bring mir die rotkelchigen Blätter unterhalb der Felswand. Einige kleine und zwei oder drei größere Kelche. Beeil dich!« Cajas kleine schwarze Pfoten strichen über den heftigen Schmerz an meiner Seite.

»Ich weiß, wir kennen uns noch nicht lange … Aber ich muss nun die Kugel entfernen. Hab keine Angst, Liebes. Damals in meinem alten Leben, habe ich Verwundete aus dem Krieg versorgt. Nur noch nie mit diesen Händen. Es wird weh tun, aber danach versorgen wir dich bestens und in ein paar Tagen wirst du schon wieder schmerzfrei laufen können. Bereit?«

Und obwohl ich nicht antwortete, hätte man nie auf diesen elenden, heiß glühenden, stechenden Schmerz, der mir die Luft zum Atmen raubte, niemals vorbereitet sein können.

»Das Schlimmste ist überstanden, Mae. Caja sagt, du wirst schon bald wieder auf die Beine kommen«, hörte ich Isla, als ich aus dem Schlaf erwachte.

»Wir sollten sie ein wenig ablenken, das wird ihr gut tun«, riet die alte Waschbärdame.

Das ist alles vollkommen verrückt, dachte ich. Das ist nicht echt und das ist schon gar nicht mein Leben. Ich bin ein Mensch und mit Mason zusammen. Nichts von allem hier kann tatsächlich wahr sein!

»Doch das ist es, auch wenn es am Anfang sehr schwer fällt. Uns allen ist diese Phase durchaus bekannt. Du benötigst nur ein bisschen Zeit, bis du alles verstehen und kennen lernen wirst.«

»Kann ich denn gar nichts denken, ohne dass ihr mich hört?«, fragte ich überrascht.

»Das braucht Übung, Liebes. Wir können unsere Kommunikation gezielter richten. Dich dagegen hören wir alle. Keine Angst, du wirst schnell lernen, dass man keine Geheimnisse haben kann, wenn man die Gedanken anderer hört. Ein hübsches Mädchen hast du uns da gebracht, Isla. Wirklich eine Schöne.« Cajas Stimme klang ruhig.

»Wir müssen sie unbedingt Sayde vorstellen!«, zwitscherte Isla dagegen aufgeregt. Dann wurde es still. Kein Laut war zu vernehmen und keiner der beiden schien etwas zu denken. Es war fast vollkommen still, nur der Bach setzte seinen Lauf fort.

»Sicher, dass Sayde nicht gleich über sie herfallen wird? Sie sollte bei uns bleiben.« Ein glänzender Fischotter tauchte aus dem Fluss auf und kletterte auf den Baumstamm.

»Summer!«, piepte Isla und flatterte zu ihr hinüber.

»Hi Mae. Habe ja schon viel von dir gehört. Besser gesagt, man kann Caja und Isla gar nicht überhören«, sagte Summer.

»Mach ihr keine Angst, Summer. Sie ist meine Freundin und sie wird uns allen helfen«, funkte Isla dazwischen.

»Ich möchte sie nur vorwarnen und ehrlich sein. Sayde ist kein leichter Freund und vielleicht ...«

»Ruhe jetzt!« Cajas energischer Ton zuckte durch unsere Gedanken.

»Für heute habt ihr euch eine Pause bei uns am Fluss verdient. Und schon bald brechen wir alle auf zu Sayde. Wir müssen sie zu ihm bringen. Als Neuwandlerin ist sie unsere einzige Chance und Hoffnung. Aber ohne Sayde ist das zwecklos und das wisst ihr ebenso wie ich.« Niemand wagte es, Caja zu widersprechen.

»Mae, hast du schon wieder deine Erinnerungen?«, fragte sie an mich gewandt.

»Ja, ich glaube, das habe ich.«

»Sehr schön, Liebes. Woran kannst du dich erinnern? An ein starkes Ereignis, etwas Besonderes?« Der Waschbär blickte mir erwartungsvoll entgegen. Doch ich war zu kraftlos, um zu antworten

»Schon gut. Denk einfach noch einmal darüber nach und lass dir gesagt sein, dass keiner von uns grundlos wandelt. Wir tragen bedeutende Aufgaben in uns und sind Teil einer wichtigen Bestimmung. Nichts geschieht ohne Grund. Aber genug für heute, morgen wird ein guter Tag werden. Es gibt so viele wundervolle Geschichten aus unserer Welt!« Ein genervtes Seufzen entwich Summer und Caja strafte sie mit einem wütenden Blick. Schnell wurde mir bewusst, dass der alten Waschbärdame viel Respekt entgegengebracht wurde.

»Du wirst unendliche Geschichten hören, Mae. Bis sie dir zu deinen großen Ohren herauskommen oder du sie mitsprechen kannst«, kicherte Isla und Caja schnappte mit ihrer schwarzen Pfote nach dem Vogel. Aber der Zedernseidenschwanz hatte sich bereits in die Luft erhoben und flatterte davon.

Als die Nacht über den Flathead Lake kam, verschwand Isla müde in die höheren Baumwipfel und Summer zog sich in ihren Bau zurück. Caja dagegen begleitete mich zu einem geeigneten Schlafplatz.

»Du brauchst keine Angst zu haben. Wir passen gut aufeinander auf. Wir sind viel zu selten, um uns selbst zu zerfleischen.« Sie zuckte mit ihren Schnurrhaaren. Ihr war wohl nicht entgangen, dass ich mich vor ihrem Anführer fürchtete.

»Sieht dieser Sayde das auch so?«, gab ich zurück. Der Waschbär zögerte mit seiner Antwort.

»Sayde mag in der Tat ein sehr merkwürdiger Kerl sein, aber ich werde dir nicht mehr über ihn erzählen. Ich möchte nicht, dass du Angst vor ihm hast, und gute Dinge kann ich über ihn nicht berichten. Aber er muss wissen, dass es eine neue Wandlerin gibt. Das könnte uns allen helfen.« Sie scharrte kurz mit ihren Krallen über den Boden, als hätte sie etwas entdeckt, hüpfte aber gleich darauf weiter.

»Wie sollte ich euch helfen können?« Caja blickte auf.

»Weißt du, Liebes, ich war die letzte Wandlerin, bevor du kamst. Doch leider bin ich schon sehr alt. Bisher war es so, dass neue Wandler noch wenige Male zwischen den Gestalten wechseln können und wir hoffen herauszufinden, wie wir die Wandlungen steuern können. Ich habe mich nicht mehr in meine menschliche Gestalt zurückverwandelt und das seit drei Jahren. Es wird nicht mehr passieren und ... meine Zeit wird bald kommen. Deshalb ist es so wichtig, dass du zu uns gefunden hast.« Fasziniert lauschte ich ihren Worten.

»Isla sagt, man wird nur ein Wandler, weil man vor etwas flüchtet – wie war es bei dir?«

»Das ist Islas Ansicht, Mae. Wir alle verbringen schon einige Jahre in dieser zweiten Haut, da fängt man an, sich sehr viele Gedanken darüber zu machen und Meinungen zu bilden. Mein menschliches Ich war sehr alt und einsam. Keine Kinder, keine Familie und ich hatte ein paar Mal überlegt, noch einmal ein ganz neues Leben zu leben. Weil der Gedanke einfach schöner war, als sich einzugestehen, dass ich bald sterben würde. Das heißt aber doch nicht, dass wir uns nur wandeln, weil wir vor etwas flüchten. Es ist Islas Art, es zu erklären, sicher sind wir uns dessen nicht.

Auch wenn es zu ... na ja, auch zu Sayde passen würde«, erwähnte sie wieder seinen Namen, dabei versuchte ich doch angestrengt, nicht mehr an diesen unheimlichen Jemand zu denken.

»Entschuldige. Isla meinte, du hättest mit deiner Familie in der Nähe des Waldes gelebt und warst nach deiner ersten Wandlung nochmals dort. Wie war das?« Caja kletterte auf einen niedrigen Baum und sah mich erwartungsvoll an.

»Es war sehr verwirrend, weil ich mich an die vergangene Zeit nicht mehr erinnern konnte. Er musste in diesen Monaten viel Trauer durchleben. Ich konnte ihm keine Erklärung liefern und das hat es sehr schwer gemacht. Er weiß jetzt, dass ich hier draußen bin und dass ich versuche, zu ihm zurückzukehren, so schnell ich kann. Mason hat gesehen, wie ich gewandelt bin. Und ich habe ihn für verrückt gehalten«, antwortete ich.

»Oh Liebes ... Behalt das bitte in Zukunft für dich. Ich werde dein Geheimnis gut wahren, aber erwähne den anderen gegenüber besser nicht, dass ein Mensch davon weiß. Verstanden?« Caja wartete geduldig auf meine Antwort.

»Ja, in Ordnung. Entschuldige«, murmelte ich gedanklich und legte mich an der Stelle, die Caja mir gezeigt hatte, auf den Boden.

»Und jetzt ruh dich aus, wir haben eine sehr wichtige Zeit vor uns.« Der Waschbär hopste vom Baum und tapste um mich herum.

»Wo gehst du hin?«, fragte ich sie müde, als sie davonlief.

»Mae, ich bin ein Waschbär und nachtaktiv. Ich werde mir jetzt etwas zu fressen suchen und dabei die Sterne ansehen. So wie ich das immer tue. Und morgen früh, wenn du aufwachst, vergesst mich nicht, für den Fall, dass ich verschlafen sollte.« Dann waren ihre Gedanken verschwunden und es war endlich ruhig um mich herum.

Schläfrig dachte ich an Mason und unseren Abschied und träumte zum ersten Mal in Gestalt eines Rehs von aufgebäumten starken Grizzlybären mit kräftigen Tatzen und furchteinflößenden Zähnen.

Es war schwer zu sagen, ob ich von dem lauten Zwitschern eines Vogels oder dem hektischen Geplapper in meinem Kopf erwacht war. Müde blinzelte ich der Morgendämmerung entgegen. Summer tapste bereits um mich herum und schüttelte ihr nasses Fell.

Als ich die wirren Worte in meinem Kopf langsam ordnete, verstand ich, dass Isla und der Fischotter sich aufgeregt unterhielten.

»Guten Morgen, endlich bist du wach«, trällerte Isla und flatterte auf mich zu, während ich mich erhob.

»Da bin ich ja schon zweimal durch den gesamten Flathead Lake geschwommen, bevor du überhaupt die Augen aufmachst. Wo ist eigentlich Caja? Bestimmt

schläft sie noch tief und fest, so wie jeden Morgen.«
Summer klang genervt.

»Ich weiß nicht. Gestern Abend sagte sie etwas von
den Sternen«, erwähnte ich. Summer stellte sich neugierig auf ihre Hinterpfoten und hielt mit ihrem
schlanken Körper in der Luft kurz inne.

»Typisch! Isla, könntest du bitte kurz nach ihr sehen? Sie ist in einem der niedrigeren Bäume fluss-
abwärts, kurz bevor die Felsen beginnen. Das ist ihr
Sternenplatz.« Ohne weitere Fragen flog Isla davon
und ihr Zwitschern war weiterhin zu hören. Erst danach wandte sich Summer interessiert an mich.

»Du bist also unsere Neue. Wir hatten noch gar
keine große Chance, uns einander vorzustellen.« Der
Fischotter schlich geduckt um mich herum.

»Ja, so ist es wohl. Ich bin Maeve und ...« begann ich,
wurde jedoch von Summer unterbrochen.

»Isla meinte, wir werden dich nur Mae nennen.
Wie alt bist du und wie lange wandelst du schon?«

»Jetzt neunundzwanzig. Angefangen hat das letztes
Jahr im Mai.« Während ich erzählte, hielt sie still und
betrachtete mich aus ihren schwarzen kleinen Augen.

»Und bei dir? Isla sagte, ihr seid schon länger ...«

»Ich dürfte nur ein paar Jahre älter sein als du.
Aber ich habe aufgehört, die Jahre zu zählen. Man
beginnt zu vergessen, wie viele Winter und Sommer
man schon in Wandlungsgestalt verbringt. Die Zeit
verschwimmt und irgendwann kannst du nicht einmal mehr sagen, was du zuletzt in deinem wirklichen

Leben getan hast, bevor es passierte. Als würde sich dein altes Leben mit dem neuen überschreiben.« Summers Worte klangen auffallend kühl, auch wenn ich glaubte, einen wehmütigen Unterton herauszuhören.

»Wie lange bist du schon ... so?«, fragte ich vorsichtig und der Fischotter begann in Richtung Fluss zu gehen. Ich folgte ihm.

»Schon viel zu lange, wenn du mich fragst. Wahrscheinlich bin ich der älteste Fischotter auf Erden, aber zum Glück leben wir fernab der Menschen. Bestimmt schon seit zehn Jahren, Mae. Und glaub mir, das ist eine lange Zeit. Der Flathead River und den dazugehörigen See kenne ich auswendig, die Sommer sind schön und die Winter sind hart. Aber die anderen setzen ja große Hoffnungen in dich.« Plötzlich klang sie erwartungsvoll.

»Summer, ich weiß nicht, wovon ihr redet. Ich kann euch nicht helfen«, versuchte ich zu erklären, doch in diesem Moment setzte Isla zur Landung an. Kaum hatte sie sich auf meinen Rücken gesetzt, konnte man bereits Cajas verschlafenes Murmeln vernehmen.

»Wie könnt ihr es nur wagen, mich so früh aus dem Schlaf zu ... Guten Morgen, da ist ja unser Hoffnungsschimmer. Hast du gut geschlafen, Liebes?« Ich nickte kurz.

»Ja, danke. Das habe ich«, antwortete ich ihr, obwohl es gelogen war. Ich erinnerte mich an die Worte, dass sie alle ohne Probleme meine Gedanken hören konnten. Augenblicklich fühlte ich mich schlecht und

hoffte, die anderen würden nicht näher darauf eingehen. Anscheinend waren sie tatsächlich sehr tolerant
mit mir, denn Caja ging gar nicht weiter auf meine
offensichtliche Lüge ein.

»Sehr gut, heute ist ein großer Tag für dich. Wir
werden heute flussaufwärts gehen, bis wir die Mündung zum Flathead Lake erreichen. Von dort aus
müssen wir uns die nächsten Tage westlich in Richtung der Felsen halten und wir werden danach schon
bald die silberne Douglasie erreichen«, sagte die
Waschbärdame.

Wahrscheinlich konnten sie meine ganzen Fragen
nur so hören, wie sie durch meinen eigenen Kopf
dröhnten. Isla begann, Unruhe zu stiften, indem sie
ihr Gefieder aufplusterte, und Summer stieß einen
genervten Seufzer aus.

»Sei nicht so gemein, Summer. Oder willst du etwa
bis zum Silberbaum laufen? Ich denke, Mae könnte
dich tragen, wenn du anständig bist. Was meinst du?«,
piepte Isla und der Fischotter zögerte.

»Nein, danke. Im Fluss bin ich schneller als ihr.
Mich braucht niemand zu tragen.« Und schon verschwand sie im Wasser und Caja lief voran. Für einen
Moment dachte ich daran, Mason später davon zu
erzählen, wie ich mit einem Vogel auf dem Rücken
einem Waschbären folgte und von einem Fischotter
begleitet wurde. Kein Mensch der Welt würde mir das
glauben.

Auf unserem Weg herrschte nur selten Stille, denn Isla war eine sehr fröhliche und aufgeweckte Begleitung, während Caja mir gerne von den alten Geschichten berichten wollte.

»Wie wurde dieser Sayde euer Anführer, wenn er doch so ... angsteinflößend ist?«, fragte ich und Isla verstummte. Caja nahm sich meiner Frage an.

»Sayde hat durchaus ein Herz!«, tadelte sie mich. »Er scheint nur vergessen zu haben, wie man es benutzt ... Er bewacht unsere Silberne Douglasie, der man große Magie nachsagt. Sie gilt als einer der heiligen Kraftorte, die von den frühen Indianern entdeckt wurden.«

Ich sah sie verständnislos an.

»Du hast nie von der Silbernen Douglasie gehört?«, trällerte Isla aufgebracht und ich hielt für einen Moment inne, bevor ich leicht den Kopf schüttelte. Dem Zedernseidenschwanz entwich ein entsetztes Zwitschern.

»Oh Liebes, wir haben dir noch viel zu erzählen, bevor wir den Silberbaum erreichen ... Unsere Ahnen, die Indianer und Hunkas, ehrten die Wälder und fanden dort schon damals besondere Bäume als Verbindungspunkte. Bäume stehen für die Brücke zwischen Himmel und Erde, zwischen Freiheit und Halt, Träumen und Realität ... So könnte man das noch lange weiter ausführen. Und während die Bäume unsere Welten verbinden, stehen sie auch miteinander in Kontakt«, erzählte Caja. Irritiert sah ich sie an.

»... miteinander in Kontakt?«, wiederholte ich verwirrt und Isla schien belustigt. Caja fuhr ruhig mit ihrer Geschichte fort.

»Ja, jeder Baum steht für sich allein als eine Verbindung. Aber gemeinsam stehen sie als Wald in einer Gemeinschaft. Und jede Gemeinschaft braucht einen Mittelpunkt, einen zentralen Punkt, der alles vereint ...«

»Die Lebensbäume!«, piepte Isla dazwischen und schlug aufgeregt mit den Flügeln.

»Wie die Silberne Douglasie?«, ergänzte ich und Caja zeigte sich darüber sehr erfreut.

»Genau, unser Silberbaum ist ein solcher Knotenpunkt. Dort laufen alle Verbindungen zusammen und die Hunkas sind der Meinung, dass diesen Bäumen große Magie entspringt. Dass sie die größten Verbindungen überhaupt aufbauen können!«

Ich versuchte zu verstehen, was Caja erzählte. Die Idee, dass die Bäume untereinander kommunizierten und sich womöglich über das Wetter unterhielten, war lächerlich. Aber ich hätte es auch nie für möglich gehalten, mir von einem Waschbären und einem Vogel alte Legenden erzählen zu lassen.

»Und deshalb ist euch der Baum so wichtig?«, fragte ich unsicher nach, weil ich den tieferen Sinn dahinter noch nicht verstand.

»Wir glauben, dass die Douglasie mit dem richtigen Schlüssel unsere Welten verbinden kann. Dann wäre es uns vielleicht wieder möglich, in das alte Leben zurückzukehren.« In ihrer Stimme schwangen Euphorie und Hoffnung mit und sie steckte mich augenblicklich damit an.

In den nächsten Tagen legten wir nur kleine Strecken zurück und Isla und Caja lehrten mich, meine Kommunikation zu erweitern oder nur an eine Person zu richten, sodass uns eine dritte nicht verstehen konnte. Sie versuchten mich darin zu schulen, den Bäumen zu lauschen, damit ich lernte, die Verbindungen zu fühlen. Doch das fiel mir sehr viel schwerer, als es den beiden lieb war.

»Du darfst keine Worte erwarten«, erwähnte Caja.

»Aus unseren menschlichen Leben tragen wir immer die Erwartung in uns, alles würde in derselben Sprache kommunizieren.«

»Aber wie kommunizieren die Bäume dann?«, fragte ich die weise Waschbärdame und sie schien ein wenig zu lächeln.

»Du musst ihre Energie spüren. Manche Bäume tragen nur wenige Verbindungen und manche dagegen mehr. Das beeinflusst auch ihre Magie und ihre Kraft. Deshalb wird es dir nicht immer leichtfallen, die Energien zu finden. Aber sei achtsam, Mae. Lauf nicht blind durch diesen Wald, sondern finde dessen Magie. Es gibt so viel Zauber in unserer Welt zu entdecken, wenn man sich dafür öffnet.« Ich ließ meinen Blick zwischen den Bäume hindurchschweifen.

Beinahe hätte ich sie gefragt, wie ich mich, ihrer Meinung nach, dieser Magie öffnen sollte. Oder wie man die Verbindung eines Baumes denn fand. Aber gleichzeitig wollte ich ihnen nicht das Gefühl geben, ein hoffnungsloser Fall zu sein.

Auf unserem Weg zum Flathead Lake konzentrierte ich mich auf die verschiedenen Bäume und versuchte ihre Stärke zu erkennen. Versuchte, die Magie in jedem Vogelzwitschern zu hören und übte mich darin, die Wurzeln unter meinen Hufen zu spüren, die tief im Erdinneren verankert waren.

Am Abend, wenn Isla sich zur Ruhe legte, begann Cajas wahre Zeit. Als nachtaktiver Waschbär liebte sie es, in der Dunkelheit durch die Wälder zu streifen und wie sie mir anvertraute, liebte sie die Sterne.

Von ihr erfuhr ich, dass alles den Sternen entsprang. Sie waren der Anfang und das Ende unserer Seelen, dort wurden wir geschaffen und dorthin würden wir auch wieder zurückkehren. Caja seufzte ein wenig wehmütig und begann zögerlich, von ihrem Menschenleben zu berichten.

»Mein Mann verstarb viel zu früh und ließ mich allein zurück. Wir haben keine Kinder und auch meine Eltern leben nicht mehr auf dieser Welt. Wenn ich heute sterbe, gibt es niemanden mehr, der mich vermissen würde oder meine Geschichten weiterträgt.«

»Wir werden deine Geschichten weitertragen, Caja!«, entgegnete ich sofort und die kleine schwarze Pfote der alten Frau berührte mein Fell.

»Ja, ich hatte gehofft, dass du das sagst«, flüsterte sie.

»Doch du musst noch viel über unsere Welt lernen, bevor es so weit ist. Denn es wird einen neuen Wandler geben, wenn ich euch verlassen muss. Und ihr müsst ihn finden, müsst ihn aufklären über die Ahnen und Legenden, müsst ihn lehren, die Kommunikationswellen zu nutzen und die Verbindungsstärken zu spüren. Hast du mich verstanden?«, fragte Caja und ich nickte eifrig.

»Warum sind dir diese Verbindungen so wichtig? Ich kann sie noch immer nicht spüren«, gab ich zu.

»Oh Liebes, Verbindungen sind das Wichtigste in unserer Welt. Sie halten alles zusammen, ohne sie, würde alles einbrechen. Und wenn unsere Prophezeiung stimmt, dann werden diese Verbindungen eines Tages stark genug sein, um uns zwischen die Welten zu tragen.« Ich horchte interessiert auf. Das letzte Mal, als sie davon sprach, war ich mir nicht sicher gewesen, ob ich ihren Worten wirklich Glauben schenken konnte. Ob es nur durch die Energie eines Baumes möglich war, zu Mason zurückzukehren. Aber Caja sprach davon mit einer so tiefen Bedeutung und einer solch großen Überzeugung und Ehrfurcht, dass ich hoffte, sie möge recht haben.

»Was sagst du da, eine Prophezeiung?« Sie wandte ihren Kopf den Sternbildern zu.

»Unsere Hunkas hinterließen eine Botschaft. Dass sich ein neuer Wandler erheben würde, um uns anzuführen. Um uns ins Licht zu führen.« Ihre Worte tönten durch die Stille der Nacht.

»Und ... und ihr glaubt, dass ich das sein könnte?«, entwich es mir.

»Hab keine Angst, Liebes. Wir sind bei dir. Sayde wird dir nichts tun.« Augenblicklich schreckte ich auf.

»Deshalb wird er trotzdem nicht erfreut sein«, brachte ich hervor und der Waschbär tapste langsam zu mir.

»Aber ich bin das nicht, ich bin kein Anführer, von einer Welt, die ich nicht verstehe. Ich möchte das überhaupt nicht sein! Das muss ein anderer Wandler sein, ihr täuscht euch«, entgegnete ich aufgebracht und meine Beine begannen, wacklig zu werden.

»Du musst wissen, ein neuer Wandler ist selten und es kann Monate und Jahre dauern, ehe sie zu uns finden und wir ihnen diese Welt erklären können. Ehe wir versuchen können, diese Prophezeiung wahr werden zu lassen. Uns begegnet nicht jeden Tag ein neuer Wandler und damit die Hoffnung auf einen neuen Anführer.« Doch trotz ihrer beruhigenden Worte lähmte mich meine Angst. Sie verlangten indirekt von mir, mich gegen einen vermutlichen Grizzly zu behaupten und ihm seine Position streitig zu machen. Als Reh. Als wehrloses, zierliches Reh.

»Mae, auch wenn du nicht unsere geborene Führerin der Wandler bist, müssen wir Sayde trotzdem mitteilen, dass wir jemand Neues unter uns haben. Das ist sehr wichtig. Es wird alles gut, wir sind doch bei dir«, sagte Caja an meiner Seite. Meine Gedanken drehten sich wirr im Kreis. Mich beschützten ein

Vogel, ein Otter und ein sehr alter Waschbär gegen einen furchteinflößenden Unbekannten, dessen Thron ich einnehmen sollte. Am liebsten hätte ich gelacht, damit Caja verstand, dass ich nicht ihre Prophezeiung war. Stattdessen blickte ich in den Sternenhimmel und betete zum ersten Mal, es möge sich um einen großen Irrtum handeln.

»Möchtest du wissen, wer vor dir an deiner Stelle war?«, fragte Caja an mich gewandt.

»Wie meinst du das?« Irritiert hob ich meinen Kopf und spitzte die großen Ohren.

»Erst wenn uns ein Wandler verlässt, kann ein neuer Wandler seinen Platz einnehmen«, erklärte sie und meine Augen weiteten sich erstaunt.

»Das heißt, er starb bevor ich zu euch kam?« Caja nickte ganz selbstverständlich.

»Remo war bereit zu gehen. Er wusste, dass es mit ihm zu Ende gehen würde und er hatte keine Angst vor dem Tod. Im Gegenteil, er war stolz darauf, womöglich die Prophezeiung zu uns zu führen.«

»Das ist furchtbar!«, stieß ich aus.

»Ich wünschte, er könnte sehen, welchen wunderbaren Platz er geschaffen hat. Er wäre stolz auf dich, da bin ich mir sicher. Weißt du, vor vielen hunderten von Jahren entdeckten die Menschen bereits, dass es noch so viel mehr, als nur diese eine Welt gab. Sie erkannten, dass parallel noch eine Welt der Seelen, Geister und Kräfte existierte. Schon seit Anbeginn der Zeit gibt es Auserwählte, die zwischen diesen Welten wandeln können, auch wenn sie es selbst gar nicht wissen. Man erzählte mir Geschichten, dass Männer, Frauen und manchmal auch Kinder durch den Wald liefen und plötzlich wie vom Erdboden verschluckt einfach verschwanden. Und sie erzählten auch, dass sie bereits Menschen gesehen hatten, die mit gefährlichen Tieren sprachen, als seien sie gute Freunde. Das hat sie verunsichert und skeptisch gemacht. Später wurden sie verjagt und es galt als eine Schande, mit den Tiermenschen in Kontakt zu sein. Aber damals wussten sie es noch nicht besser. Denn hinter ihren verwirrten Vermutungen existierten alte Geschichten über wandelnde Seelen und Kraftorte. Starke Verbindungspunkte, die die menschliche sowie auch die magische Welt verbinden. Und nicht jedem Menschen gebührt diese Ehre, die Gabe als Weltenwandler zu erlangen. Es ist vorbestimmt, zu uns zu finden und in diese Magie einzutauchen. Sie sagten mir, wir alle seien Symbole – repräsentieren unsere innerste Eigenschaft. Daraus sind sie auch entstanden – aus ihren größten Eigenschaften, die sie bewiesen hatten.«

»Caja«, unterbrach ich sie unsicher und zögernd. »Von wem sprichst du da die ganze Zeit? Wer sind diese … von denen du sprichst?« Es war als schien der Waschbär zu lächeln.

»Die Hunkas, Liebes. Die Ersten unserer Art, unsere frühen Ahnen, so sagt man es seit Beginn der Weltenwandler. So wie du nun auch eine Weltenwandlerin bist. Und wie ich es eigentlich begonnen hatte, Remo wäre stolz auf dich, wenn er wüsste, dass du nun bei uns bist«, sprach Caja unbeirrt weiter.

»Was war er? Also in welcher Gestalt?«

»Remo war ein Elch, so unfassbar groß und gewaltig. Ich konnte mich prima auf sein Geweih setzen und durch die Gegend tragen lassen. Aber dafür habe ich jetzt ja dich«, piepste Isla.

»Ein Elch?«, fragte ich voller Erstaunen. »Wie ist er ... wurde er auch von einem Jäger getroffen?«

»Nein, Mae. Remo war einfach alt, seine Zeit war gekommen. Das entsprach auch seinem Gemüt.« Caja lachte leise auf.

»Gemüt?«, zwitscherte Isla. »Er war wie eine hundertjährige Schildkröte! Selbst Sayde hatte ihn nie beeindruckt oder in Unruhe versetzt.«

»Ja, und Sayde hatte es gehasst, dass er keinen Respekt und keine Furcht zeigte«, fügte Caja hinzu und bemerkte meinen ängstlichen Blick.

»Keine Sorge, Mae. Deine Wunde verheilt sehr gut. Du wirst schon bald wieder durch die Wälder springen können. Sayde wird dir nichts anhaben, dafür werde ich sorgen.«

Als wir die Mündung zum See erreicht hatten, leuchtete die Sonne zwischen den verschneiten Bergen zu uns herüber. Alle waren erfreut über den prachtvollen Anblick, wie sich das Sonnenlicht auf der Oberfläche spiegelte, und ich musste ihnen recht geben. Es war ein fantastischer Ort. Summer tauchte in das tiefere Wasser ein und Caja folgte ihr ans Ufer. Nur Isla plapperte ungehalten weiter und ihre Vorfreude auf den Frühling konnte man gar nicht ignorieren.

»Bald ist es so weit. Alles wird blühen und voller Farben sein. Herrliche Beeren werden wieder zu finden sein und alles erwacht zum Leben. Es ist nicht mehr lange, ich spüre das. Als wäre der Schneesturm der letzte Wintergruß gewesen«, piepste sie.

Auch ich freute mich auf den Frühling, denn alles war angenehmer als der Kampf mit Kälte und Eis. Aber ich war mir nicht sicher, ob Freude der richtige Ausdruck war, denn es war ungewiss, ob ich den Frühling an Masons Seite erleben würde.

»Sei kein Spielverderber, Mae. Der Anfang ist schwer, aber wenn du dein altes Leben erst einmal hinter dir gelassen hast, wird es besser.«

Ich wollte mein vorheriges Leben aber nicht vergessen. Ich wollte Mason nicht vergessen. Noch immer konnte ich keine wirklich positiven Schlüsse aus den Wandlungen ziehen.

»Kopf hoch, Liebes.« Caja war zurückgekehrt und kletterte wieder auf meinen Rücken. »Dazu fragen wir Sayde um Rat. Er wird wissen, was zu tun ist.« Kaum hatte sie zu Ende gesprochen, tauchte Summer wieder aus dem See auf. Sie trug drei kartoffelähnliche Knollen mit sich und schob sie ans Ufer. Mein ratloser Blick entging meinen Gefährtinnen nicht.

»Pfeilkraut«, erklärte Summer eintönig und biss in die erste Knolle hinein. Caja schnappte sich direkt die nächste

»Jetzt sei nicht so scheu, Mae. Die enthalten viel Stärke und Energie. Du wirst es brauchen, wenn wir uns jetzt zu den Felsen begeben«, sagte der Zedernseidenschwanz und ich überlegte zaghaft, was ein Reh in den Bergen zu suchen hatte. Ganz zu schweigen von einem Waschbären und einem Fischotter, die dort sicherlich ebenso fehl am Platz waren wie ich.

Unsicher trat ich näher an das Ufer heran und betrachtete skeptisch die Knolle, die Summer mir hingeschoben hatte. Während ich überlegte, tauchte Summer schon wieder ins Wasser ab, um weitere zu holen.

Sie schmeckte sehr wässrig. Es gab durchaus bessere Kost, aber ich wollte nicht undankbar sein. Summer tauchte einige Minuten später wieder auf und versorgte uns noch mal mit dem für mich fremden Kraut, bis Caja uns langsam drängte, weiterzugehen.

Ich knickte zuerst meine vorderen Beine ein, dann die hinteren, um mich langsam auf den Boden zu legen, sodass Caja und Summer problemlos auf meinen Rücken gelangen konnten. Von hier aus war es dem Fischotter nicht mehr möglich, uns parallel im Fluss zu begleiten.

Das lang ersehnte Sonnenlicht brachte die ersten Schneeschichten langsam zum Schmelzen und machte den beschwerlichen Weg bergaufwärts etwas angenehmer.

Wir strichen zwischen immergrünen Douglasien hindurch und der Boden veränderte sich bald von dem bekannten Waldboden in einen steinigen Untergrund. Der Aufstieg verlangte mir deutlich mehr ab, als ich gedacht hatte. Zudem hockten ein Waschbär und ein Fischotter auf meinem Rücken, deren Gewicht nicht zu unterschätzen war.

Während wir gingen und Isla zwischendurch vorwegflog, hing ich meinen eigenen Gedanken nach, ganz ohne Rücksicht auf die anderen. Es war anstrengend, seine Gedanken ständig kontrolliert und gezielt zu halten, weil jeder sie hören konnte. Aber manchmal war es ruhig und ich fragte mich, ob Caja womöglich wieder eingeschlafen war. Dabei war sie unser einziger Kompass durch diese verschneite Gegend. Solange sie nichts sagte, folgten wir ihrer Anweisung, in Richtung der Berge zu gehen.

Ich dachte an Mason, an unser Haus und an unsere letzte Begegnung. An das Gefühl, wie schön es war, endlich nach Hause zurückzukehren und spüren zu können, dass die Liebe nicht verflossen war. Die Zeit hatte uns zwar lange auseinandergehalten, aber nicht trennen können. Wie so oft fragte ich mich selbst, wie es Mason wohl in der Zeit meiner Abwesenheit ergangen sein musste und erinnerte mich an seine lauten Ausrufe bei unserem Waldspaziergang. Dass er mich jeden Tag vermisste, befürchtet hatte, ich sei entführt worden oder gar tot, während ich ahnungslos als Reh durch den Wald lief und unwissend einer Herde und meinen Instinkten folgte. Mein schlechtes Gewissen quälte mich.

Unser Leben hatte ich mir sehr friedlich vorgestellt. Als er mir das erste Mal von dem Waldhaus erzählte, war ich erfreut, aber in das Haus verliebt hatte ich mich erst, als ich es das erste Mal betreten hatte. Andere mochten es vielleicht als einsam und leer bezeichnen, ich jedoch sah darin den Seelenfrieden, nach dem ich mich gesehnt hatte.

Nach unserem Einzug im Herbst verliebte ich mich nach Mason und dem Waldhaus noch ein drittes Mal. Hope. In einen winzigen Welpen aus dem Tierheim, der zum loyalsten Hund überhaupt aufwuchs. Manchmal kuschelte sich Hope zu mir auf die Couch und wenn Mason nicht hinsah, ließ ich es zu. Die Hündin hatte mir bereits das eine oder andere Mal das Gefühl geben, sie sei wie unser zukünftiges Kind, denn sie liebte uns, als seien wir wie Eltern, die wir in Wirklichkeit aber nicht waren. Ich vermisste sie und die langen Spaziergänge, die wir bei jedem Wetter unternahmen. Wir lehrten sie Kommandos, die sie mühelos verstand, weil sie so wissbegierig alles Neue aufschnappte.

Mein Leben war ein gutes und schönes gewesen und ich konnte in keiner Weise verstehen, was Isla versucht hatte zu sagen. Dass ich vor etwas geflüchtet war. Dass mein Wunsch nach etwas anderem stärker gewesen war, als alles andere. Dabei konnte ich mir nichts Stärkeres vorstellen, als meine Liebe zu Mason.

Trotzdem war der Tod seiner Eltern nie leicht gewesen. Im Gegenteil. An manchen Tagen hatte ich nicht mehr weiter gewusst und große Zweifel hatten mich gequält. Zukunftsängste, wie alles werden würde, wenn ich Mason nicht wieder vollständig zurück bekäme. Und wir niemals diese kleine Familie aus meinen Träumen werden würden.

Im Stillen musste ich zugeben, dass ich mir eine Tochter gewünscht hatte. Ein kleines wundervolles Mädchen mit Masons schönen Augen. Zärtlich und süß und wir würden zusehen, wie sie ihre ersten Schritte auf der Veranda ging und das erste Mal auf der Blumenwiese vor dem Haus mit Hope spielte. Es war ein schöner Wunsch gewesen, aber auch dabei geblieben. Das Schicksal war wohl nicht sehr gütig mit uns, denn es hatte uns dieses Kind verwehrt.

Trotzdem empfand ich die Sehnsucht nicht so unüberwindbar stark, wie Isla es beschrieben hatte. Dafür wollte ich nicht um jeden Preis mein bisheriges Leben mit Mason eintauschen. Es gab nichts, wonach mein Herz sich mehr sehnte, als wieder bei ihm zu sein.

Wir erreichten die Felswände und ich hielt kurz inne, um tief Luft zu holen. Auch wenn es nur ein Tagesmarsch gewesen war, das zusätzliche Gewicht und der Aufstieg erschöpften mich sehr. Prüfend wandte ich meinen Kopf und sah, wie Caja schlummerte, während Summer einen unruhigen Eindruck machte.

»Was ist, Summer? Sind wir hier nicht richtig?«, fragte ich nach und der Fischotter zappelte wieder. Womöglich fürchtete auch sie sich vor Sayde.

»Doch, doch, wir müssten bald dort sein. Caja, wach auf, na los. Schlaf gefälligst bei Nacht!«

Isla musste uns gehört haben, denn vom Himmel senkte sich ein Vogel zu uns herab.

»Caja!«, trällerte sie lautstark und Summer rüttelte die Waschbärdame so heftig, dass ich befürchtete, sie könnte von meinem Rücken fallen. Verschlafen kam der Waschbär zu sich und gähnte in aller Ruhe, während wir auf ihre Antwort warteten.

»Wohin müssen wir?«, fragte Summer und Caja sah sich um.

»Hier drüben. Der Weg ist schmal und steil, aber es ist nur ein kurzes Stück. Bald hast du es geschafft.« Am liebsten hätte ich eine Pause vorgeschlagen, denn meine Beine wurden immer schwächer und die Schusswunde pochte schmerzhaft. Hoffentlich behielten sie recht und wir hatten unser Ziel bald erreicht.

»Wieso lebt Sayde von euch getrennt?«, fragte ich und mir entging nicht, dass Isla und Summer versuchten, mich zu ignorieren.

»Sayde ist nicht gerade freundlich und schwierig in seiner Art. Außerdem bevorzugt er die Einsamkeit in seiner Höhle. Er mag es nicht, wenn ihm jemand zu nahe kommt«, erklärte Caja schließlich.

»Und wie lange habt ihr ihn nicht mehr gesehen?« Diese Frage löste eine kurze Diskussion aus und sie überlegten gemeinsam, wann sie das letzte Mal die Höhle zwischen den Felsen aufgesucht hatten.

»Ich glaube, es war im Sommer«, zwitscherte Isla.

»Du hast recht, zu der Zeit sollte sich seine Art eigentlich auf Partnersuche befinden und nicht einsam vor einer Höhle hocken. Wir haben ihn noch damit aufgezogen, erinnert ihr euch?«, sagte Summer.

»Das brauchst du gar nicht zu erwähnen. Er wird nicht gerade erfreut über unseren Besuch sein«, warf Isla ein. In meinen Gedanken tauchte kurz die Frage auf, ob wir nicht einfach umkehren konnten. Ich wollte meine Unruhe verstecken, doch es war mir nicht gelungen.

»Nein, wir können nicht umkehren, Mae. Auch wenn es nicht einfach wird. Versuch ruhig zu bleiben. Wir werden unser Bestes geben, um dich zu beschützen.« Cajas großmütterliche Art war beruhigend gemeint, doch ich zweifelte noch immer daran, dass ein Vogel, ein Waschbär und ein Fischotter mich beschützen konnten.

»Und mehr könnt ihr mir nicht über ihn sagen?« Meine letzte Frage wurde von einer lauten, grimmigen Stimme beantwortet und wir alle zuckten kurz zusammen.

»Genug!«

Das Wort hallte in uns nach und ich hatte Angst, mich zu bewegen. Keiner traute sich, etwas zu sagen.

»Euch kann man meilenweit hören und eure Gespräche sind unerträglich«, tönte die fremde Stimme und mir war sofort klar, dass es Sayde war, der da sprach. Obwohl ich ihn noch nicht zu Gesicht bekommen hatte, verstand ich sofort, weshalb die anderen so über ihn gesprochen hatten. Allein seine Stimme war furchteinflößend.

»Entschuldige, Sayde, für unser unbedachtes Benehmen. Wir kommen in einer wichtigen Angelegenheit. Es ist eine neue Wandlerin unter uns. Wir möchten sie dir vorstellen, auch wenn wir uns des ... Risikos bewusst sind«, sagte Caja ruhig, auch wenn mir ihr kurzes Zögern aufgefallen war. Gespannt warteten wir auf die barsche Antwort.

»Bringt sie zu mir. Ich warte vor der Einbuchtung auf euch.«

Caja tätschelte mir aufmunternd den Hals.

»Na los, es ist so weit.« Ein Zittern durchlief meinen Körper.

»Ist schon gut, Mae. Wir sind bei dir«, redete Isla mir gut zu.

»In Ordnung, lass uns runter, Liebes. Wir werden vorausgehen.«

»Aber du darfst nicht davonlaufen!«, fügte Isla zwitschernd hinzu, als ich meine Beine einknickte um den Waschbären und Summer auf den Boden zu lassen. Sie liefen gemeinsam voran.

»Und jetzt komm«, befahl Caja und ihr kleines schwarz-graues Gesicht wirkte, als würde sie lächeln. Bei diesem Anblick setzten sich meine Beine zaghaft in Bewegung und ich folgte ihnen.

Mason

Mason trat hinaus auf die Veranda und blickte dem Frühling entgegen. Hope sprang über die Wiese und die Sonne schien über dem Wald. Sein Blick schweifte über die Bäume und er lauschte dem Zwitschern der Vögel, als könnten sie ihm eine Nachricht von Maeve überbringen. Dass der Frühling zurückkam, erleichterte sein Herz um viele Sorgen. Mit ihm kehrte die Hoffnung wieder, dass Maeve schon bald zu ihm finden würde.

Hope trabte ihm mit aufgestellten Ohren entgegen und er lächelte. Monatelang war er der Trauer und

Sorge erlegen, doch die Frühlingssonne schien eine Last von ihm zu nehmen. Auch wenn die Ungewissheit ihm nachts noch immer den Schlaf raubte und er noch immer nicht glauben konnte, dass Maeve die Gestalt eines Rehs angenommen hatte, so wusste er seit ihrer Rückkehr, dass ihre Liebe echt war.

»Bald, Hope«, sagte er liebevoll zu ihr und kraulte sie hinter den Ohren. Sie blickte ihn neugierig mit ihren dunklen Augen an, als wollte sie ihn etwas fragen.

»Bald wird sie zurückkehren. Du vermisst sie auch, nicht wahr?« Er seufzte. »Sie ist eigentlich so nah bei uns. Und doch eine Unendlichkeit entfernt.« Die Hündin wandte ihren Kopf wieder den Bäumen zu.

»Wenn Maeve zurück ist, sollte ich mir abgewöhnen, so viel mit dir zu reden, hörst du? Sonst hält sie mich noch für vollkommen verrückt. Dabei ist sie das einzig Verrückte an uns. Was meinst du? Wie viele Frauen verschwinden in die Weiten der Wälder und lassen ihre Männer wartend zuhause zurück?« Er lachte kurz auf, als Hope bellte und an ihm emporsprang.

»Ja, das dachte ich mir schon. Da sind wir wohl die Einzigen.«

Heather wartete mit Slash bereits oben auf der Anhöhe. Während Mason sich ihr langsam näherte, hüpfte Hope den beiden erwartungsvoll entgegen. Seit ihrem Gespräch in der Bar hatte er sie kaum mehr wirklich gesehen und nur über Ben ab und zu von ihr erfahren. Vor ein paar Tagen hatte Heather ihn dann angerufen, weil sie mit ihm sprechen musste. Es war ihm unangenehm, nicht zu wissen, um was es ging. Jedoch würde Mason es erst erfahren, wenn er sich dem Gespräch stellen würde.

»Hi Mason«, begrüßte sie ihn und er erwiderte es.

»Wartest du schon lange?«, fragte er anschließend doch Heather schüttelte den Kopf.

»Dabei sollte ich längst wissen, dass deine Stärke nicht in der Pünktlichkeit liegt«, scherzte sie und grinste. Dagegen konnte Mason nichts erwidern, also folgten sie dem kaum sichtbaren Pfad in den Wald hinein.

»Wie geht es euch? Also deiner Frau und dir, seit sie wieder da ist?« Mason dachte einige Momente über diese Frage nach. Es gab verschiedene Varianten darauf zu antworten und er überlegte, welchen Lauf das Gespräch dann dementsprechend nehmen würde.

»Gut«, antwortete er einsilbig. »Man muss sich eben wieder daran gewöhnen.«

Heather nickte und schien selbst nicht zu wissen, ob sie mehr Informationen haben wollte oder nicht.

»Du wolltest mir etwas sagen?« Mason sah zu ihr auf und suchte in ihren hellblauen Augen nach einem Hinweis.

»Ja, ich dachte das sei persönlich besser, als nur so am Telefon. Außerdem wusste ich, dass Slash und

Hope sich freuen würden«, sagte sie und deutete auf die spielenden Hunde. An ihrem Unterton war zu erkennen, dass es sich um keine freudige Nachricht handelte.

»Ich werde wieder zurück nach London gehen. Zu meinem Bruder und der Firma. Und das schon sehr bald.«

Irgendwo in den Bäumen zwitscherte ein Vogel, laut und klar. Die Sonne schien zwischen den Blättern auf ihn herab und spendete angenehme Wärme, während Mason jegliche Worte fehlten.

Er hatte innerlich gehofft, Heather und Ben konnten weiter seinen Freundeskreis bilden, um die Zeit, in der Maeve in den Wäldern war, zu überbrücken. Gemeinsam hatten sie die Einsamkeit in ihm überwunden und die Vorstellung, dies könnte nicht ewig so funktionieren, fiel ihm schwer.

»Wann?«, fragte er, ohne sie anzusehen.

»Nächste Woche. Wir haben einen neuen Auftrag in Hayes. Dort werde ich am Montag bereits anfangen. Du weißt ja, ich bleibe nicht lange am selben Ort.« Heather hob kurz die Hände, wie eine selbstverständliche Geste.

»Ja, das sagtest du ganz am Anfang ... Nächste Woche schon, das heißt du fliegst bereits am ...«

»In drei Tagen, genau. Ich schätze, dass wir uns nicht mehr sehen werden.« Stille kehrte zwischen ihnen ein und beide gingen schweigend den Waldweg entlang.

»Oh«, machte Mason.

»Ja, oh«, wiederholte sie. »Irgendwie bedauerlich, oder? Dass das nicht geklappt hat.«

»Aber unter diesen Umständen war es vielleicht gar nicht anders möglich«, redete Mason weiter.

»Pläne für die Zukunft zu schmieden? Du meinst, ich wäre sowieso nicht hier in Evergreen geblieben?« Heather verschränkte die Arme.

»Ja, wahrscheinlich hatten wir von Anfang an keine guten Voraussetzungen«, versuchte Mason es versöhnlich.

»Du wirst dich aber doch melden, wenn du gut angekommen bist, oder?«

»Natürlich«, antwortete Heather. »Und du kannst mich immer noch in London besuchen kommen, wenn dir danach ist.« Mason schmunzelte über ihre Worte.

»Das wird nicht vorkommen, oder?«

»Nein, wahrscheinlich nicht«, gab Mason zurück und Heather grinste versöhnlich.

Maeve

Ich konnte bereits die besagte Höhle am Ende der schmalen Felsebene erkennen. Meine Gedanken überschlugen sich und meine Instinkte versuchten, mich zur Flucht zu überreden. Unsicher blieb ich stehen.

»Ich kann nicht weiter«, flüsterte ich den anderen unsicher zu. »Ich kann einfach nicht.«

»Schon gut, Liebes«, erwiderte Caja sanft und ich konnte hören, wie sie Saydes Namen zischte.

»Hoffentlich habt ihr einen guten Grund, hier aufzutauchen«, ertönte wieder die grimmige Stimme und Sayde trat aus der Höhle. Ein anmutiger Puma kam langsam über die Ebene zu uns gelaufen und ich konnte nicht anders, als sein dichtes, gelbbraun schimmerndes Fell zu bewundern. An einem Vorderbein verlief unterhalb der Schulter bis hinunter zur großen Pfote eine deutlich sichtbare Narbe.

Auch sein Wandlermerkmal, wie Isla es genannt hatte, war offensichtlich. Seine Pfoten waren schwarz gesprenkelt und die Punkte verliefen sich nach oben hin in dem sandbraunen Fell. Verwirrt von meiner Vorstellung, einem riesigen Bären gegenüberzutreten, war ich auf eine überraschende Weise von Saydes Erscheinung fasziniert. Bevor ich ihn weiter betrachten konnte, durchzuckte mich seine kräftige Stimme erneut und erinnerte mich an seinen furchteinflößenden Charakter.

»Ihr bringt mir ein Reh?« Es klang nicht wie eine Frage, sondern mehr nach einer zynischen Beleidigung. Caja stellte sich mutig auf ihre Hinterläufe, auch wenn sie dadurch nicht einmal annähernd ein Schutzschild darstellte.

»Sieht aus, als seid ihr so freundlich, mir ein Abendessen vorbeizubringen. Sagt, habt ihr der Neuen nicht erzählt, dass Berglöwen sich hauptsächlich von Rehen ernähren?«

Mein Herz raste so schnell und laut, dass alle Anwesenden es hören mussten. Ein ängstliches Kribbeln erfüllte meinen Körper und ich spürte, wie das Adrenalin mich auf die Flucht vorbereitete. Normalerweise hätte ich schon längst davonrennen müssen, denn kein Reh würde auf eine solch dumme, lebensmüde Weise einem Puma gegenübertreten. Schon gar nicht freiwillig.

»Sayde, hör auf!«, zischte Caja ermahnend. »Such dir dein Abendessen selbst, auch du wirst dich an die Abmachungen halten müssen, so wie wir alle. Es werden keine Wandler gejagt, egal, wie sehr sie in dein Beuteschema passen. Wir servieren sie dir hier nicht auf dem Silbertablett.« Der Waschbär trat noch ein paar Schritte weiter auf den Berglöwen zu. Dann mischte Isla sich ein:

»Lass uns die Douglasie zu ihr befragen! Sie wird sicher wissen, was zu...« Doch sie wurde von Saydes wütendem Fauchen unterbrochen.

»Seid ihr nur deshalb hier? Habt ihr sie begleitet, um einen Grund für die Silberne Douglasie zu haben? Verschwindet wenn das eure Absicht ist! Geht, sofort – und nehmt euer Reh mit! Sie ist verängstigter als ein Kaninchen, das angebunden vor einer hungrigen Schlange sitzt. Sie ist uns überhaupt nicht von Nutzen.« Sayde wandte sich ab und ging zurück zum Höhleneingang.

»Ich dachte, ihr bringt mir einen Anführer«, knurrte er im Weggehen.

»Sayde!«, rief Isla energisch und flog ihm hinterher. »Wo ist deine Gastfreundschaft geblieben?«

»Ich hatte noch nie welche«, fauchte er und wandte sich kurz mit dicht angelegten Ohren zu ihr um.

»Vergiss es. Wir sind bereits lange unterwegs und mittlerweile müde und hungrig. Du hast kein Recht, uns so davonzujagen, wir sind die, die dich zum Anführer gemacht haben. Es ist sozusagen deine Pflicht, uns für heute bei dir aufzunehmen.«

Für diese Worte bewunderte ich Isla, die nur ein kleiner zierlicher Vogel vor einem wütenden Puma war. Ihr Selbstbewusstsein entlockte Sayde ein widerwilliges Fauchen, bevor er in die Dunkelheit seiner Höhle verschwand.

»Und wir wissen genau, wie sehr Mae von Nutzen sein könnte. Du solltest sie also nicht so verscheuchen.« Obwohl Isla nur ein zerbrechlicher Vogel war, klang ihre Stimme sehr überzeugt. Sayde zögerte.

»Mae? So nennt man dich also?« Ich zuckte verängstigt zusammen, als er meinen Namen dachte. Er trat aus seiner Höhle und blickte mich eindringlich aus seinen silbergrauen Augen an. Sie waren so hell und schimmerten mir bedrohlich entgegen. Erfüllt von Panik und Angst konnte ich kaum klar denken und nicht einmal auf meinen eigenen Namen reagieren.

»Du hast ihr wohl die Sprache verschlagen. Es liegt nicht in ihrer Natur, sich mit einem Puma zu unterhalten. Der dazu noch so unfreundlich ist«, tadelte Caja ihn. Sie hockte noch immer zwischen mir und Sayde.

»In Ordnung, ihr könnt bleiben. Bis morgen früh und dann werden wir die Silberne Douglasie aufsuchen, um zu sehen, ob eure Mae wirklich etwas taugt. Aber haltet euch von meiner Höhle fern und wagt es ja nicht, näherzukommen, als ihr jetzt schon seid.« Sayde verschwand in der Dunkelheit.

192

»Vielen Dank«, rief Caja ihm hinterher.

»Komm, Isla, wir werden uns weiter unten einen bequemeren Ort suchen. Das hier ist nichts für uns.« Ohne weitere Worte folgten wir alle ihrer Anweisung.

Die Nacht brachte Erschöpfung und Müdigkeit mit sich und trotzdem kämpfte ich dagegen an. Meine Glieder schmerzten und mein Herz war noch immer unruhig bei dem Gedanken an die Begegnung mit Sayde. Die anderen drei hatten sich bereits ihre Verstecke gesucht und sich schlafen gelegt. Sogar Caja kam ein wenig zur Ruhe, obwohl sie nachtaktiv war.

Ich dagegen war fest entschlossen, etwas Zeit verstreichen zu lassen, bis ich wirklich sicher sein konnte, dass alle dem Schlaf verfallen waren. Dann würde ich davonschleichen und das Weite suchen.

Mein Plan war nicht sehr ausgereift, denn meine Orientierung hier draußen war äußerst schwach. Womöglich würde ich bei Tageslicht zurück zum Flathead River finden und ihm von dort aus bis zur Mündung des Sees folgen. Mit etwas Glück würde ich schon in wenigen Tagen zurück zu Mason finden. Denn ich konnte keinesfalls mit einem hungrigen, schlecht gelaunten Puma zusammenleben. Das ging eindeutig zu weit.

Außerdem machte mir sein Vorhaben Angst. Wieso sprachen sie andauernd von einem silbernen Baum?

Und wie wollten sie morgen herausfinden, ob ich ihnen wirklich von Nutzen war? Konnte ich überhaupt sicher sein, dass Sayde mir nicht bei der nächsten Gelegenheit an den Hals sprang und mir das Leben nahm?

Das alles war mir viel zu ungewiss und ich wartete heimlich auf den richtigen Moment. Erst als ich es nicht mehr weiter aushielt, rappelte ich mich vorsichtig auf und versuchte mich an den ersten leisen Schritten. Ich war sehr darum bemüht, keinen Laut zu machen und niemanden aufzuwecken.

Noch bevor ich die ersten zehn Schritte gegangen war, hallte eine dunkle Stimme durch meinen Kopf.

»Du gehst nirgendwohin.« Aus dem Schatten der Nacht schlich der Berglöwe hervor. Seine hellen grauen Augen blitzten kurz auf. Mein Puls stieg augenblicklich an und ich hatte das Gefühl, meine letzte Stunde hätte geschlagen. Hatte er mich etwa ... gehört? Wusste er, welch furchtbare Angst ich vor ihm hatte, und würde er diese ausnutzen?

»Es stimmt also, was man von euch Rehen behauptet. Ängstlich und scheu bis in die Knochen. Dachtest du wirklich, du kommst so einfach davon? Deine Gedanken sind so laut, dass ich kaum einschlafen kann.« Langsam schlich er um mich herum. Im Mondlicht konnte ich seine lange Narbe erkennen. Für den Bruchteil einer Sekunde fragte ich mich, in welchem Leben er diese Verletzung erlitten hatte. Ob er sich diese bereits als Mensch zugezogen hatte oder ob er in seiner Tiergestalt angegriffen worden war.

»Niemand würde es wagen, einen Puma anzugreifen«, durchschnitt er meine Gedanken. »Einen Puma wie mich«, fügte er anschließend noch hinzu.

Wie zu Stein erstarrt stand ich ihm gegenüber. Ich war ihm ausgeliefert. Mein Kopf forderte die Beine auf zu fliehen, doch sie gehorchten nicht.

»Wer bist du?«, fragte er dann.

»Maeve«, dachte ich leise. Ungeduldig legte er die Ohren an.

»Das weiß ich selbst! Nicht deinen Namen will ich wissen, sondern wer du bist.«

Irritiert zuckten meine Ohren umher. Er schien schon bald zu verstehen, dass ich ihn nicht verstand.

»Was weißt du über uns? Über deine Aufgabe?«, fragte er weiter.

»Nichts«, antwortete ich hektisch. Er bemerkte meine Nervosität.

»Caja hat mir von den Geschichten erzählt. Dass die Bäume kommunizieren.« Und dann lachte Sayde. Ein boshaftes und abwertendes Lachen, als hätte ich noch gar nichts von dieser Welt verstanden.

»Dann wirst du, Mae, morgen mit dem großen Silberbaum sprechen, ja?«, spottete er und blieb vor mir stehen. »Was wirst du sagen?«

Zuerst hatte mich die Angst gelähmt und mich schweigen lassen, doch jetzt pochte das frei gewordene Adrenalin langsam durch mich hindurch.

»Dass sie einen ziemlich bissigen Anführer gewählt

haben«, entgegnete ich kaum hörbar und der Puma stellte augenblicklich die Ohren auf.

»Was sagst du da?«, fauchte er, doch ich reagierte nicht sofort.

»Möchtest du die Silberne Douglasie etwa von einem Waschbären beschützen lassen? Oder von einem Vogel? Einem Otter? Von einem Reh, das selbst seinen Schatten in der Dämmerung fürchtet? Sag mir, Mae – wer außer mir soll den wohl mächtigsten Baum unserer Gegend beschützen?« Angriffslustig blickten mir seine silbergrauen Augen entgegen. Er wartete meine Antwort ab.

»Vor was muss der mächtigste Baum denn beschützt werden?«, fragte ich stattdessen zurück und er stutzte für einen Moment.

»Was es auch ist – ein Reh wie du kann den Silberbaum nicht davor beschützen«, knurrte er und trat nah an mich heran.

»Du wirst diesen Platz nicht einnehmen«, hörte ich seine tiefe Stimme in meinem Kopf, während er um mich herumschlich.

»Das hatte ich nicht vor«, gab ich zurück und die Spannung in Saydes Körper löste sich.

»Nicht?«, bohrte er skeptisch nach. Die Frage schwebte für eine Weile zwischen uns.

»Was soll das alles hier? Wirst du mich töten?«, brachte ich endlich hervor, obwohl mir die Angst fast die Kehle zuschnürte.

»Ich werde dich nicht töten, zumindest nicht heute. Einverstanden?« Er klang belustigt.

»So eine Vereinbarung werde ich mit einem Puma nicht eingehen«, entgegnete ich. Er richtete die Ohren auf.

»Oh, haben wir jetzt doch den Mut gefunden, einem hungrigen Feind zu widersprechen?« Saydes Stimme veränderte sich.

»Na gut, einverstanden, ich bin keine deiner Mahlzeiten und bereit, deine Fragen zu beantworten«, gab ich nach. Der Puma lachte auf.

»Meine Fragen beantworten? Das ist nicht, wonach ich suche. Wenn du nicht gerade in der Lage bist, uns alle aus diesem Gefängnis zu befreien, kann ich nicht dafür garantieren, dich nicht weiter als Abendessen zu sehen.«

Ich ging nicht darauf ein, aber ich glaubte Cajas Worten, dass er mir nichts tun würde. Sie sprach von einer Abmachung, dass Wandler einander nicht töten durften. Zumindest heute vertraute ich darauf.

»Warum bringen sie mich hierher zu dir? Und warum lebst du so weit weg von den anderen? Nur wegen des Baums? Oder was ist auf dieser Seite des Waldes besser als auf meiner?«, wendete ich das Gespräch in eine andere Richtung.

»Warum hast du sie das nicht selbst gefragt?«, fragte er zurück und setzte sich, um sein verletztes Bein ein wenig zu entlasten.

»Wie ist das passiert?« Meine Stimme klang weicher und mitfühlender, als Sayde es verdient hatte. Sein Fauchen dagegen war wuterfüllt und eindeutig.

»Das geht dich gar nichts an. Du bist es, wovon hier alle reden. Aber mir wurde zu viel versprochen. Sie sagten mir ein Wunder nach dem eisigsten Schneesturm aller Zeiten vorher, doch hier sehe ich nur einen hoffnungslosen Feigling.« Die herablassenden Worte schlugen mir entgegen und ich suchte nach einer guten Antwort.

»Ich bin kein Feigling, nur ... ich bin nur ...« Die Worte rasten durch meinen Kopf, doch keines davon bekam ich zu fassen. Ich spürte, dass Sayde sich über mich amüsierte.

»Hör auf, dich über mich lustig zu machen!«, platzte es aus mir heraus und für einen Moment war es kurz still. Der Puma erhob sich und verschwand in der Dunkelheit. Meine Beine zitterten, meine Ohren waren vor Spannung aufgestellt und ich starrte verängstigt ins nächtliche Schwarz. Wohin ging er? Und was würde als nächstes geschehen?

»Komm mit«, drang die tiefe Stimme an meine Ohren. Zögernd sah ich mich in die Richtung um, in die Sayde verschwunden war.

Jetzt war der perfekte Moment zur Flucht. Der Berglöwe war mindestens einige Meter entfernt, die anderen schliefen und hatten nichts von unserer heimlichen Diskussion mitbekommen. Vielleicht war ich ein wenig im Nachteil, weil ich bei Nacht nicht unbedingt die beste Sicht hatte, aber ich musste es versuchen. Mut beweisen, versuchte ich mir einzureden. Bevor ich morgen als Frühstück oder als Opfergabe für einen magischen Baum enden würde.

Und dann rannte ich um mein Leben. Meine wackligen Beine hüpften und sprangen über den felsigen Untergrund in Richtung des Flathead River. Mein Herzschlag pochte laut und deutlich und das Adrenalin verbannte sämtliche Gedanken. Ich reagierte einzig und allein auf die Instinkte, die meiner Wandlungsgestalt gegeben worden waren.

Wenn ich nur genügend Abstand zwischen die anderen Wandler und mich brachte, hätten sie keine Chance mehr, mich zu finden, redete ich mir ein. Und so sprang ich wild und durcheinander durch die Nacht, ohne auch nur ein einziges Mal zurückzublicken.

»Du bist eine furchtbare Kreatur«, zischte Caja ihm zu. »Wie kannst du sie nur so in die Flucht schlagen und verjagen! Das arme Ding.«

»Sie hat nicht das Zeug dazu, bei uns zu sein. Sie fürchtet sich vor ihrem eigenen Schatten und erstarrt zu Stein, wenn man sie anspricht. Sie ist ein Angsthase, durch und durch. Sie wird uns nicht helfen, dazu fehlt ihr der Mut. So wird sie uns keine Anführerin sein.« Sayde lachte abfällig und drehte dem Waschbären den Rücken zu.

»Es fehlt ihr nicht an Mut«, sagte Caja entschlossen.

»Sie hat ihn nur noch nicht gefunden. Und du allein wirst morgen früh aufbrechen und sie zurückholen. Wage ja keine Widerrede, Sayde! Du hast die Hoffnung davongejagt, auf die wir bereits lange warten. Du wirst dich wohl zum ersten Mal in deinem Leben entschuldigen müssen.« Die Waschbärdame ignorierte sein wütendes Fauchen und tapste den Felshang hinunter.

»Schließlich behauptet man von dir, du hättest kein Herz. Es ist nun an der Zeit, endlich das Gegenteil zu beweisen«, beendete sie ihre Ansprache. Islas eifriges Zwitschern ertönte zwischen den Bäumen.

Als ich am Morgen erwachte, war es still um mich herum und ich war mir zuerst nicht sicher, ob das ein gutes oder ein schlechtes Zeichen war. Ich war unverletzt, dafür aber sehr erschöpft. Nach den langen Tagen der Wanderung hätte ich eine ruhige Nacht durchaus gebrauchen können, stattdessen war ich durch den Wald gehetzt.

Glücklicherweise erkannte ich, wohin ich gelaufen war und dass es bis zum Flathead River nicht mehr weit war. Nachdem ich mich umgesehen hatte, um eventuelle Gefahren auszumachen, riss ich ein paar Rindenstücke von einem Baum, um den frühen Hunger zu stillen.

Anschließend folgte ich dem Weg in die Richtung, in der ich den Fluss vermutete. Bald darauf konnte ich schon das beruhigende Plätschern hören. Geborgenheit und Hoffnung durchfluteten mich und vertrieben langsam die Einsamkeit.

Als ich den Flathead River erreicht hatte, trank ich daraus und hörte irgendwo ein leises Rascheln. Zuerst vermutete ich nur einen Vogel oder ein anderes Tier, das hier ebenfalls seinen Durst stillte. Trotzdem blickte ich auf, weil ich meinen insgeheimen Wunsch, Isla oder Caja könnten mir gefolgt sein, nicht unterdrücken konnte.

Ich erkannte Isla sofort an ihrer blauen Federspitze. Und ich erkannte auch die hellgrau blitzenden Augen neben ihr auf Anhieb. Meine Muskeln verkrampften sich und sämtliche Alarmglocken dröhnten in meinem Kopf.

»Es tut mir leid, Mae«, murmelte Isla entschuldigend. »Aber du darfst uns nicht verlassen, hörst du?« Dem kleinen Zedernseidenschwanz wollte ich gar nicht böse sein, sie hatte nichts verbrochen und mir keine Angst eingejagt. Sayde hockte mit gesenktem Blick neben ihr.

»Ich werde euch jetzt allein lassen, so musste ich es Caja versprechen«, piepste sie.

»Nein, Isla, nicht!«, rief ich entsetzt, aber sie setzte mit einem leisen »Tut mir leid« zum Flug an und war fort.

So saßen wir uns wieder gegenüber. Sein goldbraunes Fell schimmerte in den ersten Sonnenstrahlen.

»Caja bittet dich zurückzukommen«, vernahm ich seine leise Stimme, doch ich reagierte nicht darauf.

»Das gestern war keine ... gastfreundliche Begrüßung«, versuchte er es erneut. Seine Stimme klang
nicht mehr belustigt und auch nicht mehr boshaft. Das
konnte nur Cajas Werk sein.

»Das war überhaupt keine Begrüßung«, entgegnete
ich etwas selbstsicherer.

Sayde schob mit seiner großen schwarzen Pfote etwas Schnee auf die eine, danach wieder auf die andere
Seite und versuchte, mich nicht anzusehen.

»Ich hatte euch auch nicht eingeladen«, sagte er
trotzig wie ein Kind.

»Und ich habe auch nicht darum gebeten, da mit
hineingezogen zu werden. Aber mich hat auch niemand gefragt.« Ich schnappte nach Luft und der Puma
blickte langsam auf.

»Keiner von uns wurde gefragt. Aber du gehörst
wohl von nun an unweigerlich zu uns.« Er sprach
langsam und seine Worte klangen wohlüberlegt.

»Und woher dieser Sinneswandel? Gestern sollte ich
noch das Abendessen sein.« Schnell wich er meinem
Blick wieder aus.

»Caja hat mir befohlen, mich zu ... entschuldigen.«
Es quälte ihn sichtlich, zugeben zu müssen, dass er
sich von einer alten Waschbärdame etwas sagen ließ.

»Noch habe ich keine Entschuldigung gehört«, kon-
terte ich. Mir war bewusst, dass ich nicht in der Lage
war, mich gegen einen Puma zu wehren, doch Caja
schien ziemlich großen Einfluss auf ihn zu haben und
ich wollte diesen Vorteil noch einen kleinen Moment

länger auskosten. Ob sie irgendetwas gegen ihn in der Hand hatte? Bei Gelegenheit wollte ich die Waschbärdame danach fragen.

»Es tut mir leid, dass du so ein sensibles, verschrecktes Ding bist«, fauchte er leise. Schnell trat ich zwei Schritte auf ihn zu.

»Das liegt in meiner Natur, ebenso wie es in deiner liegt, verbittert und einsam zu sein.« Von mir selbst überrascht, wartete ich ab, während Sayde mich einen Augenblick lang musterte. Scheinbar hatten meine Worte ihn mehr getroffen, als er zugeben konnte.

»Es tut mir leid«, sagte er schwerfällig und bedrückt.

Ich musterte ihn, darauf gefasst, er würde jeden Moment in Gelächter ausbrechen. Aber seine Züge, der gesenkte Blick und der Unterton in seiner Stimme ließen mich erkennen, dass der Berglöwe es ernst meinte.

»Und es liegt wohl auch nicht in der Art eines Pumas, große und freundliche Worte zu sprechen«, fügte ich hinzu und Sayde blickte kurz auf.

»Es wird dir noch vergehen, Mae. Wenn auch du dein halbes Leben in der Wandlung verbracht hast. Dann bleibt einem nicht mehr viel Sinn für Freude.« Er klang verbittert.

»Aber die anderen sind nicht wie du, Sayde. Jeder ist für seine Offenheit selbst verantwortlich.«

»Wie du bereits sagtest, es liegt wohl in meiner Natur, einsam und verbittert zu sein«, wiederholte er meine Worte und blickte mich mit schiefgelegtem Kopf an.

»Das muss es nicht. Aber wahrscheinlich bist du nicht ohne Grund in einen Berglöwen gewandelt. Caja hat mir auch von den Schutztieren erzählt. Und dass wir alle eine Bedeutung in uns tragen.« Ohne ein weiteres Wort setzte ich mich in Bewegung und spürte, wie Sayde mir noch lange nachblickte.

Summer und Isla erwarteten uns bereits und Caja schlief zwischen den niedrigen Ästen der Bäume. Isla versuchte direkt herauszufinden, wie das Gespräch gelaufen war.

»Hat er sich bei dir entschuldigt?«, piepte sie und versuchte sich angestrengt, äußerlich ruhig zu verhalten.

»Ja. Aber er schien gekränkt, als ich ihm vorgehalten habe, wie bissig er ist«, antwortete ich. Isla sah kurz zu Sayde, der zielstrebig auf seine Höhle zuging.

»Sehr gut, Mae! Weiter so. Deine Kommunikationswellen sind schon sehr konzentriert, wir sind unter uns«, zwitscherte Isla fröhlich und ich richtete den Kopf auf. Das waren gute Neuigkeiten.

»Isla? Du musst mir bitte einen Gefallen tun. Das ist unheimlich wichtig und von großer Bedeutung, verstanden?« Vor Aufregung flatterte sie mit den Flügeln.

»Oh ja, los sag schon – was ist es?« Ihre Stimme war voller Vorfreude.

»Du musst bitte zu unserem Waldhaus zurückfliegen und Mason ein Zeichen hinterlassen. Er muss wissen, dass ich noch hier draußen bin und lebe. Nach dem Schneesturm wird er verzweifelt nach mir suchen und womöglich glauben, ich sei umgekommen«, erklärte ich.

»Und wie soll das Zeichen deiner Meinung nach aussehen?«

Einige Momente lang war es ruhig und ich überlegte still.

»Isla, ich weiß es nicht. Aber bitte, dir muss, wenn du dort bist, etwas einfallen. Mason muss es einfach wissen. Könntest du das für mich tun?« Flehend blickte ich zu ihr hinauf.

»In Ordnung, Mae. Ich werde deine Nachricht überbringen«, versicherte sie und erklärte Summer, dass sie ein paar Runden drehen würde. Der Otter aber interessierte sich kaum dafür. Sie widmete sich ihrer Fellpflege und mir fiel wieder auf, wie eitel sie wirkte.

»Danke«, sagte ich zu Isla. Mit einem fröhlichen Lachen flog sie davon.

Als der Abend anbrach, erwachte Caja und überließ ihren Schlafplatz Summer. Der Waschbär kroch vorsichtig an meine Schlafstelle und legte sich dicht neben mich.

»Schön, dass du wieder bei uns bist, Mae«, sagte sie freundlich und mich wunderte, dass sie gar nicht mehr über mein Gespräch mit Sayde wissen wollte.

»Keine Sorge, Liebes. Ich habe Sayde vorhin hören können. Du hast ihn sehr nachdenklich gestimmt.«

»Das ist mir so herausgerutscht. Er hat so merkwürdige Erwartungen an mich und ist gleichzeitig so verbittert. Ach Caja, ich verstehe so vieles nicht, das in dieser Welt hier geschieht«, sagte ich erschöpft.

»Oh, du wärst beeindruckt! Aber ich erzähle es dir nur unter den Sternen. Na los, komm mit.« Sie stupste mich auffordernd in die Seite.

»Bitte nicht, Caja«, stöhnte ich.

Ich wollte nur ungern das geschützte Dickicht verlassen.

»Es wird dir gefallen, glaub mir.« Also erhob ich mich widerstrebend und folgte dem flinken Waschbären hinaus auf eine freie Fläche mit einem großflächigen Stein, auf dem Caja es sich bequem machte.

»Sieh dir die Sterne an, Mae. Sind sie nicht wunderschön?« Ihre Stimme war etwas leiser geworden.

Und tatsächlich hatte das Funkeln über uns etwas Beruhigendes und war wahrhaftig schön anzusehen.

»Man sagt, jeder von ihnen beinhalte eine Seele. Wir alle gehen irgendwann dorthin und finden später einen neuen Platz auf dieser Welt.« Ich lauschte ihren Gedanken, ohne etwas einzuwenden.

»Es gibt uralte Legenden über uns, weißt du. Früher suchten die Menschen ihre Schutzgeister nach den Stärken und Kräften aus, die ihnen helfen konnten. Dabei standen die Schutztiere für bestimmte Eigenschaften, die sie in ihrer Art verkörpern. Und dafür stehen auch wir.« Cajas Stimme klang so liebevoll. Ich hätte für immer mit ihr unter den Sternen sitzen und ihren Geschichten lauschen können. Nun begriff ich, was Isla mit den ewigen Legenden gemeint hatte.

»Der Waschbär zum Beispiel steht für Wissen, ohne es je wirklich gesehen zu haben. Wie eine starke Intuition und auch als beinahe unvergesslich.« Sie lachte kurz auf. »Fast schon unpassend, weil ich in meinem alten Leben so alt und sicher schon ein wenig dement war.« Sie lächelte.

»Du meinst wie Hellsehen?«, fragte ich und Caja bestätigte meine Frage mit einem kleinen Zwinkern ihrer schwarzen Augen.

»Und ich? Was sagt man über mich?« Meine Stimme klang unsicher und zögerlich und der Waschbär kletterte langsam auf meinen Rücken und machte es sich darauf gemütlich.

»Das werde ich dir nicht verraten, Liebes. Du wirst es noch selbst herausfinden.« Ich war zu müde, um zu widersprechen und schloss langsam die Augen.

»Glaub mir, alles hat seinen Grund. Die Sterne werden wissen, weshalb sie uns in genau diese Gestalt geschickt haben«, wisperte sie liebevoll.

»Was wird morgen an dem silbernen Baum geschehen?«, fragte ich.

»Hab keine Angst, Liebes. Spür die Energie und lass die Douglasie mit dir sprechen. Höre sie an, auch wenn du es nicht in Worten verstehen kannst. Die Hunkas suchten bereits früher sehr alte, weise Bäume auf und fragten sie um Rat. Die Energien des Waldes und die Kräfte ihrer Verbindungen lenkten ihre Entscheidungen dann in die richtigen Bahnen. Lass sie von deinen Sorgen wissen und erbitte ihre Hilfe. Dann wird sie dich vielleicht erhören.«

»Und nach was soll ich sie fragen?«, murmelte ich ratlos.

»Lass dein Herz für dich sprechen, Liebes. Es wird dein Weg sein.«

Erschöpft ließ ich Cajas Worte einfach auf mich wirken und fragte mich insgeheim, was sie damit eigentlich meinte. Jedoch waren meine Gedanken und Beine viel zu müde. Ihre Stimme wurde immer leiser und ich glitt langsam hinüber in den Schlaf, von silbernen Bäumen und sprechenden Sternen träumend.

Frühling

FREUDE

Mason

Der Frühling zeigte sich von seiner freundlichen Seite und die ersten Sonnenstrahlen leuchteten auf das Waldhaus herab. Mason saß auf der Veranda und sah Hope dabei zu, wie sie über die Wiese tobte und einem Vogel nachjagte, der immer wieder aufflog und laut zwitscherte, aber wieder zur ihr zurückkehrte und versuchte, sich auf den Rücken der Hündin zu setzen.

Die Tage waren vergangen und Maeve nicht wieder zurückgekehrt. Auch hatte er bei seinen Spaziergängen durch den Wald das Schneeflockenreh nicht finden können und er hoffte von ganzem Herzen, dass es ihr gut ging.

Der graubraune Vogel flatterte zu ihm auf die Veranda und hüpfte um ihn herum. Hope sprang ihm aufgeregt nach.

»Hope nein, sitz!«, ermahnte er die Hündin und sie gehorchte mit traurigem Blick. Doch der Vogel war schon wieder fortgeflogen und Mason konnte sein lautes Zwitschern noch lange hören. Es war schön, dass der Frühling zurückkam und dem langen Winter ein Ende bereitete. Auch für den Wald und dessen Bewohner war es eine schwere Zeit gewesen.

Gerade als Mason aufstand und die Jacke enger um sich zog, kehrte der Vogel zurück. Er setzte sich auf das Geländer der Veranda, mit einem Blatt im Schnabel. Hope winselte und hoffte auf Masons Erlaubnis, dem Vogel nachjagen zu dürfen. Er hob jedoch die Hand, um ihr zu sagen, dass sie noch einen Moment warten musste. Vorsichtig ging er einen bedächtigen Schritt auf den Vogel zu; sein kleiner heller Kopf zuckte nervös hin und her. Ein schrilles Zwitschern ertönte und der Vogel ließ das braune Blatt fallen, um ein paar Meter weiter zu flattern. Er schien sich noch immer ein wenig vor Hope zu fürchten, jedoch nicht vor Mason. Zögernd hob er das braune Blatt auf und betrachtete es genauer. Wieder flog der Vogel auf und kehrte mit einem winzigen Stein in seinem Schnabel zurück. Mason betrachtete den Vogel voller Verwirrung. Hätte er nicht gewusst, dass Maeve in

Form eines Rehs durch den Wald zog, hätte er diese Begegnung mit dem aufgebrachten Vogel für verrückt gehalten. Mittlerweile aber wunderte er sich über nichts mehr.

Der Vogel ließ den Stein fallen, sodass dieser mit einem dumpfen Geräusch aufschlug. Ein letztes Mal verschwand der Vogel unter lautem Zwitschern in die Luft, drehte seine Kreise über der Veranda, landete auf der Wiese und kehrte mit einer Blume zu Mason zurück.

»Was willst du mir sagen?«, flüsterte Mason fassungslos und griff nach Hopes Halsband, damit sie den Vogel nicht erneut verscheuchte.

»Du versuchst, mir eine Nachricht zu bringen, nicht wahr?« Ein lautes Zwitschern ertönte und der Vogel raschelte mit seinem Gefieder. Mason schluckte. Wieso sollte ihm ein Vogel eine Nachricht von Maeve überbringen? Ob es mehrere von ihnen gab? Ob Maeve diesen Vogel geschickt hatte? Oder brachte er lediglich die Nachricht, dass sie den Schneesturm nicht überlebt hatte? Dass sie ... Mason brachte es nicht übers Herz, den Gedanken zu Ende zu bringen. »Lebt Maeve?«, hauchte er und wieder schenkte ihm der Vogel eine laute Antwort. Ihm entwich ein dankbares Seufzen und er strich Hope über den Kopf.

»Ich interpretiere das mal als Ja.« Er grinste und wandte sich dann an Hope.

»Das ist verrückt, Hope. Jetzt spreche ich schon mit einem Vogel.« Er lachte kurz über sich selbst, als hätte er längst akzeptiert, dass er scheinbar den Verstand verloren hatte.

Er wollte sich einbilden, dass Maeve da draußen war und ihm diese eigenartige, tröstliche Nachricht geschickt und ihn nicht vergessen hatte. Dass er trotz dieser merkwürdigen Geschichte immer einen Platz in ihrem Herzen haben würde. Und – Mason blickte überrascht auf, als hätte er es jetzt erst verstanden – dass sie sich an ihn erinnerte. Dass Maeve sich in Gestalt des Rehs an ihn erinnert haben musste, um diesen Vogel zu schicken. Ein Leuchten breitete sich über sein Gesicht aus.

Maeve liebte ihn, egal in welcher Gestalt. Und dieser Gedanke befreite Masons Herz von aller Sorge und aller Trauer.

Maeve

Ich war allein, als ich erwachte. Caja war verschwunden und scheinbar hatte mich auch keiner der anderen aufgesucht. Die Sonne schimmerte bereits zwischen den Wolken hindurch und ich fragte mich, ob ich diesen Tag überhaupt beginnen wollte. Nach all den Vorwarnungen stand uns heute die Silberne Douglasie bevor und ich war mir noch immer nicht sicher, was ich davon halten sollte. Aber es gab kein Zurück mehr. Ohne eine Lösung wäre das Zusammenleben mit Mason nicht möglich. Ich seufzte und kurz darauf ertönte das Knacken von Ästen. Schnell blickte ich auf und erkannte den Berglöwen im Sonnenaufgang auf mich zukommen.

»Habe ich dich geweckt?«, fragte er mit seiner tiefen Stimme und ich schüttelte den Kopf.

»Die anderen schlafen noch und ich würde dir gern etwas zeigen.« Sayde sah mich erwartungsvoll an. Ich überlegte, ob es eine gute Idee war, ihm ganz ohne Begleitung zu folgen. Ob seine Entschuldigung doch nicht so ehrlich gemeint war und er zwielichtige Absichten hatte? Keiner würde es bemerken, wenn ...

»Mae, ich werde dir nichts tun«, sagte Sayde, als hätte er meine Gedanken gehört. Ohne Abzuwarten drehte er sich um und ging zurück in die Richtung, aus der er gekommen war. Wortlos folgte ich ihm bis zu seiner Höhle, die laut Caja noch nie jemand betreten hatte. Intuitiv blieb ich einige Meter vor dem dunklen Eingang stehen und spitzte ängstlich die Ohren. Sayde verschwand in der Dunkelheit und seufzte. Ihm musste aufgefallen sein, dass ich ihm nicht gefolgt war.

»Warum?«, fragte ich leise. »Warum soll ich dir folgen, wenn niemand außer dir diese Höhle betreten darf?« Meine Instinkte alarmierten mich bereits, dass ein Reh sich niemals in das Versteck eines Berglöwen begeben sollte. Saydes Kopf lugte aus der Höhle hervor.

»Verstehst du nicht? Caja hatte recht, wir alle sind in derselben Welt gefangen und eine alte Vereinbarung besagt, dass wir einander nichts tun dürfen. Dir wird nichts passieren. Aber es gibt etwas, das du wissen solltest.«

»Wage es bloß nicht, irgendetwas ...«, begann ich, doch der Puma unterbrach mich sofort mit einem kurzen Lachen.

»Dein Schutztier spricht nicht gerade für Mut, was?«, witzelte er und so folgte ich ihm in die dunkle Höhle, die gerade hoch genug war, dass ich ohne Probleme darin gehen konnte.

Vom Eingang her fiel spärliches Licht ins Höhleninnere und ich musterte den harten Untergrund und die rauen Wände. Sayde folgte dem Tunnel, bis wir einen rundlichen Hohlraum erreichten, der gerade hell genug war, um noch etwas erkennen zu können. Sayde setzte sich vor eine Felswand neben dem Höhlentunnel und blickte abwartend zu mir herüber.

Langsam näherte ich mich ihm und betrachtete die Wand, auf die er deutete. Es waren Malereien darauf zu erkennen. Sie schienen bereits sehr alt zu sein. Sie zeigten alle möglichen Arten von Tieren. Einige waren nur ein paar rotbraune Striche, andere dagegen etwas detaillierter ausgearbeitet, sodass man auch Hörner und Augen erkennen konnte. Außerdem war ein See zu erkennen, umgeben von hohen Bergen. Egal, wie einfach die Darstellungen wirkten, war das Bild, das sie abgaben klar zu erkennen.

»Diese Höhle ist in vier Abschnitte geteilt, Mae. Jeder davon zeigt ein anderes Bild und gemeinsam bilden sie eine Geschichte«, erklärte Sayde. Ich sah ihn interessiert an.

»Was weißt du darüber?«, fragte ich und betrachtete das Bild, auf dem sich die Tiere um einen See scharten, erneut.

»Das ist das Leben hier am Flathead Lake. Man kann die Dickhornschafe erkennen und die Grizzlybären. Ebenso deine Art.« Seine dicke Pfote erhob sich und zeigte auf mehrere dünne braune Striche, die sich zu einer kleinen Herde zusammensetzten.

»Ja, du hast recht. Ich erkenne uns«, flüsterte ich fasziniert. Die Wandler hatten bereits vor hunderten von Jahren zusammengelebt. Ich erinnerte mich an Cajas alte Geschichte, ihre Weisheiten und wie oft sie von den Hunkas, unseren ersten frühen Ahnen gesprochen hatte. Ob sie diese Zeichnungen hier angebracht hatten, um ihre Legenden weiterzutragen? Hatten sie in dieser Höhle gesessen und ihren Kindern von den Mythen erzählt? Ein leichter Schauer überkam mich bei dem Gedanken daran, dass die uralten Ahnen unserer Welt einst in derselben Höhle gelebt hatten, wie es Sayde heute tat. Ich warf dem Puma einen kurzen Blick zu. Womöglich war es seine Bestimmung, diesen Ort hier zu wahren, denn er war das einzige Raubtier unter uns. Caja war alt, während Isla und Summer viel zu klein und unscheinbar waren, um eine Höhle und einen großen magischen Baum zu bewachen. Nun verstand ich langsam, weshalb Sayde an unserer Spitze thronte, auch wenn er ein mürrischer Begleiter war. Ihm wurde das Beschützen mit in seine Wandlungsgestalt gegeben. Ich erinnerte mich an Cajas Worte – dass jeder von uns eine Bedeutung in sich trug. Während wir in Saydes Höhle standen und die erste Höhlenmalerei betrachteten, begann ich zu verstehen. Es war Saydes Aufgabe, etwas zu beschützen. Ich überlegte im Stillen, was einen Puma ausmachte. Sofort dachte ich an einen Einzelkämpfer, der sein Revier vor Eindringlingen beschützt und seine Beute jagt. Beinahe musste ich lächeln.

»Was zeigen die anderen Bilder?«, fragte ich und Sayde ging wenige Schritte nach rechts weiter, bis eine neue Malerei erschien. Wieder waren verschiedene Tiere erkennbar, doch dieses Mal trugen manche von ihnen merkwürdige Köpfe, als wären sie ...

»Das hier sind wir. Gestaltwandler in Form der früheren Krafttiere. Mato, der Bär, für Scharfsinn, aber auch Ungeduld.« Er richtete seine schwarze Pfote auf einen Menschen mit einem Bärenkopf.

»Tatanka, das Bison, für Führungskraft und Erneuerung. Sunka, der Hund, für Schutz und Begleitung.« Ich dachte wehmütig an Hope, die dieser Beschreibung mit ihrer Art unweigerlich nachkam.

»Sunkawakan, das Pferd. Es steht für Ausdauer.«, sprach Sayde weiter.

»Woher weißt du das alles?«, fragte ich und er hielt einen Moment inne und seufzte schließlich.

»In der Zeit, in der auch ich mich noch zurückverwandeln konnte, habe ich versucht, diese Malerei zu verstehen. Ich befragte die Flathead-Indianer hier im Reservat, denn ihre Legenden sind bereits sehr, sehr alt.«

»Du hast sie hierher in die Höhle gebracht?«, fragte ich erstaunt und er schüttelte den Kopf.

»Nein, natürlich nicht, Mae. Aber sie teilten ihr Wissen über Schutzgeister und die Bedeutung der Tiere mit mir. Später als Caja hinzu kam, erfuhr sie, wie durch eine Art Eingebung von alten Geschichten. Sie ...«

»Sie sagte, der Waschbär steht für die Weisheit. Für das Sehen von ...« Ohne meinen Satz zu vollenden, starrte ich Sayde an.

»Caja sprach immer von einer Art Prophezeiung. Ich hatte gehofft, sie würde uns einen Weg aus diesem großen Rätsel weisen. Stattdessen sind wir inzwischen ganz in dieser Welt gefangen.«

»Was ist hiermit?« Fragend deutete ich auf ein otterähnliches Wesen an einem schwach angedeuteten Fluss.

»Das ist Ptan, der Otter. Steht für Schönheit und Eitelkeit«, sagte Sayde mit einem Grinsen und ich erkannte seinen Unterton.

»Du meinst ... Summer?« Trotz meiner unvollständigen, halb gestotterten Frage verstand mich der Puma und lachte kurz auf.

»Ja, es ist doch interessant, wie wahr diese alten Geschichten auch im Heute noch sind. Wir stehen für genau diese Kräfte der damaligen Totemtiere.« Er trottete zum nächsten Abschnitt weiter.

»Was ist mit mir, Sayde? Was ist meine Bedeutung?« Neugierig richtete ich meine Ohren auf und folgte ihm eilig. Doch der Berglöwe ignorierte meine Frage und betrachtete das nächste Bild.

Es war überraschend weiß. Dicke weiße Punkte zierten es und weiter unten waren erneut Tiere abgebildet, deren Körper jedoch merkwürdig verdreht waren.

»Der Schneesturm.« Seine Worte klangen bitter und ein wenig wütend.

»Er nahm viele Leben.« Und erst jetzt erkannte ich, dass die Tiere auf dem Bild tot waren. Schockiert schnappte ich nach Luft.

»Aber ... der Sturm, er musste doch bereits viel früher ...?« Saydes Kopf senkte sich und seine Ohren hingen einige Momente herab.

»Diese Geschichte wiederholt sich erneut.«

»Was ist auf der nächsten Malerei? Wie wird es weitergehen?« Vor Aufregung stampfte ich mit dem vorderen Huf auf und erschrocken zuckte Sayde zusammen. Doch er sagte nichts, als ich zum letzten Bild lief und es ratlos anstarrte.

Es war ein Hügel zu erkennen, auf dem ein weißes Tier stand, daneben ein weißer Baum. Darunter waren Striche zu erkennen, doch die Malerei war unvollendet geblieben.

»Die Legende besagt, dass nach dem schrecklichsten Schneesturm aller Zeiten ein weißes Wapiti erschien und den Überlebenden Hoffnung brachte. Die Menschen, die das weiße Wapiti sahen, überlebten auf wundersame Weise, obwohl sie noch lange hungerten und kein Zuhause hatten.« Nach einigen Augenblicken der Stille bemerkte ich, wie Sayde mich eindringlich musterte.

»Was? Wieso meinst du … Ich? Das ist unmöglich! Ich bin überhaupt kein Wapiti!«, entgegnete ich.

»Ich weiß, aber du bist das, was einem Wapiti am ähnlichsten ist. Sieh dich doch nur an, du bist ein Reh, das mit weißer Farbe gekennzeichnet wurde. Damit bist du dem Wapiti näher als irgendjemand sonst.« Saydes Stimme klang plötzlich verzweifelt. Als hätte er tatsächlich geglaubt, ich könnte diese Hoffnung sein und ihm das Geheimnis verraten, das er noch nicht kannte. Es schien, als wartete er darauf, dass ich eine geistige Eingebung hatte. Aber da war nichts, nur dass ich mich fehl am Platz fühlte und glaubte, den Erwartungen nicht gerecht zu werden.

»Aber was soll dieses Bild bedeuten, es scheint, als wäre es nicht fertig geworden?«, versuchte ich, das Thema umzulenken und der Puma bestätigte meine Worte.

»Ja, das sehe ich auch so. Das Bild ist nicht vollständig und deshalb kann ich die Frage, wie es nach dem tödlichen Schneesturm für die Gestaltwandler weitergeht, seit Jahren nicht beantworten. Erst seit deiner Ankunft sind wir bei diesem vierten Bild angelangt. Ob du es einsiehst oder nicht, aber du bist dieses weiße Wapiti, Mae. Du wirst uns befreien und den Weg aus diesem Rätsel zeigen. Du wirst uns Überlebenden Hoffnung bringen, wie in den alten Geschichten!«

Seine Augen wurden groß und glänzten. Er sah mich so bittend an, dass ich daran zweifelte, ob es derselbe Berglöwe war, der mir zu Beginn beinahe den Kopf abgerissen hätte.

»Woher dieser Sinneswandel? Zuerst wolltest du nicht, dass ich hier bin und plötzlich soll ich das sein, worauf du seit Jahren wartest?« Skeptisch sah ich ihn mit schiefem Kopf an.

»Muss das sein? Ich gebe zu, dass mir bei unserer ersten Begegnung nicht bewusst war, was du wirklich bist. Es war unaufmerksam von mir, dich nicht als weißes Wapiti zu erkennen.«

»Ich bin kein weißes Wapiti!«, rief ich entsetzt aus. Sayde legte die Ohren dicht an seinen Kopf. Das war zu viel. Ich hatte keine Ahnung von all diesen Mythen und Geschichten und sollte plötzlich der Ausweg und Hoffnungsträger von etwas sein, das ich nicht verstand. Doch Sayde war viel zu sehr davon überzeugt.

»Sieh genauer hin, Mae. Dahinter erkennst du den silbernen Baum. Dorthin werden wir dich heute bringen. Vielleicht wird sich dann alles erklären und das Blatt sich ein für alle Mal wenden.« Damit verlies der Puma seine Höhle und ließ mich mit dem letzten, vierten Abschnitt zurück. Verwirrt betrachtete ich die Malerei und das weiße Wapiti vor einem silberweißen Baum auf einem Hügel. Das musste alles ein großer, merkwürdiger Irrtum sein.

Als ich die Höhle verließ, blinzelte ich einige Male, um von dem starken Sonnenlicht nicht geblendet zu werden. Isla und Summer hockten mit Sayde vor den Felsen und unterhielten sich murmelnd. Der Zedernseidenschwanz erhob sich sofort laut zwitschernd, als sie mich erblickte.

»Geht es dir gut? Warum warst du da drin, was hat Sayde dir erzählt?«, piepste Isla hastig. Ich reagierte nicht auf ihre Fragen, sondern starrte den Puma an, der auf seine langsame, bedächtige Art um Summer herumschlich.

»Wo ist Caja?«, schoss es mir durch den Kopf, als Isla auf meinem Rücken landete.

»Sie schläft noch, es geht ihr heute wohl nicht so gut. Sie meinte, wir sollen ohne sie zum Silberbaum gehen.« Ein ungutes Gefühl überkam mich und meine Intuition riet mir, nicht ohne den Waschbär zu dieser merkwürdigen Douglasie aufzubrechen. Die alte Dame hätte mir mit ihrer mütterlichen Art zur Seite gestanden und sicherlich so manch eine Antwort auf all meine Fragen gewusst. Summer beäugte mich ungeduldig und Isla hüpfte auf meinem Rücken auf und ab. Große Vorfreude huschte durch ihre Gedanken.

»Ich muss vorher noch mit ihr sprechen«, sagte ich. »Es ist sehr wichtig.« Sayde nickte kaum merklich und ließ zu, dass ich mich allein von der Felsebene entfernte und mich auf den Weg zu Caja machte.

»Sie ist an ihrem Sternenplatz.« fügte Isla hinzu, während ich den großen Stein aufsuchte.

Der Waschbär lag eingerollt da und wirkte schläfrig und schwach. Besorgt ging ich zu ihr und stupste sie vorsichtig an.

»Caja«, begann ich leise. »Wach auf, ich benötige deinen Rat.«

Langsam blinzelte sie mit den Augen und sah mich an.

»Ach Liebes, schön dass du vorbei gekommen bist. Ich dachte, ihr seid bereits auf dem Weg zur Silbernen Douglasie.« Sie bewegte sich ein wenig.

»Wir wollten gerade dorthin aufbrechen. Aber ich möchte nicht ohne dich gehen. Caja, ich fürchte mich vor eurer Prophezeiung«, gestand ich ihr und ihre schwarze Pfote strich über mein Fell.

»Das brauchst du nicht, Mae. Hör auf dein Herz, es wird dir deinen Weg zeigen. Es wird allen den Weg zeigen.« Ihre Stimme war schwach und ich sorgte mich um sie.

»Was, wenn ich dieser Prophezeiung nicht gerecht werde?« fragte ich voller Zweifel und Caja sah auf. Wissend, dass ich von der Malerei erfahren hatte, lächelte sie schwach.

»Denk nicht an die Prophezeiung, sie wird sich ohne dein Zutun erfüllen oder auch nicht. Verschwende deine Kraft und deine Gedanken nicht damit, Liebes. Hör auf dein Herz und erbitte die Douglasie um Hilfe. Du weißt doch noch, was ich dir über die großen Energien gesagt habe?« Ich nickte.

»Dass sie die mächtigsten Verbindungen in sich tragen und uns damit vielleicht wieder in die alte Welt bringen können«, antwortete ich und Caja schien erfreut darüber, dass ich mir ihre Worte gemerkt hatte.

»So ist es. Aber man benötigt einen Schlüssel, um das Tor zu öffnen – verstehst du? Wir alle haben schon vor dir an der Silberdouglasie gestanden. Haben sie betrachtet und um Rat gefragt, haben gebetet und gehofft. Wir haben Geschenke und Opfer gebracht, aber nichts davon hat irgendwas bewirkt. Es ist ein Schlüssel vonnöten, etwas, das die Verbindung zwischen den Welten ermöglicht.«

»Ich kann das nicht. Ich werde sie alle enttäuschen«, sagte ich.

»Du wirst niemanden enttäuschen, Mae. Auch wenn heute nichts an dem Weltenbaum geschieht, bereicherst du unsere Welt.

Du bist ein Teil von uns, vergiss das nie. Und nun geh, lass den Baum nicht warten. Du wirst es spüren, glaub mir. Fürchte dich nicht, Liebes. In Gedanken werde ich bei dir sein.«

Schweigend folgten wir dem Berglöwen zwischen den Felsen hindurch den Berg hinauf. Der Weg war beschwerlich und anstrengend, denn die steinigen Pfade waren nicht für Rehhufe gemacht.

Trotzdem fehlte Cajas Art uns zu begleiten, mit ihrem scheinbar unendlich weiten Wissen. Auch dachte ich über ihre Fähigkeit des Hellsehens nach,

228

wie sie mir nur mit einem Zwinkern bestätigt hatte. Noch immer dachte ich über die Malereien nach. Weshalb konnte Caja nicht vorhersagen, wie sie endeten?

Und warum hatte Sayde ihr diese Höhle nie von innen gezeigt? Vielleicht hätte der Waschbär dazu längst mehr sagen können.

Oder war es viel schlimmer als das und Caja hatte bereits gesehen, was heute passieren würde und war deshalb nicht mitgekommen? Sollte mir das zu denken geben? Ob ich versuchen sollte zu flüchten, auch wenn es auf diesem steinigen Untergrund fast unmöglich war?

Sayde wandte mir seinen goldbraun schimmernden Kopf zu und beobachtete mich, als hätte er meine aufgeregten Gedanken vernommen. Aber er sprach nicht zu mir. Keine beruhigenden Worte, dass mir nichts passieren würde. Denn wie ich nun wusste, war auch ihm nicht bekannt, was am Silberbaum passieren würde.

Der Morgen war noch sehr früh und die Dämmerung zog gerade über uns hinweg. Sayde ging voran und ich schritt hinter ihm her. Isla flog weit über uns und den Baumkronen, während wir Summer und Caja zurückgelassen hatten. Und während ich erneut an den wehmütigen Abschied der Waschbärdame dachte, bemerkte ich einen angsteinflößenden Geruch in der Luft. Etwas veränderte sich in der Umgebung und meine Ohren stellten sich alarmiert auf. Als hätte sich mein Herzschlag bereits beschleunigt, schien auch

Sayde auf meine Unruhe aufmerksam zu werden. Unsicher blickte ich mich um.

»Etwas stimmt hier nicht, Sayde«, dachte ich und er sah ebenfalls zwischen die düsteren Baumreihen. »Etwas stimmt hier überhaupt nicht.«

Leuchtend gelbe Augen und weiß aufblitzende Zähne traten aus der Dunkelheit hinter mir auf und meine Gedanken setzten aus. Das Knurren das ertönte, stammte nicht von dem Puma neben mir und klang bedrohlich.

»Lauf!«, schrie mein Instinkt in mir und hätte mich die Angst nicht vollkommen gelähmt, wäre ich bereits in großen Sprüngen davon geeilt.

Zwei Wölfe schritten aus der Dämmerung und zogen langsam auf uns zu, während sie mich deutlich anvisierten. Der vordere Wolf war sehr dunkel, gewaltig und kräftig. Beide wirkten noch sehr jung und ich rechnete mir nur wenige Chancen auf eine erfolgreiche Flucht aus.

Als hätte ich Sayde in meiner Panik vollkommen vergessen, erklang ein heftiges Fauchen hinter meinem Rücken, das mich zusammenzucken ließ. Seine silbernen Augen waren zu schmalen Schlitzen zusammengezogen und seine scharfkantigen Zähne jagten mir zusätzlich Angst ein.

Alles was ich bis zu diesem Zeitpunkt über Sayde wusste, war negativ behaftet gewesen. Er war ein Einzelgänger, so mürrisch und verbittert – unmöglich ihn für die guten Seiten des Lebens zu begeistern.

Ausgerechnet dieser Puma schob sich nun zwischen mich und die beiden Wölfe, die hungrig auf mich zukamen.

»Verschwinde«, zischte Sayde mir in Gedanken zu, ohne mich anzusehen. Doch auch ich konnte meinen Blick nicht von der Gefahr abwenden und versuchte unsere Situation innerhalb von Sekunden einzuschätzen.

»Du hast keine Chance«, rief ich innerlich zurück, worauf Sayde mit einem weiteren aggressiven Fauchen antwortete. Beinahe anmutig schritt er auf den größeren Wolf zu, als versuchte er Eindruck zu machen. Ich war unschlüssig, ob der Puma für zwei Wölfe eine Bedrohung darstellte.

»Hör auf damit und verschwinde endlich«, forderte Sayde mich mit grimmigem Unterton auf. Es schien ihm nicht zu gefallen, dass ich seine Kraft infrage stellte. Der zweite Wolf pirschte sich von der rechten Seite aus an und stieß ein dumpfes Knurren aus. Saydes Kopf wandte sich augenblicklich zu ihm um und der schwarze und vermutlich auch ältere Wolf, nutzte diese Chance im selben Moment aus. Mit einem kraftvollen Sprung schoss er auf den Puma zu und verbiss sich oberhalb von Saydes Schulter. Alles geschah so schnell, dass ich kaum atmen oder denken konnte. Meine Instinkte als Reh hätten bereits längst die Flucht ergriffen und doch stand ich noch immer wie zu Stein erstarrt an Ort und Stelle. Den Anblick, den ich nun ertragen musste, hätte ich dadurch verhindert.

Stattdessen sah ich nun, wie auch der zweite, deutlich schmalere Wolf Sayde angriff und auch seine furchteinflößenden Zähne nach ihm bissen. Ein jämmerliches, herzzerreißendes Jaulen ertönte in meinen Gedanken und ich konnte Saydes Schmerzen beinahe spüren. An seiner Schulter wurde Fell ausgerissen und Blut floss aus der faustgroßen Wunde. Er versuchte sich mit seinen Krallen zu wehren, doch die Wölfe attackierten ihn von beiden Seiten gleichzeitig.

»Verdammt Mae – lauf!« Saydes Stimme war so energisch, dass es mir Angst einjagte. Auch seine Verzweiflung konnte ich heraus hören und ich zögerte nur, weil ich ihm helfen wollte. Sayde rettete mein Leben, während die Wölfe ihn zerfleischten.

In wenigen Sätzen hatte ich etwas Abstand zwischen mich und den Kampf gebracht, während ich entschied, Sayde nicht allein zu lassen.

»Du dummes Reh«, fluchte er, als er meinen Entschluss vernahm.

»Lass mich dir helfen, linke Seite zuerst! Du musst dem Kleineren ausweichen, seine Sprünge sind noch nicht so weit und kraftvoll. Konzentriere dich auf den Alten, er darf dich nicht erwischen«, wies ich ihn an, doch er knurrte nur verbittert zurück.

»Was für eine Idee, als hätte ich noch kein Loch in der Schulter.«

»Das habe ich auch«, gab ich sofort zurück und Sayde fand darauf keine Widerworte. Stattdessen versetzte er dem dunklen Wolf einen kräftigen Hieb gegen den Kopf und seine Krallen hinterließen deutlich blutige Furchen auf dem Nasenrücken und zwischen den beiden gelb funkelnden Augen. Für einen Moment zuckte der Wolf zurück und visierte Sayde erneut an. Sein Knurren wurde wütender, fast schon gehässig und auch der jüngere Wolf fiel direkt mit ein und trotzdem entkam ihm der Puma mit einem flinken Sprung nach vorne. Von da an, stand mir das schmale, graue Tier gegenüber und hielt nur einen kurzen Moment inne, bevor er auf mich zu sprang.

Es geschah so schnell. Bevor mich der Wolf erreichte, sprangen meine Beine bereits durch das Dickicht und trugen mich so schnell ich nur konnte durch den Wald. Mein Herz drohte jeden Augenblick zu zerspringen und ich konnte kaum atmen, während meine Gedanken sich überschlugen und mit Saydes vermischten.

Ich konnte seinen Schmerz in dem leisen Wimmern hören und einen Funken Sorge in seinen Rufen vernehmen. Doch mir blieb keine Konzentration für das, was er sagte. Der Wald erschien mir endlos und schutzlos, wie noch niemals zuvor.

»Links!«, zwitscherte eine helle Stimme in meinem Kopf.

»Über einige Baumstämme, danach kannst du im hohen Gras verschwinden« Mit rasendem Herzen folgte ich Islas Anweisung, die weit über mir am Himmel flog. Sie musste unsere Gedanken gehört haben und ich vertraute auf ihre Orientierung. Nachdem ich die Baumstämme übersprungen hatten, die für den Wolf nicht ganz so einfach zu überwinden waren, verschwand ich in einigen, hakenschlagenden Sprüngen zwischen dem hohen Gras und dem Dickicht, bevor ich mich wie ein Kitz an den Boden drückte. Die Anstrengung pochte durch meinen Körper und ich fühlte mich, als würde ich jeden Moment ohnmächtig werden.

»Isla?«

»Pssst. Bleib ruhig, Mae. Er wird nicht lange allein bleiben, sondern zum Älteren zurückkehren. Versuch dich nicht zu bewegen und hab keine Angst. Das merken sie besonders.«

Ihre Worte waren nicht gerade beruhigend und trotzdem versuchte ich mich daran. Meine Sorge galt Sayde, der sich geopfert hatte, um mich zu beschützen. Welchen Grund es für sein Handeln gab, wo er doch nicht viel von mir hielt? Ob er eine Chance gegen den schwarzen Wolf gehabt hatte? Oder sollten wir zurückkehren? Aber wir waren ihm weder als Reh, noch als Vogel eine sinnvolle Hilfe und dieser Gedanke stimmte mich traurig. Die Wölfe hatten nicht wirklich Interesse an einem Puma, auch wenn der Schneesturm die Tiere geschwächt und hungrig gemacht hatte.

Wir würden nach Sayde suchen, entschied ich. Er war bereit gewesen, für mich einzustehen und ich gab nur ungern zu, dass ich mich um den mürrischen Puma sorgte und würde nicht ruhen, bis wir ihn wieder in Sicherheit bei uns wussten.

Der Tag zog langsam vorüber und dies ohne jegliche Spur von Sayde. Isla suchte über den Baumkronen und ich wagte mich vorsichtig aus den Büschen hervor. Wir versuchten den Puma angestrengt über die Kommunikationswellen zu erreichen, doch ohne Erfolg. Als sei er außerhalb unserer Reichweite oder hätte sich von uns abgeschottet.

»Wir sollten weiter zur Douglasie gehen«, schlug Isla vor. »Auch Sayde wird dorthin kommen. Dort werden wir uns wieder finden.«

Ich war unsicher. Vor meinem inneren Auge sah ich ständig, wie Sayde mit offener Schulter und starken Schmerzen irgendwo lag und hoffte, von uns gefunden zu werden. Oder würde er wirklich den Weg zur Silbernen Douglasie einschlagen und uns bereits dort erwarten?

»Wir sollten es versuchen«, sagte Isla. »Sayde wird durchkommen, das tut er bereits seit Jahren, ohne dass wir an seiner Seite sind. Er schafft das. Aber du, du musst an die Douglasie. So wie Caja es uns seit Jahren erzählt.«

Ich wollte mit Isla unter keinen Umständen streiten und ließ ihre Worte deshalb über mich ergehen. Viel zu gerne wollte ich nochmal betonen, dass Sayde ohne mich niemals in diese Gefahr geraten wäre. Aber vermutlich wusste sie das längst. Denn meine Gedanken

kreisten ununterbrochen um diesen eigenartigen
Puma, der mich beschützt hatte.

Mit dem nächsten Morgen brachen wir tatsächlich auf
und Isla lotste mich in die Richtung zur Silbernen
Douglasie. Ich ertappte mich andauernd, wie ich nach
einem goldschimmernden Puma Ausschau hielt oder
gedanklich versuchte ihn zu erreichen.

Sayde schien verschwunden und unendlich weit
entfernt. Selbst Isla konnte ihn vom Himmel nicht
ausfindig machen und tröstete mich damit, dass er
sich bestimmt in eine Höhle zurückgezogen hatte, um
sich auszuruhen. Er würde sich erholen und dann zur
Silbernen Douglasie wandern, dessen war sich der
Zedernseidenschwanz sicher.

Ich dagegen konnte nicht aufhören, darüber nachzudenken. Was hatte Sayde dazu veranlasst? Und was
würde uns an dem magischen Baum erwarten? Vielleicht sollten wir Caja über den Verlust des Pumas informieren. Doch Isla drängte mich zum Weitergehen.
Es war, als konnte sie es nicht erwarten, die Douglasie
mit mir zu erreichen.

»Niemand von uns wollte jemals so sehr zurück wie
du«, sprach Isla in Gedanken zu mir.

»Wie meinst du das?«

»Diesen absoluten Willen zurückzukehren«, antwortete sie.

»Das ist unmöglich, Isla. Unser Leben ist nicht hier im Wald. Meines zumindest nicht. Ich gehöre zu Mason und nur dorthin will ich wieder zurück. Jede Gefahr und jedes Wagnis würde ich dafür in Kauf nehmen, wenn ich nur wieder bei ihm bin. Ich liebe ihn, mehr als alles andere.« Meine Gedanken klangen wehmütig und Isla bemerkte es sofort.

»Verstehst du denn nicht, was für ein einzigartiges Geschenk es ist, zwischen den Welten zu wandeln? Diese Chance zu erhalten, in ein Paralleluniversum zu gelangen? Über die unendlichen Weiten der Welt zu fliegen. So viele Menschen träumen davon und ich lebe diese Freiheit. Ist das nicht wunderbar? Warum sollte ich zurückkehren? Um zu arbeiten? Um meinen Schulabschluss nachzuholen?«

Aus ihrer Sicht klang es so einfach und selbstverständlich. Als hätte sie nichts in ihrem Leben zurücklassen müssen und würde nichts vermissen.

»Aber ich kann auch nicht fliegen«, entgegnete ich etwas trotzig. »Ich bin nur ein Reh, nichts Besonderes.«

»Nichts Besonderes? Du bist bereit für deine große Liebe das Leben in einer parallelen Welt aufzugeben. Wenn das nicht besonders ist, weiß ich auch nicht.«

»Aber was ist mit den Anderen? Caja und Sayde – wollten sie nicht auch immer zurück?«, fragte ich.

»Caja war alt und ihr wahres Leben längst vorbei. Sie lebte allein in einem alten Haus, begann zu vergessen und konnte sich kaum mehr bewegen. Zumindest hat sie es so immer erzählt und ich konnte sie als alte Frau in ihren Gedanken an früher erkennen. Und jetzt sieh sie dir an. Eine zweite Chance, die sonst niemand bekommt. Hier kann sie ihr Leben noch um einige Jahre verlängern. Und hier hat sie uns. Sie ist in dieser Welt nicht allein.« Da konnte ich dem Zedernseidenschwanz nur zustimmen und kurz darauf flammte bereits das Bild vom verbitterten Puma vor meinem inneren Auge auf.

»Sayde hatte einen schweren Unfall. Er würde niemals darüber sprechen, aber ich habe seine Erinnerungen oft beobachtet. Es muss sein eigener Bruder gewesen sein, der ihn fast das Leben gekostet hat, denn sie sahen sich sehr ähnlich. Nach seiner Verwandlung ist er oft zurück zu seinem Haus gelaufen, hat seine Frau beobachtet. Sie hat sich wohl mit seinem Bruder über den Verlust hinweg getröstet.« Isla verstummte und ein schwerer Kloß bildete sich in meinem Hals. Allein diese Vorstellung war unerträglich und schrecklich. Nun konnte ich Saydes Art irgendwie nachvollziehen und begann sogar, starkes Mitgefühl für ihn zu empfinden.

»Er hat es nie verkraftet. Und ich denke, das spricht deutlich dafür, dass er nie mehr dorthin zurück nach Hause wollte. Sein altes Leben belastet ihn schwer.«

»Das ist furchtbar«, sagte ich leise und trottete weiter durch die Bäume, die sich langsam lichteten. »Und jetzt ist er irgendwo da draußen und benötigt unsere Hilfe.«

»Sayde ist ein Kämpfer, er würde seine Schwäche niemals zeigen. Schon gar nicht vor dir, Bambi. Das würde seine Ehre nicht verkraften. Und jetzt komm. Wir sollten einen geeigneten Platz für dich finden, bevor die Nacht hereinbricht.«

Die Verborgenen

Sayde konnte bereits die Sterne am Nachthimmel erkennen, trotzdem wagte er sich noch nicht aus der Höhle hervor. Die Schmerzen hatten seine gesamte linke Seite eingenommen und pochten noch immer schwer. Er war dem dunklen Wolf nur durch einen Zufall entkommen. Seine Krallen hatten ihn direkt im Auge getroffen. Daraufhin hatte der Wolf jaulend die Flucht ergriffen und Sayde die Möglichkeit erwiesen, ebenfalls zu fliehen.

Die Wunde an seiner Schulter war tief und blutig, trotzdem löste sie auch das Gefühl in ihm aus, das

richtige getan zu haben. Ohne ihn hätte Mae überhaupt keine Chance gehabt. Er dachte seitdem viel
an das ängstliche Reh und hoffte, sie war dem jungen
Wolf entkommen. Manchmal hatte er aufgehorcht,
weil er meinte, das durchdringende Zwitschern eines
unverwechselbaren Vogels zu vernehmen. Als wollte
Isla ihn warnen, doch er fühlte sich zu schwach, die
Kommunikation auf diese Distanz vollständig auszu-
weiten.

Isla und Mae würden sich weiter auf den Weg zur
Silbernen Douglasie machen und ihm blieb nicht viel
Zeit, wenn er die beiden bis dahin noch einholen
wollte. Unter keinen Umständen wollte er sich entgehen lassen, was an dem Silberbaum geschehen würde.
Viel zu groß war die Aufregung um die Prophezeiung
und ob sie sich bewahrheiten würde.

Unzählige Male hatte er Cajas Gedanken verfolgen
können und hatte zeitgleich vor den Malereien in
seiner Höhle gesessen. Wie viele Jahre hatte er wohl
damit verbracht, das Rätsel zu lösen? Seit Anbeginn
der Zeit schien es diese Welten zu geben, die nebeneinander her existierten, ohne sich gegenseitig zu
beeinflussen. Und aus Cajas Wissen war ihm bekannt,
dass es Verbindungspunkte gab, die diese Parallelen
miteinander verknüpften. Als würden die Welten an
diesen Punkten besonders nah beinander sein.

Er hatte so oft vor der Silbernen Douglasie gestanden,
sehr viel öfter als die anderen Wandler bisher. Hatte
sich vorgestellt, wieder in die menschliche Gestalt

zurückzukehren und plötzlich vor seinem alten Wohnhaus aufzutauchen. Er müsste seiner Frau und seinem Bruder in die überraschten Gesichter blicken und feststellen, dass ihm diese einmal so vertrauten Personen, mit den Jahren fremd geworden waren. Sie würden ihn mit Fragen löchern, die er nicht beantworten konnte und nichts an seinem alten Leben, an dieser Normalität würde weitergehen. Er hatte seine Frau längst an einen anderen Mann verloren und er war durch seinen eigenen Bruder ersetzt worden. Dieser innere Schmerz war noch unerträglicher, als die offene Wunde.

Der Waschbär hatte immer davon gesprochen, dass unsere Schutztiere kein Zufall waren. Dass wir Sinnbilder für unsere Charaktere, für unsere Person waren. Symbole, die bereits die Indianer früher verwendet hatten, um ihren Clans Zeichen zu geben. Um eine Bedeutung dahinter zu stellen, die für alle ersichtlich war. Seit Jahren grübelten wir über unsere Bedeutungen nach. Über die Sinnbilder, die wir darstellten und Caja hatte viel darüber heraus gefunden. Sie hatte lange geforscht und uns an ihren Gedanken teilhaben lassen. Auch wenn ich mich dafür uninteressiert gezeigt hatte, war es nur ein Versteck gewesen. Natürlich wollte ein jeder von uns wissen, ob es tatsächlich möglich war, dieses Tor zwischen den Welten zu öffnen.

Maeve

Als wir den letzten Felsvorsprung hinaufstiegen, erstreckte sich eine neue Ebene vor uns. Die Sonne hatte den Schnee geschmolzen und das erste schwache Grün schimmerte zwischen dem felsigen Boden hindurch.

Ich blickte der aufgehenden Sonne entgegen und Isla hockte mittlerweile auf meinem Rücken.

»Direkt auf die Sonne zu. Die Silberdouglasie wird sich uns zeigen.«

Immer wieder musste ich meinen Blick von dem strahlenden Sonnenlicht abwenden und mich neu auf den Weg vor uns konzentrieren. Je weiter wir gingen, desto wackliger fühlte sich der Untergrund an. Ich lief zögerlich und vorsichtig, jederzeit darauf gefasst, dass der Boden unter uns einstürzen könnte. Es fühlte sich falsch an, ohne Sayde hier her zu kommen. Denn gerade er hatte mir die geheimen Malereien in seinem Versteck gezeigt und mir dieses Bild der Hoffnung, des weißen Wapitis, offenbart. Wie eine Erleuchtung waren die weißen Striche auf dem Hang vor einem weißen Baum gestanden. Vielleicht ging es gar nicht um ein Wapiti, dachte ich. Vielleicht war es nur ein Sinnbild für etwas Gutes, das den Wandlern nach den schweren Zeiten, der des Schneesturms, widerfahren würde.

Plötzlich spürte ich in meinen Beinen ein Summen, als sei ich auf einen unterirdischen Bienenstock getreten und das Gefühl breitet sich in meinem ganzen Körper aus, als würde ich vor Angst erzittern. Langsam folgte ich dem Vibrieren unter mir. Dabei war ich nicht wirklich ängstlich, es glich viel mehr der Aufregung, was nun am Ziel unserer Reise passieren würde. Laut und deutlich konnte ich mein wild pochendes Herz hören. Ich konnte sogar die Schallwellen an den feinen Härchen in meinen empfindlichen Ohren spüren. Aber etwas stimmte nicht. Abrupt blieb ich stehen und lauschte in mich hinein. Etwas stimmte ganz und gar nicht, denn dieser Herzschlag, den ich hörte, stimmte nicht mit meinem eigenen Rhythmus überein. Das summende Vibrieren füllte inzwischen meinen gesamten Körper aus und hallte wie ein dröhnendes Echo in mir nach. Als überschritt ich eine unsichtbare Linie, verschwand das gleißende Sonnenlicht hinter dem mächtigen Baum, sodass ich ihn direkt vor uns erkennen konnte. Der Stamm musste beinahe sechzig Meter hoch sein. Erst ab der Hälfte erschienen die Äste, die für gewöhnlich immer grüne, weiche Nadeln trugen. Doch diese Douglasie war vollkommen anders und wurde ihrem Namen gerecht. Ihre Nadeln wirkten blass und silbern. Im Sonnenlicht funkelte der gesamte Baum und wirkte irreal schön. Isla flatterte vorsichtig von meinem Rücken und ohne dass ich ihr nachsah, verschwand sie schweigend. Ich war viel zu sehr in meiner Faszination gefangen und trat auf den Baum zu, folgte der reinen Intuition, den silbernen Baum genauer zu betrachten. Allein steuerte ich auf die Silberne Douglasie zu, betrachtete das Glitzern und vernahm den zitronigen Duft der Douglasienadeln. Das Vibrieren und Pochen in mir wurde mit jedem Schritt stärker und während mein Blick nach oben auf die Silbernadeln gerichtet war, näherte ich mich immer weiter dem breiten Stamm vor mir. Alles um mich herum schien plötzlich verflogen zu sein, denn ich verschwendete keinen einzigen Gedanken mehr an meine bisherige Angst oder an die Anderen. Der Baum zog mich vollkommen in seinen Bann. Der fremde Herzschlag in mir pochte schneller und aufgeregter und beschleunigte sich mit jedem meiner Schritte. Nur noch wenige Meter trennten mich von dem Silberbaum und da spürte ich, wie sich mein eigener Herzschlag an das dumpfe Pochen der Douglasie anpasste und mit ihm verschwamm, als würde zwischen mir und dem Baum kein Unterschied mehr existieren.

Als ich unter der silbernen Krone der Douglasie stand und emporblickte, dachte ich an Cajas Worte und musste unwillkürlich lächeln. Das hatte die Waschbärendame wohl damit gemeint. Mit den Energien der Bäume, mit den Kräften, die durch sie hindurchzufließen schienen, und dass ich ihre Magie spüren würde. Aber wie um alles in der Welt sollte ich diesen Herzschlag nun deuten oder verstehen können? Wie sollte ich mit der Douglasie sprechen und sie um Rat fragen?

»Hier bin ich«, richtete ich meine Gedanken an den Baum und erhoffte mir ein kleines Zeichen. »Ich bin womöglich die Prophezeiung, auf die alle gewartet haben. Doch ich bin kein weißes Wapiti und ich trage kein unendliches Wissen in mir, wie man diese Welten vereint. Ich hoffe, du bist nicht enttäuscht von mir.« Meine Angst vor dem Versagen war groß und ich wollte zumindest versucht haben, mit dem großen magischen Silberbaum in Kontakt zu treten.

»Bitte lass uns frei«, sprach ich weiter. »Die anderen verbringen bereits unzählige Jahre in dieser Welt, in diesen Gestalten. Und auch wenn ich noch nicht so lange unter ihnen bin, so möchte ich einfach nur zurück.« Wehmütig ließ ich das Bild von Masons Gesicht vor meinem inneren Auge auftauchen.

Trotzdem zeigte der Baum keine Reaktion und ich spürte keine Veränderung der Energien. Angestrengt versuchte ich, mir Cajas Worte ins Gedächtnis zu rufen, mich an ein Detail zu erinnern, das ich womöglich übersah oder vergessen hatte.

»Denke nicht an die Prophezeiung, sie wird sich ohne dein Zutun erfüllen oder auch nicht. Verschwende deine Kraft, deine Gedanken und deine Sorgen nicht damit ... Erbitte die Douglasie um Hilfe, um ihren Rat. Und hör auf dein Herz, Liebes. Es wird dein Weg sein.« Mit diesen Worten hatte sie mich leise in den Schlaf geflüstert. Vorsichtig trat ich noch näher an den Baum heran, sodass ich den Stamm beinahe berühren konnte. Dann sank ich auf die Knie und legte meinen Kopf zwischen die mächtigen Wurzeln des großen Baumes.

»Ich erbitte deine Hilfe, deine Kraft und deine Magie. All deine Verbindungen in diesem riesigen Wald, der unser zweites Zuhause ist. Bitte gib mir ein Zeichen, wie ich zurück zu Mason finden kann. Wie wir alle wieder in unser erstes Leben zurückkehren können, an unseren eigentlichen Platz. Warum schickt man uns hierher, in diese Gestalt? Warum können wir wandeln und welcher Sinn versteckt sich dahinter? Und gibt es tatsächlich eine Prophezeiung? Ist es wahr, dass sich die Malereien wiederholen? Bin ich dieses Wapiti auf dem Berg am silbernen Baum? Ist es mein Schicksal, heute deine Hilfe zu erbitten?« Die Fragen zogen durch meine Gedanken, denn sie verfolgten mich schon lange. Ein leichter Wind zog an mir vorbei und strich durch die schimmernden Nadeln des Baumes. Unsicher wandte ich meinen Kopf zurück, um nach Isla zu sehen. Da erhob sich am Horizont eine Gestalt und eine Welle der Erleichterung überkam mich. Sayde schleppte sich langsam zu uns und ich konnte auf die Entfernung erkennen, wie Isla um ihn herum schwirrte. Obwohl ich seinen Gesichtsausdruck nicht erkennen konnte, war es wie ein Gefühl, wie eine Verbindung, die ich spüren konnte, dass alles wieder in Ordnung war. Dass er zurück war und mir wie vor einigen Tagen zuvor, den nötigen Schutz bot. Sayde war bei mir und ließ mich nicht alleine.

Mit einem beruhigten Pochen in meinem Innern schloss ich die Augen und spürte, wie der Rhythmus überein stimmte. Eine Ruhe und Art der Glückseligkeit bereitete sich in mir aus und durchströmte mein Inneres wie ein helles Licht. Ein unbeschreibliches Gefühl, als würde eine mir vollkommen fremde, aber nicht beängstigende Kraft durch mich hindurch fließen. Uralte Legenden tobten in mir, wie auftauchende Bilder aus längst vergessenen Träumen. Familien, die beinander an einem Feuer saßen, während eines der Kinder in Gestalt eines Bären bei ihnen war. Kein Gefühl der Angst, sondern alles wirkte vollkommen friedlich. Bilder, wie die Welten früher im Einklang gelebt hatten und dass es nicht notwendig war, diese Welten voneinander getrennt zu halten. Dass sie unwillkürlich zusammen gehörten und ineinander verschwammen. Wie eine Erkenntnis holte es mich unbewusst ein, dass man diese Verbindungsenergien niemals aufhalten konnte. Dass sie viel zu mächtig und in einem unendlichen Ausmaß existierten und alles eins miteinander war. Auch wenn die gewöhnlichen Menschen nicht davon wussten und es nicht sehen konnten. Diese Macht existierte in nur wenigen von uns, aber das machte sie in keiner Weise unbedeutender oder weniger überwältigend. Im Gegenteil, sie erschien mir so gebündelt wie ich noch nie etwas vernommen hatte. Als drohte dieses gesamte Licht, das von dem Baum ausging, jeden Moment zu explodieren. Das Leuchten pochte immer stärker in mir, gemeinsam mit dem Pulsschlag der Douglasie. Es erschien mir mit einem Mal alles so klar und selbstverständlich in meinem Gefühl, dass diese Welten zusammen gehörten und es nur eine Frage des Tores war, das man öffnen musste. Als müsste man zuerst ein Fenster öffnen, um die zweite Welt zu erkennen.

Die Legenden zogen vor meinem inneren Auge allmählich vorbei und ich dachte an Mason. Wie sehr mein Herz sich nach ihm sehnte. Wie sehr ich mich nach ihm sehnte, auch in dieser Gestalt. Ich war dankbar und froh darüber, dass mein Bewusstsein sich auf meine neue Gestalt übertragen hatte. Denn nur so war es mir möglich, mich an Mason und mein vorheriges Leben zu erinnern, ihn zu vermissen und zu fühlen, wie sehr mich diese enorme Liebe zu ihm zog. Er war der Mittelpunkt meines Lebens gewesen, mein Anker und mein Halt. Mein Zuhause und meine Zuflucht vor den lauten Menschen und dem hektischen Leben. Ich konnte mir nicht vorstellen, ohne ihn zu sein, und ich fürchtete mich schrecklich davor, mein restliches Leben ohne ihn in diesem Wald zu verbringen. Auch wenn ich Isla und Caja noch so sehr schätzte und dieses Geschenk als etwas Einzigartiges empfand – es würde mir auf Dauer das Herz brechen, so nahe bei Mason zu sein, ohne ihm wirklich nah sein zu können. Täglich mit anzusehen, wie er zum Wald blickte und mich erkannte, aber unsere Leben getrennt voneinander verlaufen würde.

Ohne Zweifel war Mason die Liebe meines Lebens und ich wollte um jeden Preis zu ihm zurückkehren.

»Was auch immer du verlangst, bitte lass mich zurückkehren. Nimm von mir wonach du suchst, lass alle Verbindungen zusammenkommen, damit sich die Welten verbinden. So, wie Caja es immer vorhergesagt hat. Dass deine Magie und die Energien gebündelt so stark werden können, dass wir ...« Der Herzschlag der Douglasie verstummte für einige Augenblicke und ich sah erschrocken auf. Millionen weiße Lichtpunkte explodierten über der gigantischen Baumkrone und fielen wie unzählige Schneeflocken auf mich herab. Fassungslos starrte ich dem Ereignis entgegen, das sich wie ein Feuerwerk über der Douglasie abspielte. Wie Sterne, die Caja immer für vergangene Seelen gehalten hatte, rieselten die weißen

Punkte herunter und bildeten einen Kreis um den Baumstamm, bevor sie zu Boden schwebten. Nach und nach verglommen die Punkte, bis keiner mehr übrig war.

Überwältigt blickte ich an dem Baum empor und fragte mich, wie ich dieses Zeichen nun zu deuten hatte. Wie gerne ich nun Caja an meiner Seite gehabt hätte. Der Waschbär hätte sicherlich eine Erklärung oder einen Rat gewusst. Und selbst wenn nicht, hätte sie ein paar tröstende Worte gefunden.

Ich holte tief Luft und bemerkte wieder den zitronenartigen Geruch, der die Douglasie umgab. Ich blinzelte einige Male und bemerkte erst jetzt, dass sich Tränen in meine Augen geschlichen hatten. Wieder blickte ich an der Douglasie empor und erschrak über den Anblick.

Vor mir stand ein gewöhnlicher Baum, der weder silberne Nadeln trug, noch leuchtete. Er war außerdem nicht besonders hoch und auch der Stamm wirkte nicht sehr stabil. Ich konnte nicht einmal mehr sagen, ob es sich wirklich um eine Douglasie handelte, dafür sah der Baum zu schwach und unbedeutend aus. Als sei all das Leuchten, das silberne Funkeln und die explodierenden Lichtpunkte nur Einbildung oder ein wirrer Traum gewesen.

Jegliche Verbindung war verloren, denn ich spürte weder den Pulsschlag noch die unbeschreibliche Kraft in mir. Ebenso das Leuchten und die Bilder waren verschwunden und alles um mich herum fühlte sich fremd und kalt an. Leer. Es war ungewöhnlich still in meinem Kopf und ich versuchte meine verkrampften Gliedmaßen zu bewegen. Ich fühlte mich mit einem Schlag so verloren und hilflos ohne diese Verbindungen, von denen ich vor wenigen Momenten noch ein Teil gewesen war.

Eine tiefe Traurigkeit überkam mich und ich konnte bereits die ersten Tränen in meinen Augen spüren, als ich den Stamm der Douglasie mit meinen Armen umschlang und die raue Rinde des Baumes unter meinen Fingerspitzen fühlen konnte.

Wie von einem Blitz getroffen zuckte ich heftig zurück. Normalerweise dürfte ich keine Arme spüren, wurde mir plötzlich klar. Entgeistert starrte ich auf meine menschlichen Hände. Mein Blick wanderte wie in Trance über meine Beine und meinen Körper, um den ein braunes Fell mit weißen Punkten geschlungen war. Mit meinen Händen fuhr ich fassungslos durch meine langen, welligen Haare und berührte vorsichtig mein Gesicht. Der Herzschlag der Douglasie in meinem Inneren war verschwunden und ich zurück in meiner menschlichen Gestalt. Überwältigt drehte ich mich um und erkannte meine beiden Gefährten weit hinter mir stehen. Keiner von ihnen rührte sich. Auch sie waren starr vor Entsetzen und konnten nicht glauben, was soeben passiert war. Ich wollte ihre Namen rufen, sie zu mir bitten und ihnen diese Rückkehr ebenso ermöglichen. Doch meine Stimme versagte mir den Dienst. Zärtlich strich ich über die Rinde des Baumes.

»Danke«, dachte ich. Als ich die Hand vom Baum entfernte und aufstehen wollte, überkam mich eine heftige Erschöpfung und ich geriet ins Wanken. Plötzliche Schwäche stieg in mir auf und zwang mich sofort in die Knie. Noch bevor mir schwarz vor Augen wurde, sah ich, wie Sayde sich als Erster in Bewegung setzte und mir mit kräftigen Sprüngen entgegeneilte.

Obwohl ich meine Augen noch geschlossen hielt, konnte ich den goldschimmernden Puma neben mir erahnen. Ich spürte seine großen Tatzen an meinen Armen und den sanften Druck seiner Krallen. Es war kein beängstigendes Kratzen, sondern überraschend zärtlich und vorsichtig. Ohne meine Augen zu öffnen, wusste ich, dass er es war. Die Schnurrhaare kitzelten an meinem Gesicht und sein Atem strich über meine Wange.

»Sayde«, flüsterte ich und zum ersten Mal verließ dieser Name wirklich meine Lippen und erklang nicht nur in meinen Gedanken. Der Berglöwe brummte leise. Es war nicht zu vergleichen mit seinem bisherigen Fauchen, sondern ähnelte mehr dem Schnurren einer zahmen Katze.

»Wie konnte ... das ... passieren?« Meine Stimme war so leise und schwach, dass ich mir nicht sicher war, ob er mich verstehen konnte. Überhaupt wusste ich nicht, ob es uns auf diese Art noch möglich war zu kommunizieren.

»Ist es das ... was in der vierten Malerei passiert?«
Zur Antwort legte sich der Puma an meine Seite und
ich konnte das weiche Fell fühlen.

»Danke«, wisperte ich Sayde zu und er legte seinen
Kopf dicht an meinen. Ich konnte spüren, wie seine
Ohren ab und zu vorsichtig zuckten und ich vermute-
te, dass Isla nebenbei mit ihm sprach.

Ohne ihre Gedanken in meinem Kopf war es unheimlich still in meinem Innern und erst jetzt bemerkte ich, wie abgeschnitten ich auf einmal von dieser
Welt war, aus der ich versucht hatte zu fliehen. Doch
noch konnte ich mich nicht darüber freuen, denn es
fühlte sich schrecklich einsam an. Die Wandlung
hatte mir Kraft geraubt und ich war verwundert, dass
Saydes Beschützerinstinkt sich plötzlich so deutlich
zeigte. Vielleicht konnte auch er nicht glauben, dass
es mir möglich geworden war, in die alte Welt zu
wandeln. Dass ausgerechnet ich eine rätselhafte und
merkwürdige Prophezeiung erfüllt hatte.

Ich vernahm ein Rascheln an meiner ungeschützten
Seite. Sayde entkam ein leises, warnendes Fauchen.
Ich war zu schwach, um dem Grund für sein Fauchen
nachzugehen und Saydes Schutz gab mir ein friedli-
ches Gefühl von Sicherheit, in dem ich mich noch ein
wenig länger wissen wollte. Mit einem erschöpften
Lächeln dachte ich an seine Bestimmung, ein Schutztier zu sein, und zum ersten Mal schien er seinem
Beschützen auch auf eine ganz persönliche Weise
nachzukommen.

Ein Zwitschern ertönte neben mir, ein für mich unverwechselbarer Klang. Es war merkwürdig und befremdlich, nicht mehr Teil ihrer Gespräche zu sein.

»Sie ist wunderschön ... sieh sie dir an, sie hat es geschafft. Unsere Mae hat diese Verbindung geschaffen, genau wie Caja gesagt hat. Wir müssen sie zu ihr bringen!«, piepte Isla nervös und schlug mit den Flügeln.

»Hol Caja. Ich bleibe bei ihr«, sagte er mit tiefer Stimme und Isla setzte gerade zum Flug an, bevor sie direkt wieder umkehrte.

»Caja würde es niemals bis hier hinauf schaffen. Sie ist viel zu schwach. Du musst gehen und sie tragen, Sayde. Ich bleibe bei Mae.«

Sayde betrachtete die wunderschöne Gestalt neben sich. Niemals hätte er geglaubt, dass hinter diesem ängstlichen Reh eine so hübsche Frau steckte. Sie war schwach und kraftlos und die Erkenntnis, dass sie zurückgewandelt war, ließ den Moment vollkommen irreal wirken.

»In Ordnung. Ich werde Caja holen. Gib gut auf sie Acht und wenn ihr Zustand sich verschlechtert, musst du mich informieren Isla, verstanden?« Er wollte Mae nur sehr ungern verlassen und lieber an ihrer Seite bleiben, bis es ihr besser ging. Der Vogel zwitscherte zustimmend und Sayde erhob sich bedächtig. Nach einem letzten Blick in Maes ruhiges Gesicht ging er auf die vordere Felsebene zurück. Ein ihm fremdes Gefühl schlich sich in sein Inneres, etwas Wehmütiges, das er nicht beschreiben konnte.

»Sayde...« Erneut verließen Maeves Lippen diesen einzigartigen Namen und obwohl der Berglöwe schon einige Meter entfernt war, hob er den Kopf in ihre Richtung und spitzte die Ohren. In wenigen Sätzen war er wieder bei ihr und berührte vorsichtig ihr Gesicht.

»Bitte ... geh jetzt nicht«, flüsterte sie und es klang leiser als der Wind. Sayde blickte auf und Isla hüpfte nervös hin und her.

»Ich werde sie tragen. Isla, du fliegst voraus und informierst Caja, was passiert ist.«

Nach einigen umständlichen Versuchen, Maeve auf Saydes Rücken zu hieven, gaben sie auf.

»Aber ich werde sie nicht zurücklassen!«, zischte er Isla entgegen und sie wich erschrocken zurück.

»Ich werde zu Caja fliegen und ihr berichten, was passiert ist. Danach kann ich schon bald wieder bei euch sein und ausrichten, was sie gesagt hat«, bot Isla an. Sie wusste nicht, weshalb sich der Berglöwe so anders verhielt, aber sie verstand, dass er bei Mae bleiben und sie beschützen wollte. Und das fand sie keinen Fehler.

Als sie davonflog, konnte sie noch eine Weile Saydes unruhige Gedanken verfolgen. Manchmal klangen sie zweifelnd, ob es seine Schuld war und manchmal auf eine merkwürdige Weise freundlich und fürsorglich. Auch wenn es eine sehr unpassende Beschreibung für den sonst so verbitterten Berglöwen war.

Maeve

Mein Kopf pochte vor Schmerz und mein eigener Pulsschlag dröhnte in meinen Ohren. Ich blinzelte einige Male, als sei ich aus einem schlechten Schlaf erwacht. Ich lehnte an der Silbernen Douglasie, geschützt von Saydes kräftigem Körper.

»Hey«, flüsterte ich und fasste mir an den Kopf. Saydes graue Augen betrachteten mich.

»Du verstehst mich doch, oder?« Er senkte ganz kurz den Kopf und ich lächelte schwach.

»Dann ist gut.« Ich fühlte das Verlangen, über sein goldenes Fell zu streichen. Dann sah ich mich vor-

257

sichtig um. »Wo sind die anderen?« Meine Frage versank in der Stille um uns, denn auch wenn Sayde meine Worte verstehen konnte, war es mir nicht möglich, seine Gedanken zu hören.

»Danke«, sprach ich in die Stille hinein und streckte meine Hand nach ihm aus. Zuerst wich der Puma zurück, senkte dann aber die Ohren und ließ meine Berührung zu. Vorsichtig strich ich über das goldene Fell und betrachtete seine hellen Augen. Es wirkte beinahe wie in einem Traum, so nah einem Berglöwen gegenüber zu sitzen und die Schönheit eines so einsamen und missverstandenen Tieres zu bewundern.

»Warum bist du bei mir geblieben?«, fragte ich, auch wenn er mir nicht antworten konnte. Ich seufzte.

»Ausgerechnet ich.« Ich fuhr über Saydes weiche Ohren. Der Puma schnurrte leise und daran konnte ich erkennen, dass er etwas Freundliches sagte.

»Danke, dass du mich mit deinem Fauchen heute verschonst.« Ich grinste ein wenig und Sayde erhob seine dunkle Pfote und ließ sie vorsichtig auf meinem Arm nieder.

»Es ist unfassbar still ohne euch«, redete ich beinahe mit mir selbst und blickte hinauf zu dem unscheinbaren Baum.

»Ich würde so gerne sehen, wie ihr … in eurer Menschengestalt ausseht.« Saydes Augen funkelten vor Neugierde. Ich konnte mir vorstellen, wie enttäuscht er darüber war, dass nur ich mich zurückverwandelt hatte. Gleichzeitig war es eine schöne Veränderung wie Sayde sich verhielt, als hätte ich etwas in ihm befreit.

Isla landete laut zwitschernd vor uns und meine Hand schoss sofort von Sayde zurück. Trotzdem glaubte ich, dass Isla unsere Berührung bemerkt hatte. Sayde erhob sich und lauschte dem eiligen Piepen. Verwirrt blickte ich zwischen ihnen hin und her.

»Geht es um Caja?« Isla schlug mit den Flügeln und Sayde versetzte mir mit seinem Kopf bestätigend einen Schub an die Schulter. Mühsam rappelte ich mich auf und folgte Sayde. Isla setzte zum Flug an und verschwand. Ihre Aufregung ließen meine Befürchtungen um die Waschbärdame nur noch stärker werden.

Vorsichtig verließen wir die Felsebene der Silberdouglasie, auch wenn es mir schwerfiel, mich weiter von ihr zu entfernen. Eine ungewohnte Traurigkeit überkam mich, als würde ich einen besonderen Ort, ja, als würde ich meine eigene Heimat verlassen. Dieser plötzliche Gefühlswandel machte mich nachdenklich.

Der steinige Untergrund machte es mir ohne Schuhe nicht leicht und Sayde blickte immer wieder zu mir zurück. Es war mir nicht möglich, daraus zu deuten, ob er genervt und ungeduldig oder besorgt war. Aber es wäre besser, mir nicht einzubilden, dass der Berglöwe nun dauerhaft zu freundlichen Emotionen fähig war.

Der Marsch zum Sternenplatz kam mir endlos lang vor. Caja lag eingerollt auf ihrem Lieblingsplatz und sah aus, als würde sie schlafen. Dabei lag längst die Dämmerung über dem Wald und es war höchste Zeit für den Waschbären, sich auf die Futtersuche zu begeben. Isla saß neben ihr und erwartete uns nervös.

Vorsichtig nahm ich Caja in meine Arme und sie blinzelte mir schwach entgegen. Aber als sie mein Gesicht erblickte, war es, als würden ihre Augen mich anlächeln. Liebevoll strich ich über ihr graues Fell und suchte nach den richtigen Worten.

»Oh Caja, was ist nur passiert ... wir hätten dich nicht allein zurücklassen dürfen. Wusstest du, dass das passieren würde? Hast du das schon einmal gesehen? Wie kann ich dir helfen? Es tut mir so leid, Caja, und ich kann euch nicht einmal mehr hören.« Meine Stimme wurde mit jedem Wort brüchiger. Ich konnte spüren, wie die Tiere untereinander kommunizierten, ohne dass ich auch nur ein einziges Wort verstand.

»Oh Liebes, hab keine Angst. Das ist der Kreis eines jeden Lebens. Wie wunderschön du doch bist. Nein, ich wusste nicht, dass es passieren würde, aber als du mir das erste Mal begegnet bist, habe ich es in meinen kleinen schwarzen Pfoten gespürt, dass du etwas Besonderes bist. Dass du unser Schlüssel sein wirst«, murmelte Caja leise.

»Weißt du was ihre Bedeutung ist? Hast du uns wirklich alles über sie erzählt?« Sayde verstummte, als Caja kurz die Augen schloss und tief Luft holte.

»Dyani, das Reh. Es steht für wahre Liebe und ist in den alten Geschichten dafür bekannt, sein Herz gegen-

260

über jedem zu öffnen, der dieser reinen Liebe bedarf.«
Alle lauschten Cajas leisen Worte, die womöglich ihre
letzten sein würden.

»Du meinst … Liebe ist der Schlüssel? Ein bisschen
wahre Liebe und das ist alles? Und auf diese simple
Erkenntnis warten wir seit Jahren, gefangen in dieser
Welt?«, herrschte Summer sie ungehalten an.

»Nein nein, es geht vielmehr um die Fähigkeit, echte
Liebe zulassen, zeigen und geben zu können. Eure
Herzen sind einsam und leer geworden, während ihr
in der Wandlung gelebt habt. Ihr habt vergessen,
eine Liebe im Leben zu haben, für die es sich zu kämpfen lohnt und für die ihr alle Grenzen überschreiten
könnt«, wisperte Caja.

»Ganz besonders du Sayde. Verzeih den Menschen,
die dich verletzt und dir deine Narbe zugefügt haben.
Öffne endlich dein Herz.« Der Puma hob ruckartig
den Kopf.

»Caja, du darfst uns nicht allein lassen, wie wird es
denn nur weitergehen?« zwitscherte Isla und Maeves
Blick wendete sich dem flatternden Vogel zu.

»Habt keine Angst, ich werde zu den Sternen gehen
und von dort aus eure Reise begleiten. Es hat mein
Leben um einige kostbare Jahre verlängert, hier
draußen in meiner Wandlung zu leben. Aber auch
im Wald tickt die innere Uhr langsam weiter. Der
Zeitpunkt, zu gehen, holt uns irgendwann ein und
wir können nichts anderes tun, als dafür bereit zu
sein.«

»Bereit? Caja, hör auf damit, wir finden einen Weg, um dich ...«, setzte Isla an, doch sie wurde unterbrochen.

»Ich habe mein Leben ausgeschöpft und konnte miterleben, wie uns der wahre Schlüssel zuteilwurde. Nun weiß ich euch in guter Obhut und kann meinen Frieden finden. Sagt Mae, dass ich sehr stolz auf sie bin. Egal, wie ängstlich und scheu sie ist, Sayde – es ging nie um ihren Mut. Einzig und allein ihr liebendes Herz und ihre treue Seele waren entscheidend. Die Zeit war zu kurz und ich hätte gern mehr Zeit mit ihr verbracht, um über die Geschichten zu sprechen und ihre neugierigen Fragen zu beantworten. Aber an meinen Platz wird ein neuer Wandler treten. Findet ihn und behandelt ihn mit genauso viel Liebe wie mich, denn dann ...« Cajas Flüstern verstummte.

»Caja! Caja, ich muss dir noch etwas sagen.« Saydes Stimme war energisch und durchdringend. »In der Höhle. Es sind Malereien. Sie zeigen die Wandler und den Sturm, so wie es geschehen ist. Doch das letzte Bild, es zeigt ein weißes Reh beim Silberbaum.« Seine Worte überschlugen sich beinahe.

Ein leichtes Lächeln schlich sich auf Cajas Gesicht.

»Jahre hast du in deiner Höhle mit diesem Geheimnis gelebt. Du wusstest es, wolltest es aber nicht sehen und nicht verstehen. Und jetzt wurde es wahr. Gebt auf euch Acht und Sayde beschütze sie auf ihrem Weg nach Hause. Versprich mir, dass du weiter auf sie aufpassen wirst.« Sie sammelte ihre letzte Kraft.

»Ich verspreche es«, sagte Sayde mit gesenkten Ohren.

»Und Sayde?« Caja blickte nochmals zu ihm auf.

»Ich war längst in deiner Höhle und habe mir die Malereien angesehen.« Sayde starrte sie sprachlos an und Caja zwinkerte ihm zu.

»Caja, nein! Wir müssen sie zu meinem Haus bringen, dort können wir ihr helfen ... Sie darf jetzt nicht gehen!« Maeve schluchzte auf und drückte Caja vorsichtig an sich. »Schnell, wenn wir uns beeilen, dann ...« Isla hüpfte an Saydes Seite.

»Es ist wahr, oder? Dass ihre Zeit gekommen ist. Und dass wir rein gar nichts gegen die Zeit tun können?«, fragte sie, doch Sayde starrte nur auf Maeve und Caja.

»Ja, gegen die Zeit kann man rein gar nichts tun« bestätigte er mit trauriger Stimme.

Unter Tränen beerdigte ich Caja an ihrem Sternenplatz, obwohl es bereits dunkel wurde. Anschließend saßen wir gemeinsam an dem großflächigen Stein und blickten stumm in den Nachthimmel, um Caja die letzte Ehre zu erweisen.

Obwohl ich Mason schon vermisste, seit ich meine Erinnerungen zurückerlangt hatte, hatte ich mich seitdem nie so einsam gefühlt wie an diesem Abend. Als Summer und Isla längst eingeschlafen waren, zog ich die Felljacke enger um mich und legte mich gerade auf den weichen Waldboden, als Sayde sich schützend an meine Seite schmiegte und mich wärmte.

Ein trauriges Lächeln huschte über mein Gesicht. In müden Gedanken, versuchte ich dem Berglöwen mitzuteilen, wie dankbar ich ihm dafür war.

Ein unruhiger Schlaf mit verwirrenden Träumen holte mich ein und ich schreckte mehrmals aus dem Schlaf. Einmal war Sayde neben mir verschwunden und ich zitterte am ganzen Körper. Als ich wieder wach wurde, lag er erneut dicht neben mir und ich konnte nicht anders, als ihn für einen kurzen Moment anzusehen.

Ich hatte keine Vorstellung, wie es nun weitergehen würde. Ob ich meine Wandlungsgestalt nun für immer verloren hatte und ich bis ans Ende unserer gemeinsamen Tage mit Mason im Waldhaus leben würde, während die anderen weiter in Tiergestalt bleiben würden. Ich war froh, mein Leben nun wieder mit Mason verbringen zu können, aber mir fehlte der Kontakt zu dieser anderen, fremden Welt der Gestaltwandler schon jetzt. Auch wenn es schwer zu verstehen war, hatte ich sie sehr ins Herz geschlossen.

Am nächsten Tag machten wir uns gemeinsam auf den Rückweg. Summer verabschiedete sich am Flathead River. Ihre kleinen Pfoten waren von dem langen, steinigen Weg zerkratzt und aufgeschürft und sie sehnte sich nach ihrem Wasser. Ohne Abschiedsworte tauchte sie in das kalte Nass und verschwand. Ich fragte mich, ob wir uns jemals wiedersehen würden.

Sayde ging anmutig an meiner Seite durch den Wald und verließ mich nur selten. Auch er musste seinen

264

Hunger stillen, das war mir bewusst und er wollte nicht, dass ich das sah. Während er jagte, setzte ich mich auf einen umgeworfenen Baumstamm und wartete auf seine Rückkehr. Auch Isla verzog sich einige Male in die Lüfte, weil ein Vogel einfach nicht für den Boden gemacht war.

In dieser Zeit schossen mir die verschiedensten Gedanken durch den Kopf. Ich liebte Mason und sehnte mich nach dem Leben und dem Alltag mit ihm. Doch diese Welt, so seltsam und unverständlich sie auch war, war ein besonderes Geschenk. Und seit ich Islas Zwitschern und Saydes tiefe Stimme nicht mehr in meinem Kopf hören konnte, fühlte ich mich auf eine kalte Art verlassen.

Ich stellte mir meine Rückkehr mehrmals vor meinem inneren Auge vor. Masons Augen würden vor Glück und Freude leuchten. Er würde mich in seine Arme schließen und küssen. Er würde mich ansehen, als sei ich die Einzige auf dieser Welt. Er würde mich den restlichen Tag nicht mehr loslassen und mir jeden weiteren Morgen, wenn er neben mir erwachte, danken, dass ich zurückgekommen war. Ich würde ihm jede Sehnsucht und Trauer nehmen. Jede Angst und jede Sorge, unter denen er in den letzten Wochen gelitten hatte. Ich würde zurück in unser altes Leben finden und es würde sich wieder normal anfühlen, in der Stadt unter Menschen zu sein oder eine Arbeit zu finden. Irgendwann.

Aber ich würde jeden Tag auf der Veranda stehen und auf den Wald hinausblicken. Würde wissen, was mir fehlt. Mit jedem neuen Tag in diesem alten Leben würde ich diese andere Welt vermissen, von der außer mir und Mason niemand wusste.

Ich würde eine gute Freundin vermissen, die ich in meinem alten Leben nie hatte. Und diesen anfangs grimmigen Puma, der sich in aller Einsamkeit in einer Höhle verbarrikadierte und sich seit einigen Nächten dicht zu mir legte, wenn ich schlief. Ich war die Einzige, der er die Malereien in der Höhle gezeigt hatte und ich schätzte das als hohen Vertrauensbeweis. War ich wirklich das weiße Wapiti der Prophezeiung? War ich das Wunder, auf das sie immer gehofft hatten? Und wenn ja, was sollte ich tun? Was war nun meine Aufgabe? Ich legte meine Hände vors Gesicht und begann leise zu weinen, denn ich vermisste Caja und bereute es, nicht noch einmal mit ihr gesprochen zu haben. Ihr mütterlicher Rat hätte uns sicher weitergeholfen und obwohl ich sie nur kurz gekannt hatte, war sie mir auf eine gewisse Weise nahe gewesen. Mit jeder einzelnen Träne wurde mir bewusster, wie sehr ich diese Welt vermissen würde, egal, wie sehr ich mich auch nach Mason und unserem Leben sehnte.

Die Verborgenen

Sayde schlich zwischen den Bäumen zurück und entdeckte Mae. Sie lehnte an einem Baumstamm und hatte das Gesicht in den Händen vergraben. Er konnte ihr Schluchzen hören und spürte einen kurzen Stich in seinem Innern. Wie gern wollte er ihre Gedanken hören, ihre schöne Stimme und wie die ängstlichen Fragen wild durch ihren Kopf flogen. Eigentlich sollte sie glücklich sein. Sie sollte ihn und Isla geradezu drängen, schneller zu laufen, und er hatte geglaubt, sie würde bereits im Wald anfangen zu rennen, um das Waldhaus noch schneller zu erreichen. Doch etwas hielt auch sie zurück und auf eine sehr merkwürdige Weise war Sayde froh darüber. Er dachte an Cajas letzte Worte. Daran, dass er verzeihen sollte und Mae der Schlüssel zwischen den Welten war. Konnte man sich wirklich nur für eine der beiden Welten entscheiden? Wieso konnte Mae nicht in beiden existieren und weshalb sehnte er sich nach der Gewissheit, dass das schreckhafte Reh zurückkommen würde? Langsam ging er zu ihr und drückte seinen Kopf gegen ihre Schulter. Sie sah auf und er konnte ihre verweinten Augen deutlich erkennen. Mae legte ihre Hände seitlich an seinen Kopf und sah ihn lange an. Zuerst sagte sie nichts und ignorierte auch die schimmernden Tränen auf ihrer Wange.

»Du wirst es nicht glauben, aber die Heimkehr ist nicht leicht, Sayde«, flüsterte sie mit tränenschwerer Stimme. »Wieso ich?« Es war genau die Frage, die sie schon seit ihrer Wandlung beschäftigte. Er wollte es ihr erklären, wollte ihr alles erzählen, was Caja in ihren letzten Minuten gesagt hatte. Plötzlich wollte er ihr auch von dem Unfall und seiner Narbe erzählen und zurücknehmen, dass er sie bei ihrer Frage danach nur wütend angefaucht hatte. Er meinte fast, das Ticken der Uhr hören zu können, das das Ende ihrer gemeinsamen Zeit ankündigte.

Ihre grünen Augen schimmerten traurig und eine Hand strich liebevoll über seine Ohren. Sayde stellte sich dieselbe Fragen wie Maeve. Niemals zuvor hätte er eine solche Berührung zugelassen. Seit er ihr das

268

Innere der Höhle gezeigt und erkannt hatte, wer sie wirklich war, konnte er seine Faszination nicht zurückhalten. Sie war auf eine wunderbare Weise besonders und seltsam.

»Kann ich jemals wieder zurückkommen und euch irgendwann wieder in meinem Kopf hören? Sayde, ihr werdet mir so sehr fehlen!« Sie schluchzte erneut und zog ihre Knie zu sich heran. Er wollte sie trösten und beruhigen, aber nichts dergleichen war ihm möglich und er würde zusehen müssen, wie er sie bereits am nächsten Morgen verlieren würde.

Ein letztes Mal legte ich mich neben Sayde, als die Nacht über uns hereinzog. Isla war zurückgekehrt und hüpfte um mich herum. Einmal flatterte sie sogar auf Maeves Schulter und zwitscherte leise, als wollte sie noch etwas sagen.

»Sie wird uns fehlen, nicht wahr?«, sagte Isla betrübt.

»Noch kann ich mir gar nicht vorstellen, dass sie nicht mehr bei uns sein wird.« Sayde reagierte nicht auf ihre Worte.

»Meinst du, Caja hatte recht? Dass auch wir uns wieder verwandeln können? Aber wird es dann nie wieder Gestaltwandler geben? Sind wir dann für immer Menschen? Und was ist, wenn tatsächlich ein neuer Wandler Cajas Platz einnimmt und allein durch diesen Wald irrt? Wäre es nicht ...«

»Isla!«, zischte Sayde und brachte den Vogel damit zum Verstummen.

»Ich weiß es ebenso wenig wie du und ich stelle mich denselben Fragen, ohne eine Antwort darauf zu finden, egal, wie oft ich es versuche. Aber ich weiß es nicht, also bitte sei endlich ruhig.« Kurz herrschte Stille zwischen ihnen.

»Du magst sie. Du konntest es nicht zugeben oder zeigen, aber dir liegt doch etwas an ihr.« Sayde hob energisch den Kopf und schreckte damit Maeve auf.

»Was ist nur los mit euch beiden?«, fragte sie, auch wenn sie keine verständliche Antwort bekommen würde.

»Konzentrier dich, Mae! Du musst uns doch irgendwie hören können. Ganz tief in deinem Innern bist du immer noch Eine von uns!« Isla schlug unruhig mit den Flügeln.

»Gib auf. Sie kann uns nicht hören. Und schon morgen werden wir an ihrem Haus sein und sie nie wiedersehen«, brummte Saydes tiefe Stimme.

»Das glaube ich nicht. Mae wird uns nicht vergessen, nicht einfach so. Sie wird zurückkommen und ...«

»Und was?«, herrschte Sayde sie an und sein Fauchen klang lange nach.

»Hört auf!«, rief Mae und hielt ihre Arme zwischen die beiden. »Es fehlt mir sehr, euch nicht mehr zu hören, versteht ihr? Und es macht mich wahnsinnig, dass ihr euch zu streiten scheint und ich keinen blassen Schimmer habe, wovon ihr redet. Diskutiert das, wenn ich nicht mehr bei euch bin, damit ich das nicht ertragen muss ...« Ihre Stimme zitterte und war brüchig wie gesplittertes Glas.

»Siehst du, sie wird uns vermissen«, gab Isla von sich.

»Das ändert gar nichts«, fügte Sayde hinzu.

»Du kannst sie nicht loslassen, weil dir etwas an ihr liegt. Gib es endlich zu!« Isla spannte ihre Flügel auf und Sayde fauchte leise.

»Bitte«, flehte Maeve. »Bitte macht es nicht noch schwerer, als es bereits ist.« Ihre Stimme klang weich und gleichzeitig schwer.

»Hört auf zu streiten und schlaft jetzt. Ich komme gleich wieder.« Mae strich beiden zärtlich über den Kopf. Dann stand sie auf und verschwand in der Dunkelheit des Waldes.

Als Mensch war es erschreckend unheimlich, bei Nacht zwischen den Bäumen hindurch zu schleichen. Und ebenso schwer, den richtigen Weg zu finden. Obwohl ich keinerlei Orientierung hatte, versuchte ich etwas Abstand zwischen uns zu bringen. Ich wollte nicht mit ansehen, wie die beiden meinetwegen stritten und mich voller Enttäuschung nach Hause begleiteten. Erneut rätselte ich über die Abfolge der Malereien und das unvollendete letzte Bild in Saydes Höhle. Vielleicht hatten sie sich geirrt und ich war gar nicht dafür bestimmt. Womöglich würde mit dem letzten Frühlingstag das echte weiße Wapiti auftauchen und für alles eine Erklärung wissen. Hastig wischte ich die Tränen aus meinem Gesicht und streifte dabei schmerzhaft mit der anderen Hand an einen

Baum. Was ich tat, war nicht heldenhaft und sicherlich nicht, wie es die alten Geschichten beschrieben. Ich lief immer weiter, bis meine Beine mich nicht mehr tragen wollten und einfach nachgaben. Wimmernd sank ich dort an Ort und Stelle zu Boden und zog das Fell dichter um mich. Eisige Leere breitete sich in mir aus und mir wurde bewusst, wie falsch es war, Sayde und Isla zu verlassen, um einem schmerzhaftem Abschied zu umgehen. Meine Gedanken kreisten immer wieder um die Malerei in der alten Höhle, um den Silberbaum und auch um Caja, die uns verlassen hatte. Ich sorgte mich ein wenig um Isla und Sayde, da sie nun von zwei Wandlern verlassen worden waren und Summer die meiste Zeit im Flathead River verbrachte. Viel zu sehr wünschte ich mir, dass die beiden aufeinander Acht gaben und zusammenbleiben würden. Besonders Isla konnte ich mir nicht einsam und still vorstellen und womöglich würde sie Saydes Leben mit viel Freude und Fröhlichkeit füllen. Bei der Vorstellung musste ich ein wenig lächeln. Und in diesem Moment beschloss ich, dass ich zurückkehren würde. Dass ich die beiden eines Tages bei der Höhle oder der Silbernen Douglasie aufsuchen würde, um ihnen noch einmal zu sagen, wie wichtig sie mir waren. Und wie sehr ich sie in meinem ersten Leben vermisste.

Graue Nebelschwaden schwebten am nächsten Morgen über dem Waldboden. Frierend erhob ich mich und sah mich um. Die Bäume waren lichter geworden und ich erkannte in der frühen Dämmerung bereits den Weg zum Hang.

Die Kälte durchdrang mich gnadenlos und meine Gedanken waren langsam und müde. Meine Beine trugen mich erschöpft und träge über den erdigen Untergrund und manchmal dachte ich kurz an Mason oder Isla und Sayde. Doch es waren viel mehr blasse Bilder, die schwach vor meinem inneren Auge vorbeiglitten und wieder verschwanden.

Erst als ich über eine abschüssige Wiese auf ein einsames Haus hinunterblickte, erhöhte sich mein Puls und ich atmete erleichtert auf. Da war es, das Ziel einer langen Reise. Ich wollte nach Mason rufen, ihm in die Arme rennen und ihn festhalten. Aber dem war nicht so. Wie in Zeitlupe trottete ich den Wiesenhang hinunter, mein Blick auf das Waldhaus gerichtet. Als ich den ersten Fuß auf die Veranda setzte und das Holz knackte, hörte ich Hopes Bellen im Innern des Hauses.

»Mason«, flüsterte ich so leise, dass er es unmöglich gehört haben konnte. Vorsichtig klopfte ich an die Tür. Wieder ertönte Hopes Bellen lautstark und kurz darauf konnte ich Schritte im Haus hören.

Mit hundert Bildern hatte ich mir meine Rückkehr bereits ausgemalt. Hatte Masons begeistertes Gesicht vor mir gesehen und mir seine feste Umarmung vorgestellt. Stattdessen öffnete er mir verschlafen die Tür.

Seine Haare waren wirr durcheinander und er brauchte einen kurzen Moment, bevor er ein entsetztes und erschrockenes Gesicht aufsetzte.

»Maeve!«, rief er aus, doch es klang weder glücklich noch euphorisch, wie ich gehofft hatte. Innerhalb von Sekunden hatte er mich ins Haus gezerrt und auf die Couch geschoben. Eilig holte er Decken und bemühte sich, den Kamin rasch anzuzünden. Währenddessen murmelte er immer wieder unruhige Worte, die ich nicht verstehen konnte.

Mit der Zeit entspannten sich meine Glieder, doch meine Gedanken waren noch immer langsam. Als wäre ich noch nicht vollkommen in dieser Welt angekommen. Mason setzte sich zu mir und berührte meine Wangen mit seinen warmen Händen.

»Maeve, was hast du nur da draußen gemacht ... Ich hätte dich niemals gehen lassen dürfen, der Schneesturm war zu viel. Du hättest sterben können und ich hätte dich noch intensiver suchen sollen ... ich ...«, sprach er unruhig vor sich hin.

»Nein, Mason«, hauchte ich. »Jede einzelne Stunde da draußen war es wert.« Ungläubig sah er mich an und ich konnte die wortlosen Fragen von seinem Gesicht ablesen.

»Ich habe die anderen kennengelernt und so viel mehr über diese Welt erfahren. Kein Tag war zu viel.« Verwirrt erwiderte er mein Lächeln.

»Du meinst, es gibt noch mehr wie dich?«, fragte er.

»Ja. Aber jetzt ist es anders. Ich konnte mich entscheiden, zurückzukommen.« Auf Masons Gesicht breitete sich ein glückliches Lächeln aus.

»Du bist zurück, Maeve. Noch vor einem Jahr glaubte ich, dich niemals wiederzusehen, doch du bist wieder bei mir. Ich kann dir gar nicht sagen, wie sehr ich ...« Mason küsste mich ohne seinen Satz zu vollenden. Und ich wusste, auch ohne jede Euphorie und Überschwänglichkeit war unser Glück unendlich und unbeschreiblich. Diese endgültige Rückkehr in unser altes gemeinsames Leben und unsere Liebe waren unbezahlbar und die Erfüllung eines langersehnten Traums. Die Entscheidung, aus der neuen Welt auszutreten, erschien mir in diesem Augenblick so richtig wie auch schmerzhaft.

Aber ich erinnerte mich an Cajas Worte bei unserem langen Gespräch an ihrem Sternenplatz. Daran, dass Auserwählte ein Leben lang zwischen diesen Welten wechseln konnten, solange sie diese nicht in Vergessenheit geraten lassen. Diese Gewissheit spendete mir ein wenig Trost und ich vertraute auf Cajas Wissen und ihre Weisheit. Mich ergriff das Gefühl, dass es mir eines Tages wieder möglich sein würde, in diese Welt zu tauchen und einige Tage dort zu verbringen. Denn still und heimlich sehnte ich mich schon jetzt danach.

Der Tag meiner Rückkehr zu Mason verlief ruhig und ich erholte mich von der kalten Nacht im Wald. Ich bereute es zutiefst, dass ich Isla und Sayde im Wald verlassen hatte. Wie gern hätte ich noch ein letztes Mal mit ihnen gesprochen, ihre Gedanken gehört und ihnen meinen Dank mitgeteilt. Ob sie mich nun für eine egoistische Verräterin hielten? Ich seufzte und Mason blickte sich nach mir um.

»Ist alles in Ordnung?«, erkundigte er sich besorgt.

»Ja, es ist nur … Ich hätte nicht einfach so gehen sollen«, gestand ich und Mason kam zu mir und legte seine Hand auf meine Schulter.

»Willst du mir mehr davon erzählen?« Er betrachtete mich ruhig.

»Es muss so verwirrend für dich sein. Aber die anderen, sie haben mich auf meinem Rückweg begleitet, um mich zu dir zurückzubringen. Und in der letzten Nacht bin ich davongelaufen, weil ich einen schweren Abschied vermeiden wollte. Aber ohne einen Abschied ist es noch viel schwerer.« Bekümmert blickte ich zu ihm auf.

»Das tut mir leid«, war alles, was er dazu sagte, und küsste mich kurz darauf auf die Stirn. Meine Erwartung, Mason könnte mir diese Last von den Schultern nehmen, war vollkommen falsch gewesen. Einzig und allein ich hatte diese Entscheidung getroffen und mich ohne Abschied aus dieser Welt entfernt. Nun musste ich mit diesem Gewissen und dem Schmerz klarkommen und einsehen, dass Isla und der anfangs mürrische Puma mir fehlten.

Die ersten Sonnenstrahlen weckten mich und trieben mich aus dem Bett. Als läge der alte Rhythmus noch immer in mir. Ich wartete gar nicht lange, schwang mich aus dem Bett und gerade, als ich mich in Richtung Küche auf den Weg machte, schreckte Mason aus dem Schlaf hoch.

»Wo gehst du hin?«, fragte er panisch und ich konnte seine Reaktion verstehen. Es würde noch eine Weile dauern, bis auch er realisiert hatte, dass ich nicht mehr fortgehen würde.

»Keine Sorge, ich mache uns nur Frühstück«, erklärte ich mit einem Lächeln und er sank erleichtert zurück ins Bett.

»Schlaf noch ein bisschen«, sagte ich beim Hinausgehen, doch kurz darauf folgte er mir in die Küche und wir lachten übereinander, weil wir uns ganz ungewohnt im Weg standen.

»Ich habe es so vermisst. Ich habe dich so vermisst.« Mason strahlte mich an und ich konnte in seinen Augen sehen, wie unvorstellbar glücklich er war.

»Ich kann noch gar nicht glauben, dass ich wieder hier bin.« Er schloss mich in seine Arme.

»Und ich erst.«

Alles wirkte wieder wie früher, als hätte es dieses Jahr dazwischen nie gegeben. Ich strich der Hündin liebevoll über den Kopf und sie wartete ungeduldig, bis wir unser Geschirr zurück in die Küche trugen.

Unsere Veranda war von der Sonne beschienen und ließ mich die erste angenehme Wärme spüren. Im

Hintergrund sprach Mason noch mit Hope, als ich eine Bewegung oben am Waldrand bemerkte. Schnell legte ich meine Hand an die Stirn, um etwas erkennen zu können, doch das darauffolgende Vogelzwitschern war unverwechselbar. Mein Herz schlug plötzlich schneller und als ich endlich den Berglöwen zwischen den Bäumen sah, rannte ich los. Mir war mit einem Mal egal, wie steil der Hang war oder wie schwer ich unter der Anstrengung atmete. Ich vergaß für diesen Moment auch Mason und Hope und alles um uns herum. Einzig und allein dieser Abschied zählte.

Ein Zedernseidenschwanz flog mir laut zwitschernd entgegen und auch der Puma machte einige elegante Sprünge in meine Richtung.

»Mae!«, rief Islas einzigartige Stimme und ich erschrak kurz daran, wieder ihre Gedanken in meinem Kopf zu hören.

Mit klopfendem Herzen sank ich in die Knie und schlang meine Arme um Sayde. Es passierte so schnell und unbedacht, dass ich gar nicht überlegte, ob er zurückschrecken würde. Stattdessen schmiegte er seinen Kopf an meine Schulter. Freudentränen liefen mir über die Wangen, während ich mein Gesicht an das goldene Fell des Pumas legte, umschwirrt von einer aufgeregten Isla.

»Es tut mir so leid«, flüsterte ich. »Es tut mir so schrecklich leid.«

»Du hast doch nicht wirklich gedacht, dass wir dich so gehen lassen, oder?«, sagte Isla gespielt empört.

278

»Isla, ich kann dich hören ... wie ist das ... Wie kann das sein?« Ich löste mich aus der Umarmung und sah Isla fragend an.

»Ach Mae, du bist eine von uns, schon vergessen? Das wirst du immer sein, so wie Caja gesagt hat. Diese Verbindung tragen wir in uns oder auch nicht. Aber wenn doch, dann ein Leben lang.« Eine Flut von Dankbarkeit überrollte mich. Dankbar dafür, ein Teil dieser Welt sein zu dürfen und dankbar für Cajas Weisheiten und alte Geschichten. Und für diesen einzigartigen Abschied.

»Danke, dass ihr mir nachgekommen seid.« Ich lächelte und sah dabei in die hellen Augen des Pumas. Sayde blickte mich sprachlos an.

»Sayde, sag doch auch mal was. Seit wir dich begleiten, ist er niedergeschlagen, dass du fortgehst, auch wenn er es nicht zugeben kann«, verriet Isla und die Ohren des Berglöwen legten sich kurz etwas zurück. Wieder legte ich meine Hände an seinen Kopf und blickte ihn an.

»Es fällt mir unheimlich schwer, das müsst ihr mir glauben, und es tut jetzt schon weh, nicht mehr bei euch sein zu können. Aber auch ihr wisst jetzt, wie das Tor zwischen den Welten funktioniert, auch ihr könnt in euer Leben zurück. Öffnet euer Herz und vergebt, dann werdet ihr auch den Pulsschlag der Douglasie spüren und euch zurückverwandeln. Davon bin ich überzeugt.«

»Zurück?«, piepste Isla. »Ich kann fliegen und habe

eine große Katze als Beschützer und neuen Freund. Hier draußen gehört mir alles und ich habe die größte Freiheit, die es gibt. Wieso also sollte ich nach all den Jahren wieder zurück? Außerdem wartet da draußen ein neuer Gestaltwandler darauf, von uns gefunden zu werden.« Isla klang so selbstsicher, dass ich schmunzeln musste.

»Mae, wirst du eines Tages wieder zu uns kommen?«, fragte Sayde plötzlich. Seine Stimme klang schwer.

»Das werde ich. Auch wenn mein Leben hier ist und es richtig war, zurückzukehren, werde ich immer ein Teil von euch sein und irgendwann wieder zu euch finden«, sagte ich und streichelte über Saydes Kopf.

»Ihr werdet mir so sehr fehlen«, fügte ich leiser hinzu.

»Du uns auch«, sagte Sayde langsam und dass ausgerechnet er das sagte, berührte mich noch mehr. Etwas hatte sich zwischen uns geändert, seit wir in der Höhle die Malereien betrachtet hatten. Er war nicht mehr der verbitterte, fauchende Berglöwe, der zurückgezogen lebte. Es war nun, als hätten wir eine Verbindung zueinander.

»Und verzeih mir, dass ich dich als Abendessen angesehen habe«, entschuldigte Sayde sich und ich lachte lauthals los. Es war befreiend und echt, weil ich diese erste Begegnung mit ihm nie vergessen würde.

»Dann verzeih mir, dass ich dich einsam und verbittert genannt habe. Denn das bist du nicht.« Ich umarmte ihn erneut, spürte noch ein letztes Mal sein weiches Fell. Isla landete auf meiner Schulter.

»Danke«, murmelte Sayde. Dann war es still zwischen uns. Kein Gedanke durchkreuzte unsere Köpfe. Erst als ich mich aus der Umarmung löst und Isla noch einmal zärtlich über die Federn strich, waren die Worte wieder zurück.

»Vergiss uns nicht.«

»Oh nein, das werde ich nie«, versprach ich mit einem traurigen Lächeln.

Mason

Mason beobachtete, wie Maeve im Gras kniete und einen Puma umarmte. Er konnte ihr Lächeln sehen, aber auch das Glitzern ihrer Tränen im Sonnenlicht erkennen. Es war das Merkwürdigste, was ihm je passiert war, und man würde ihn wohl verrückt halten, sollte er die Geschichte jemals erzählen. Wer würde schon verstehen, dass ein Mensch zwischen den Welten wechseln und mit den Tieren sprechen konnte?

Dieser Abschied machte ihm bewusst, wie wichtig ihr diese zweite Welt geworden war, trotzdem hatte sie sich für das Leben mit ihm entschieden und dem

Wald damit den Rücken gekehrt. Ein Gefühl von Freude und Erleichterung durchströmte ihn, als er verstand, dass Maeve nun endgültig in seiner Welt angekommen war und die einsamen Tage von nun an der Vergangenheit angehörten.

Epilog

WIEDERSEHEN

Maeve

Der Sommer zeigte sich von seiner besten Seite, als ich den Wald durchquerte und dem Zwitschern der Vögel lauschte. Monate waren bereits vergangen, seit wir uns auf dem Hügel verabschiedet hatten, doch ich war nie allein gewesen. Mehr als nur einmal konnte ich morgens vor dem Haus Pumaspuren erkennen und allein dieser Anblick ließ mir warm ums Herz werden und zauberte mir lange Zeit ein Lächeln ins Gesicht. Auch wenn ich ihn seitdem nicht wiedergesehen hatte, fühlte ich mich von Saydes neuer Fürsorge beschützt.

Ich konnte nicht zählen, wie oft ich an meine Zeit im Wald gedacht hatte und wie sehr ich in manchen Momenten Cajas Ratschläge oder Islas ungebremste Fröhlichkeit vermisste. Auch Mason hatte schnell erkannt, dass ein kleiner Teil meines Herzens der anderen Welt gehörte, und einen unfassbar großzügigen Vorschlag gemacht. Denn er erklärte sich damit einverstanden, dass ich im späten Sommer einige Wochen dort verbringen würde, wenn es mir möglich wäre, wieder in meine Rehgestalt zu wandeln.

Das war der größte Beweis seiner Liebe, denn es war bestimmt nicht leicht, seine Frau in die Weite des Waldes gehen zu lassen und einige Zeit ohne sie zu verbringen. Aber sein Verständnis dafür, welche Bedeutung diese Welt für mich hatte, war das wertvollste Geschenk.

»Mae?«, hörte ich eine zögerliche Stimme in meinem Kopf und lächelnd blickte ich auf.

Ein Zedernseidenschwanz mit blauer Federspitze flatterte zwischen den Ästen hindurch und saß kurz darauf nur knapp über meinem Kopf zwischen den Blättern.

»Isla! Wie schön, dich zu sehen!«, rief ich aus.

»Oh Mae, du bist es wirklich – wie geht es dir? Sayde komm schon, Mae ist wieder da!«, ertönte ihr vertrautes Zwitschern.

»Sayde ist auch hier?«, fragte ich und konnte darauf den goldenen Puma zwischen den Baumreihen erkennen.

»Ja, ich helfe ihm seit neuestem bei der Jagd und fliege die Gegend für ihn ab« Sayde spitzte die Ohren und ich hörte sein leises Schnurren, als er sich an mich schmiegte.

»Wie schön sie ist«, hörte ich seine Gedanken und wir erkannten sofort, dass es nicht die Art von Gedanke war, den er mit uns teilen wollte. Isla kicherte.

»Ja, das ist sie. Auch wenn du etwas zugelegt hast, Mae. Scheint, als würde es dir gut gehen.«

Ich lachte über ihre Worte und legte meine Hände vorsichtig auf meinen Bauch.

»Ich habe gute Neuigkeiten für euch, Mason und ich erwarten ein Kind«, erklärte ich ihnen und beobachtete, wie Saydes treue Augen groß wurden.

»Oh, das ist ja wundervoll, Mae!«, zwitscherte Isla glücklich. »Und wir haben auch gute Neuigkeiten für dich: Wir haben den jungen Gestaltwandler gefunden.«

»Wirklich? Und was ist er? Erzähl schon!«, fragte ich begeistert und schaute zwischen Isla und Sayde hin und her.

»Tja, das wirst du eines Tages selbst sehen.«

- Bonuskapitel -

Das Weihnachtswunder

Weihnachten. Die Zeit für Besinnlichkeit, Stille und Frieden. Wenn die Tage kürzer werden und die Welt weißer wird, fangen wir an, dieser Magie zu lauschen, die uns umgibt und für die wir im Alltag dennoch blind sind. Dabei schlummert in einem jeden von uns dieser innere Zauber, der so vieles ermöglichen kann. Wenn man denn bereit ist, etwas näher hinzusehen.

Wir alle sind nur ein Teil des weiten Universums, dessen Unendlichkeit wir nur im Geringsten erahnen können. Während wir unseren eigenen Anteil dazu beitragen, die Erde zu einem besseren Ort zu gestalten, wissen so viele nicht, dass es nicht die einzige Welt ist.

Auch wenn ihr uns nicht wirklich sehen könnt, sollt ihr wissen, dass es uns gibt. Ihr könntet ebenso einer von uns sein, denn wir sind nicht anders als ihr. Nur dass wir eine Bestimmung erhielten wie Fluch und Segen zugleich. Anfangs fiel es schwer, sie mit Würde und Stolz im Herzen zu tragen, denn wir werden zu einem unbestimmten Zeitpunkt aus unserem Leben gerissen, um zwischen den Welten zu wandeln. Ob wir Einfluss darauf haben? Manche Dinge geschehen einfach, ohne dass wir danach gefragt werden. Denn manchmal hat das Schicksal andere Pläne für uns.

Mein Name ist Caja und meine Wandlungsgestalt ist ein kleiner grauer Waschbär. Man sagte mir, die Sterne hätten einen Plan, eine Absicht, weshalb sie uns genau dieses Schutztier schenkten. Es gibt so viele Bedeutungen für uns – doch ihr werdet sie eines Tages selbst herausfinden. Ich bin alt und habe einige Jahre in den Wäldern Montanas mit den anderen Wandlern verbracht. Manchmal trennen sich gemeinsame Wege, jedoch gibt es nicht selten die Möglichkeit, noch einmal zurückzukehren, um einander zu sehen. Ganz besonders zum Fest der Liebe sollten unsere Herzen wieder zusammenfinden und Frieden schließen.

Schnee bedeckt die Douglasien und rieselt in weichen Flocken über den Hang. Ich erkenne das Holzhaus und sehe das Leben darin funkeln. Lichterketten schmücken die Veranda und tauchen alles in ein warm schimmerndes Licht. Der Zauber der Weihnacht liegt über dieser von Einsamkeit geprägten Gegend. Ich erinnere mich an Masons Traurigkeit, als seine große Liebe Maeve so spurlos verschwand – und an seine Hoffnung, die er niemals für sie aufgegeben hat.

Vor dem Waldhaus entdecke ich Spuren, die vom Neuschnee noch nicht überdeckt wurden. Tiefe Abdrücke von Tatzen, die um das Haus geschlichen sind, als hätte jemand nach dem Rechten sehen wollen. Nicht irgendjemand, denke ich mit einem Schmunzeln, und es erwärmt mein kleines Herz. Sayde hat nach ihnen gesehen und das ist ein wunderschönes Zeichen. Obwohl er in all den Jahren so verbittert geblieben ist, weiß er dennoch, was für ein bedeutender Abend heute ist.

Es mag ein altes Märchen sein, scheinbar aber nicht unwirklich genug, um uns in dem Glauben zu lassen, es könnte einen Funken Wahrheit in sich tragen. Denn in der Weihnachtsnacht geschehen Wunder. Man erzählte es mir bereits als Kind und ich erzählte es vor vielen Jahren Sayde. Er hat diesen Worten nie Beachtung geschenkt, verwehrte sich dieser Tiefgründigkeit aus Zauber, Glaube und Wärme. Doch etwas schien sich verändert zu haben – das beweisen die Spuren vor Masons und Maeves Haus eindeutig.

Saydes kühles, distanziertes und gut verbarrikadiertes Herz hat einen Funken Liebe gefunden. Und wenn das allein nicht schon für ein Winterwunder spricht, dann weiß auch ich aus all meiner Erfahrung in den langen Jahren nicht mehr weiter.

Mit einem Lächeln folge ich der Spur im Schnee, die mich wieder in die Richtung des Waldes führt. Ob ich ihn an diesem Heiligen Abend finden werde? Wie gern würde ich ihn ansehen und ihm sagen, wie stolz ich auf ihn bin, wie ehrlich beeindruckt von seiner Tat. Dass er, nach allem, was zwischen ihm und Maeve geschehen war, dennoch seine Anteilnahme zeigt. Er ist ein großer und mutiger Kämpfer, dessen Narben Ehre verdienen. Doch wen hier draußen, in einem Wald aus Douglasien und Kälte, interessiert das? Das Leben in unseren Wandlungsgestalten ist vom Überleben geprägt. Die Sommer in Freiheit sind wunderschön, schmecken nach dem Duft von Zitronen, der überall von den Douglasien ausgeht. Dagegen fordern die Winter ihre Tribute und verlangen uns vieles ab. Nur der Zauber der Weihnacht legt einen friedlichen Schleier über diese schwierige Zeit. Etwas Bedächtiges, etwas Tröstliches. Eine Zeit, in der wir in uns gehen, tiefer in unsere Herzen blicken und unsere Gedanken ein wenig friedlicher und ruhiger werden.

Im Wald verliert sich allmählich die dichte Schneedecke und es fällt mir schwer, den Spuren zu folgen. Trotz der Kälte, die langsam zu mir durchdringt, fühle ich mich zu Hause. Das Knacken der Äste, die raue

294

Rinde an den Bäumen – das alles ist mir so vertraut. Eine angenehme Stille herrscht unter den schweren, von Schnee bedeckten Baumkronen, als würden sie mich von der Welt abschirmen. Erneut lächle ich. Auch das war irgendwie ein bisschen wahrer, als es den Anschein machte.

Ich laufe weiter und sehe mich um. Dieser Dunkelheit hier fehlt jeglicher Weihnachtsglanz. Wie viel schöner der Heiligabend unter den Menschen doch war. Wie viel erfüllter. Kurz ertappe ich mich bei dem Gedanken, ob mir ein Tausch lieber gewesen wäre. Wollte ich überhaupt noch einmal dort sein? Nach all der Zeit, nach all den vielen Jahren? Ist mein Platz nicht inzwischen hier in den Wäldern? Doch es ist nicht mehr entscheidend, wann sich das Blatt gewendet hat und ich begonnen habe, unsere zweite Welt zu bevorzugen.

Ein Fauchen erreicht mich aus dem Hinterhalt. Obwohl es mir zuerst einen Schauer über den Rücken jagt, füllt freudige Erleichterung mein Herz. Ich habe ihn tatsächlich gefunden und im selben Moment weiß ich, dass ich heute trotz seiner Abneigung nirgendwo anders sein will. Dass genau hier der richtige Platz für diesen Weihnachtsabend ist.

»Sayde?«, rufe ich leise in den Wald hinein und warte stille Augenblicke ab. »Ich bin es, Caja.«

Knirschende Schritte nähern sich in der Dunkelheit, zögerlich und bedacht. »Caja?« Eine tiefe Stimme dröhnt zu mir herüber. Als traute er weder meinen Worten noch seinen Augen. »Wie ist das möglich?«, fragt er und da erkenne ich ihn zwischen den Baumreihen. Sein silberner Blick funkelt im schwachen Licht des Mondes und seine schwarzen Beine und Pfoten verschwinden beinahe im Dunkel der Nacht. Die Bewegungen des Pumas sind anmutig, fast schon edel und dennoch bedrohlich. Mir ist bewusst, dass kein anderer in meiner Gestalt sich einem solchen Tier derart naiv nähern würde.

»Es ist dieser eine besondere Abend, der weihnachtliche Besuche ermöglicht, oder nicht?«, erwidere ich und trete näher an ihn heran.

Er scheint zu wissen, worauf ich anspiele, dennoch verrät er sich nicht. Nicht Sayde, dessen Fassade geschützter und stärker geworden ist, als die Mauern jeder Burg. Obwohl ich mir für sein Kämpferherz wünsche, es möge weicher und wärmer werden, so sehr empfinde ich auch Verständnis für ihn. Er bezahlte einst einen sehr hohen Preis für seine Stärke.

»Schön, dich wiederzusehen, Caja«, brummt er. Bereits diese Worte sind mit Bedacht gewählt. »Wieso bist du heute hier – wie kann das sein?«

Als ich seine Pfote berühre, zuckt er kurz zusammen. Ist es tatsächlich schon wieder so lange her? Wer bestimmt denn, ab welchem Zeitraum die Rede von Vermissen und Entfernung ist? Das Herz entscheidet, denke ich leise und ein Lächeln zaubert sich auf mein Gesicht. »Würdest du mich heute Nacht zu meinem Sternenplatz begleiten, Sayde?«, frage ich und blicke in sein verwundertes Gesicht.

»An deinen Sternenplatz? Das ist beinahe auf der anderen Seite des Waldes ...«

Ich erkenne die Verwirrung in seinem Unterton, als wäre er sich nicht sicher, ob ich den Verstand verloren habe. »Die Sterne sind doch überall«, füge ich leise, fast kichernd hinzu. »Und nun lass uns gehen.«

Ein tiefes Brummen ertönt aus seiner Kehle. Hätte ich es nicht bereits hunderte Male gehört, wäre es mir unheimlich vorgekommen. Stattdessen mustere ich seine silbernen Augen und warte darauf, dass er sich vor mir verneigt, um mich auf seinem Rücken zu tragen. »Das ist nicht gerade das Weihnachten, das ich geplant habe«, murmelt Sayde, während ich auf seinen Rücken klettere. Sein Fell ist angenehm warm und weich.

»In all den Jahren, in denen ich dich kennengelernt habe, hast du deine Höhle auch am Weihnachtsabend nicht verlassen. Und heute entdecke ich deine Fußspuren im Schnee vor dem Waldhaus. Seit wann hast du also Pläne für den Heiligen Abend, Sayde?« Ich höre sein Seufzen und spüre, wie seine Schultern ein wenig nachgeben.

»Ich mache es wie du und sehe noch ein letztes Mal nach denen, die geblieben sind«, flüstert er so leise, dass es beinahe mit dem Rieseln der Schneeflocken zu vergleichen ist.

Mein Herz pocht wegen seiner Worte stärker und ich spüre sofort die tiefe Bedeutung darin. »Es ist die Zeit des Friedens. Eine Botschaft, die uns zeigen soll, zu vergeben und unsere Herzen von dieser Last frei zu machen. Sei diese Bürde, die uns aufgetragen wurde, auch noch so schwer. Auch du wirst eines Tages verzeihen können, Sayde. Eines Tages, da bin ich sicher.«

Lange Momente vergehen, in der mir der Puma nicht antwortet. Also hänge ich meinen eigenen Gedanken nach, gefüllt von Wärme und weihnachtlicher Freude. Ich denke an Kinder, die voller Vorfreude und Euphorie ihre Geschenke auspacken. An ihr Lachen, das in den Fluren hallt. An den Duft von süßem Gebäck, Zimt und Punsch. An das Knistern des Kaminfeuers und die vielen weihnachtlichen Dekorationen in den Fenstern. Und ich denke daran, dass egal wie unterschiedlich dieser Abend in all den Familien, den Häusern oder auch hier draußen in der Kälte der Nacht gefeiert wird, so trägt er überall dieselbe Bedeutung: Liebe.

Dieses ruhige, angenehme Gefühl des Ankommens, das dann in unserem Inneren friedlich schlummert. Zu wissen, dass man seinen Platz gefunden hat und geliebt wird, ermöglicht erst, dass wir selbst unser Herz ein wenig weiter öffnen. »Ist Liebe nicht etwas Wundervolles?«, spreche ich diesen Gedanken laut aus.

»Liebe?«, fragt Sayde beinahe verächtlich schnaubend.

»Wir alle wurden von der Liebe enttäuscht und wir alle mussten lernen, wie es ist, neu zu lieben. Du wirst es wissen, wenn es so weit ist. Aber die Liebe wird

298

dich erst finden können, wenn du ihr gegenüber bereit bist – keinen Moment früher.« Ich hätte noch vieles über die Liebe sagen können. Doch ich spüre seine Anspannung, seine Verbitterung und seinen alten Schmerz.

»Bist du gekommen, um mit mir über die Liebe zu reden, Caja?«, fragt er skeptisch und seine Ohren zucken nervös. »Oder gibt es einen anderen Grund für deinen ... Besuch?«

Ich lächle über seine Worte und die Art, wie er Besuch betont. »Ich kam einzig und allein, um dir zu sagen, dass ...« Doch meine Worte verklingen in der Stille, verfliegen ins Nirgendwo. Es gibt so viele Antworten, die gleichzeitig nichts auszusagen scheinen. Ich möchte ihm sagen, dass sein Schmerz eines Tages verblassen und neues Vertrauen erwachen wird. Dass er in seiner Einsamkeit niemals alleine ist, wenn er in seinem Herzen einen Platz für uns frei hält. Dass er genug gekämpft hat und es irgendwann an der Zeit ist, nachzugeben oder loszulassen.

Du musst euch endlich verzeihen. Damit dein Herz wieder frei ist für das Leben und all das Glück, das noch auf dich wartet. So viel Freude, so viele wunderbare Momente stehen dir bevor und wollen gelebt und gefeiert werden. Egal wie schwer dein Weg war, den du bis hierher gegangen bist – von nun an kannst du ihn mit jedem neuen Schritt verändern. Es liegt an dir, deine innere Stärke gegen ein bisschen Wärme einzutauschen. Es ist deine Entscheidung, deine eigene

Bereitschaft, dieses Kapitel nun zu schließen und ein neues zu beginnen. Schließe diesen Frieden mit dir selbst, Sayde, und du wirst wieder aufblicken – in ein neues Leben blicken können. In ein neues Jahr. Du bist doch längst zu mehr bereit, als du dir eingestehen willst. Und ich weiß, dass Maeve von ganzem Herzen stolz auf dich wäre.

All das will ich dem Puma sagen, doch stattdessen sind es andere Worte, die die Stille zwischen uns beenden. »Man sagt, in der Weihnachtsnacht geschehen Wunder. Und dir, Sayde, dir wünsche ich genau dieses Wunder. Für heute Nacht und alle Nächte, die folgen werden. Lass dein Herz für dich sprechen und öffne es für all den Zauber, den die Welt für dich bereithält. Es ist das Fest der Liebe und deshalb bin ich heute für dich da. Fröhliche Weihnachten, alter Freund«, flüstere ich ihm zu und lausche dem kehligen Schnurren einer viel zu großen Katze, als hätte sie es sich innerlich vor einem glimmenden Kaminfeuer gemütlich gemacht. Und genau in diesem Moment erkenne ich, dass dies das schönste Geschenk ist, das mir je am Heiligen Abend gemacht wurde.

Danksagung

Jedem,

der dieses Buch in den Händen hält, möchte ich von Herzen danken. Denn durch jeden Einzelnen von euch erfüllt sich mein Lebenstraum, den ich mit meinem ersten Roman *Seelenlicht - Im Zeichen der Verborgenen* verwirklicht habe: Autorin sein – sein eigenes Buch in den Händen halten. Ohne euch wäre das überhaupt nicht möglich und ich hoffe, dass euch die Geschichte von Maeve und den Wandlern gefallen hat!

Lektorat

Saskia Weyel meine Lektorin, die sich *Seelenlicht* sehr ausführlich angenommen hat und dafür bin ich ihr wirklich dankbar. Dadurch wurde die Geschichte erst das, was sie heute ist und wurde um viele Kommas bereichert.

Cover

Marie Grasshoff, ich danke dir für dieses wundervolle Cover, denn ich liebe es mehr als du dir vorstellen kannst! Du hattest es sicher nicht leicht mit mir und meinen komischen Erklärungen, aber was du hier gezaubert hast, ist für mich das schönste Cover überhaupt! Herzliches Danke auch an die Drachennacht in Leipzig und dass ich dich dort persönlich kennen lernen durfte – sonst hätte ich mich womöglich nie getraut, gerade dich für ein Cover zu fragen, obwohl ich großer Fan deiner Arbeit bin.

Familie

Ich danke meiner gesamten Familie, die hinter mir stand, obwohl das letzte Jahr wirklich kein leichtes war. Für jeden Klinikbesuch und jedes Lachen, das ihr mir gebracht habt. Dafür, dass ihr mich und mein Buch so unterstützt habt – ihr seid unbezahlbar, vielen Dank!

Besten Dank auch an meine liebe *Testleserin Geli*, die innerhalb kürzester Zeit das gesamte Manuskript gelesen und für richtig schön befunden hat!

Monty und Mara, danke für die wunderschöne Zeit mit Euch und eure endlose Treue – Ihr habt mich zu Hope inspiriert und bleibt auf Ewig in meiner Erinnerung.

Und das Beste kommt zum Schluss... Mama, um Dir zu danken, könnte ich ein ganzes Buch füllen, aber ich denke, das weißt du bereits. Danke, dass du mich vom ersten Wort an begleitet und all meine Geschichten gelesen hast. Du warst es, die mich dazu gebracht hat, Seelenlicht in die Welt gehen zu lassen und Dank dir, ist es mein erster veröffentlichter Roman. Diesen ganzen Stolz teile ich von größtem Herzen mit Dir.

Seelenlicht

Hast du denn nie daran gedacht,
dass Weiß auch die Farbe des Bösen sein könnte?

Als Tagwandlerin ist Malou vollkommen anders als die bisherigen Wandler und bekommt deren Ablehnung deutlich zu spüren, als mit ihrem siebzehnten Geburtstag die Silberne Douglasie unaufhaltsam an Kraft verliert und damit das Ende der Wandler bevorsteht.

Noch dazu planen die Fremden aus dem Reservat einen verheerenden Angriff, der Sayde auf die Probe stellt und Malou zwischen die Fronten geraten lässt. Doch wie soll sie Ouray aufhalten, die Welt der Wandler endgültig zu zerstören, wenn alle ausgerechnet ihr die Schuld dafür aufbürden?

DIE AUTORIN

Jay Lahinch

Jay Lahinch ist das Pseudonym einer jungen Autorin, die mit ihrer Hündin Mara in Süddeutschland lebt. Bereits seit ihrer Kindheit liebt sie Bücher und träumt davon, Geschichten zu schreiben. Mit ihrem Debütroman *Seelenlicht* erfüllt sich 2017 dieser große Lebenstraum und bereits im nächsten Jahr erscheint ihre magische »Tränen-Dilogie«. Gemeinsam mit ihrem Freund gründet sie 2020 ihren eigenen Verlag mit dem Namen BOOKAPI, unter dem ihre Bücher nun neu erscheinen.

Nach dir nur Erinnerung

Liebe oder Leben – wie würdest du dich entscheiden?

Luna und Lennon sind seit ihrer Kindheit unzertrennlich. Doch als ihr bester Freund viel zu jung bei einem Unfall stirbt, ist für sie nichts mehr von Bedeutung. Nach diesem traumatischen Erlebnis hört sie auf zu sprechen und verzweifelt beinahe an diesem schweren Verlust.

Doch auf magische Weise ist es ihr möglich, Lennon noch einmal zu sehen. Während sie allmählich erkennt, dass sie ihn in Wahrheit geliebt hat, verliert sie immer mehr den Bezug zur Realität. Eine schwerwiegende Entscheidung steht ihr bevor, denn sie kann auf Dauer nur auf einer der beiden Seiten bleiben. Und dann ist da Kris, der ihr zeigt, dass sie in ihrer Hilflosigkeit nicht allein ist und das Leben trotz Schmerz und Trauer lebenswert ist. Wird sie Lennon jemals loslassen und die Stille damit durchbrechen können?

Die Tränenkönigin

Ich liebe den Regen,
denn er macht deine Tränen unsichtbar.

Manchmal ist der Tod nicht nur das Ende eines geliebten Herzens, sondern besiegelt zugleich dein Schicksal. Das muss Nava schmerzlich erkennen, als ihr Zwillingsbruder nach dem Tod ihrer Eltern verstummt. Eine Flucht aus Marenna scheint ihr einziger Ausweg und nur der fremde Jayden ist bereit, sie auf dieser Reise ins Ungewisse zu begleiten. Erst ein unglaubliches Angebot der Tränenkönigin gibt ihrem Weg eine Richtung. Gemeinsam machen sie sich auf die Suche nach den Tränen, die nicht nur das Schicksal ihres Bruders, sondern das einer ganzen Welt für immer verändern könnten.

DIE FINALE FORTSETZUNG
DER TRÄNEN-DILOGIE

Die Tränenrebellin

Auf welcher Seite wirst du stehen,
wenn alles, was du bisher kanntest,
in sich zusammenbricht?

Nach ihrer ereignisreichen Flucht fassen Nava, Jayden und Nate den Entschluss, in die Einzige Stadt zurückzukehren, um die Insel vor dem Untergang zu bewahren. Denn die Tränenmeere drohen, alles unter sich zu begraben, falls das Gleichgewicht der Elemente nicht wiederhergestellt wird.

Gemeinsam planen sie eine Rebellion, um die Seelenlosen zu heilen und für eine gerechte Zukunft der Mädchen zu kämpfen. Doch als sie Marenna erreichen, fordert das Schicksal sie erneut heraus. Nun liegt es an Nava, herauszufinden, ob die Legenden um das Königliche Festland wahr sind und was sie mit der Tränenmagie tatsächlich bewirken kann.

Die Tränenkönigin

> Für Mut und Lachen gibt es Masken,
> die keinem zeigen, dass man zerbricht.
> Für Trauer und Tränen jedoch nicht.
> ~ Nate ~

PROLOG

Auf dieser Welt werden unzählige Tränen vergossen. An jedem einzelnen Tag. Jede von ihnen ist eine zu viel.

Aus Schmerz, Trauer und Enttäuschung werden die meisten Tränen vergossen. Und sie sind es auch, die als Meere in meinem Himmel schwimmen. Sich dort sammeln und zu unendlichen Weiten werden.

Es ist immer ähnlich. Zuerst ereilt uns das Gefühl, das einen bitteren Beigeschmack hat. Anschließend werden wir selbst in den Sturm unserer Emotionen gerissen und er nimmt jegliche Kontrolle über uns ein. Wir sind nicht mehr wir selbst und Teile unserer Seele werden uns entrissen.

Jede Träne meiner Seelenkinder findet ihren Platz bei mir. Und mit jedem von ihnen leide ich ebenfalls. Jedem verantwortlichen Gefühl gebührt sein eigenes Meer aus zahlreichen Tränen. Die Traurigkeit ist ruhig, beherbergt aber unendliche Tiefen, die immer dunkler und schwerer werden. Dagegen ist die Wut ein tosender Sturm, der stets gut bewacht sein muss. Aus dem Meer, das die Enttäuschung umfasst, kann ich manchmal ein leises Schluchzen hören. Es vergeht kein Tag, ohne dass eine neue Träne in meine Meere fällt. Sie füllen sich unaufhaltsam, sodass mich die Frage, weshalb meine Seelenkinder auf diese Weise leiden, bis tief in mein Inneres quält.

Mit ansehen zu müssen, wie sie Tag für Tag weinen, schmerzt mich sehr. Weil auch mein Herz klagt, wenn sie einen geliebten Menschen verlieren, enttäuscht werden oder den Glauben an die Liebe aufgeben. Denn es ist weitaus mehr als der Grund, den meine Seelenkinder zu kennen meinen. Als Königin der Tränen ist es nicht nur meine Pflicht, die gesammelten Tränen zu hüten und meinen Kindern tiefstes Mitgefühl zu schenken. Nein.

Jede Träne, ob still und leise oder laut schluchzend und schreiend vergossen, ist ein spiegelnder Teil ihrer Seele, der den Körper verlässt und hier in meinem Himmel aus Meeren schwimmt. Das Weinen tausender Tränen beraubt sie ihrer eigenen Seelen.

Mit einem Blick auf meine beinahe unendlichen Meere ergreifen mich Zweifel, dieser unmöglichen

Aufgabe gerecht zu werden. Den Menschen dieser Welt ihre Seelensplitter zurückzubringen, um ihre Empfindungen vor dem Verblassen zu retten. Wenn es eines Tages dazu kommt, dass sie all ihre Tränen vergossen haben und nicht länger in der Lage sind zu fühlen – dann dreht sich die Welt für sie zwar weiter, aber was von ihnen bleibt, ist nicht mehr als eine seelenlose Hülle.

Während sich die Meere aus Trauer und Schmerz in meinem Himmel den Krieg erklären, nehme ich an jedem beginnenden Tag das Unmögliche auf mich, um die Hoffnung aufrechtzuerhalten, meine Kinder vor ihrem eigenen Verlust zu wahren.

*Was wir zu Grabe tragen, ist nur unser
Erdenkleid, was wir lieben,
bleibt für die Ewigkeit.
~ Nate ~*

KAPITEL 1

»Die Zeit heilt alle Wunden«, sagten sie und tätschelten mir dabei vorsichtig auf den Arm. Dies sollte wohl ihr Mitgefühl ausdrücken. Stattdessen klangen ihre Worte hohl und leer und ich fühlte mich einsamer denn je.

Haltlos und verlassen, ein verstoßenes Kind der Gesellschaft. Familienlos. Das war das Wort, das es am besten beschreiben konnte.

In unserer Welt wird alles über den Ruf der Eltern, das Ansehen der Ahnen und die Ehre der Familie entschieden. Wenn all das jedoch abhandenkommt, und sei es auf noch so tragische Weise, ist man in Marenna ein Nichts, ein Ehrenloser. Dazu verdammt, sein restliches Leben allein und abseits der guten Gesellschaft zu verbringen.

Doch zu meinem eigenen Glück – und Unglück – war da Nate, mein Zwillingsbruder. Wir gleichen einander so sehr, dass unsere Eltern damals sagten, wir würden denselben Menschen, aber in verschiedenen Geschlechtern, repräsentieren. Die rot schimmernden, seidigen Haare wie unser Vater und ebenso die blauen Augen unserer Mutter. Jeder einzelne Ausdruck meines Gesichts gleicht seinem. *Wie sehr ich sie vermisse,* dachte ich. So sehr, dass der Schmerz beinahe mein Herz zerspringen ließ.

Jetzt starrte Nate nur ausdruckslos an die Wand, die sich kahl und leer vor ihm erstreckte. Das strahlende Blau seiner Iris hatte sich in Grau verwandelt. Er bewegte sich nicht, sprach nicht und manchmal hatte ich Angst, er könnte einfach aufhören, zu atmen. Seit dem Tag, an dem wir unsere Eltern zu Grabe tragen mussten, hat er nichts anderes mehr getan. Egal, wie viele Versuche ich wagte, mit ihm zu sprechen – durch diese eiserne Mauer zu ihm durchzudringen. Aber es schien unmöglich und mein Bruder war mir ferner als jemals zuvor. Als hätte ich tatsächlich meine gesamte Familie bei diesem Unglück verloren.

Unsere Eltern waren nicht die wichtigsten Menschen in unserer Stadt gewesen, aber wir hatten auch nicht der untersten Schicht angehört. Mein Vater hatte ein Anwesen im äußeren Zentrum von Marenna besessen und mit vielen, erstschichtigen Personen in Kontakt gestanden.

Aus unserem Zuhause hatte ich ein wunder-schönes, kleines, gerahmtes Bild unserer Familie mitgenommen und zwei Kleider, die ursprünglich meiner Mutter gehört hatten. Nicht, weil mir meine eigenen nicht gefielen, sondern weil ich das Bedürfnis hatte, ihr ein wenig näher zu sein. Die Erinnerung, wie Nate durch das Haus wandelte, als befände er sich im Schlaf, war mir unheimlich. Mehrmals hatte ich ihn zur Eile gedrängt, ihn gebeten, die verschiedensten Dinge aus unserem Heim zu retten, weil seine Arme kräftiger waren als die meinen. Ich hatte ihn angefleht, die Tränen waren dabei in meine Augen gestiegen. Trotzdem hatte Nate das Haus mit leeren Händen verlassen, während ich versuchte, noch nach allem zu greifen, was in meine Reichweite geriet.

Heute war der dreiunddreißigste Tag danach und seine Stille trieb mich in die reinste Verzweiflung. Wütend ballten sich meine Hände zusammen und mein Blick verfinsterte sich. Bald würde Madame Patrice uns endgültig vor die Tür setzen und uns dem Schicksal der Mittellosen überlassen. Als einstige Bekannte unserer Mutter hatte sie sich dazu berufen gefühlt, uns bei sich aufzunehmen. Stattdessen zählte sie innerlich sicherlich nicht nur die Tage, bis wir gingen, sondern auch jeden Schluck Wasser, den wir tranken, und scheinbar auch jeden Atemzug, den wir unter ihrem Dach machten. Denn in Wahrheit ging es ihr nur um ihr eigenes Ansehen, das sie steigern wollte.

Langsam löste ich mich aus meiner Haltung und setzte mich neben Nate auf den Boden. Er hatte seine Starre perfektioniert und würde er manchmal nicht doch blinzeln, würde nichts ihn von einer Puppe unterscheiden.

»Nate«, flüsterte ich ihm mit Bedacht zu, als könnte gleich etwas passieren. Dabei wünschte ich mir nichts mehr als irgendeine Reaktion von ihm. Seine Augen hafteten weiterhin an der Wand.

»Nate, wir müssen von hier fortgehen. Schon bald, glaube ich. Du hast ihre Geduld wirklich komplett überstrapaziert, hörst du? Aber ich kann nicht ohne dich gehen. Du musst mit mir kommen. Bitte.« Das letzte Wort fügte ich mit Nachdruck hinzu, dabei hatte es keine Wirkung. Ich strich über die gleichen rotblonden Haarsträhnen, wie ich sie trug, und legte meine Hand danach auf seine. Erleichtert stellte ich fest, wie sein Puls unter meinen Fingern schlug und dass er trotz allen Äußerlichkeiten noch nicht verloren war.

»Bitte, Nate. Du musst zu mir zurückkommen. Ich schaffe das nicht ohne dich.« Meine Stimme war zuvor bereits leise gewesen, doch jetzt war sie nichts mehr als ein klägliches Wimmern.

»Du gibst nicht nur dich selbst auf, sondern auch mich!«, zischte ich ihm zu. Die Tränen stiegen langsam in meine Augen und liefen über mein Gesicht.

Unzählige Male hatte ich bereits neben ihm geweint, um meine Eltern getrauert und um meinen verlorenen Bruder. Dafür hatte er nicht eine einzige Träne vergossen.

»Nate, bitte, das ist mein allerletzter Versuch! Du musst nicht sprechen, nichts erklären und nichts rechtfertigen. Aber bitte sieh mich an, damit ich weiß, dass du noch da drin bist. Sieh mich an! Du kannst uns nicht beide aufgeben – bitte!« Ein jämmerliches Schluchzen entwich mir, während Nate weiter regungslos an die Wand blickte und nicht einmal blinzelte.

Für mein Vorhaben hätte ich am besten eine bequeme Hose tragen sollen, allerdings war sie den Frauen in Marenna nicht erlaubt. Außer sie gehörten der untersten Schicht an und besaßen nicht mehr als die Lumpen, die sie fanden oder schon vor Generationen gestohlen hatten. Aber von ihnen sah man im Zentrum der Stadt nie jemanden.

Mit dem nächsten Morgen erwachte mein Entschluss, etwas zu tun, das meinem eigenen Charakter widersprach. Noch nie zuvor hatte ich in meinem Leben einen Menschen bestohlen und bisher wäre mir das niemals in den Sinn gekommen. Auch wenn meine Ehrlichkeit gegen mich ankämpfte, spürte ich bereits den entschlossenen Impuls, es für unseren weiteren Weg zu tun. Für Nate zu tun.

Aus der Auswahl, die mir an Kleidern geblieben war, wählte ich eines, das etwas kürzer, flach und leicht war. Sodass ich bei einer möglichen Flucht losrennen konnte. Jedoch hoffte ich nach wie vor, davon verschont zu bleiben. Innerlich betete ich, jemand möge seine goldenen Münzen offenherzig in einem einfachen Beutel tragen, in dem meine Hand schnell verschwinden konnte, bevor es bemerkt wurde.

Nachdem ich fertig war, spähte ich auf die breite Treppe hinaus und wartete einige Atemzüge ab. Meist herrschten hier aufgeregte Gespräche der Angestellten oder die deutlichen Anweisungen von Madame Patrice, der ich möglichst nicht über den Weg laufen wollte. Ihr müsste ich sonst auf jede einzelne ihrer bohrenden Fragen eine Antwort geben. Und das würde in der Tat eine Herausforderung sein.

Der mittelalterliche Stil des Hauses zeigte sich an den hohen Decken und aufwendigen Verzierungen. Der marmorierte Boden glänzte und die Teppich-läufer waren aus einem tiefen Rot. Die große Treppe zum Haupteingang trennte das Anwesen in zwei Bereiche: die Gemächer der Ehrenträger und im östlichen Flügel befanden sich Küche, Speisesaal und weitere Räume, wie unsere Gästezimmer.

Zu meinem Glück war der Gang ruhig, noch war ich zeitig genug auf den Beinen, um das Treiben im Hause zu umgehen. Eilig huschte ich die Treppe hinunter und erreichte gerade die Tür des Hauses, als ich hinter mir ein Geräusch vernahm. Der Klang seiner Schritte verriet mir augenblicklich, wer hinter meinem Rücken die Treppe hinab eilte.

Ich traute mich nicht, über meine Schulter in das fiese Gesicht mit den dunklen Augen zu blicken, und überlegte für den Bruchteil einer Sekunde einfach durch die Tür hinaus zu verschwinden. Mein Davonlaufen würde allerdings mehr Verdacht erregen und ihm weiteren Anlass bieten, mich zu verraten.

»Wohin des Weges zu dieser frühen Zeit?«, sprach Tyler. Dabei verachtete ich bereits die Art seiner Aussprache, seine gestellte Überlegenheit. *Wie sehr er doch nach verzogenem Einzelkind klingt,* dachte ich bitter und biss mir auf die Lippe. Niemals dürfte ich diese Gedanken laut aussprechen.

»Entschuldige, habe ich dich geweckt?«, entgegnete ich und wandte mich zu ihm um. Obwohl uns nicht einmal ein Jahr Altersunterschied trennte, setzte ich zu einem Knicks an, da er als Sohn des Hauses höhergestellt war.

Seine schmalen Lippen zogen sich zu einem widerlichen Lächeln zusammen und er kam auf mich zu. »Nein, aber du weichst mir aus, Nava. Und ich mag es nicht, wenn man meine Fragen nicht beantwortet«, sprach er weiter und seine Stimme klang dabei so unecht, dass mir nicht mal in den Sinn kam, wir wären beinahe gleich alt. Mein Puls beschleunigte sich und ich hoffte, er würde meine Unruhe nicht bemerken.

»Entschuldige, bitte. Ich muss nun wirklich los, man erwartet mich bereits«, antwortete ich darum bemüht, freundlich zu klingen, und Tyler musterte mich abschätzend.

»Und wer sollte das sein?«, hakte er nach und seine dunklen Augen ruhten schwer auf mir. *Er ist seiner Mutter sehr ähnlich,* dachte ich, kurz bevor ich seine Frage registrierte. Als einziger Sohn des Hauses trug er die Familienehre mit ganzem Stolz, wenn er den Menschen gegenübertrat. Doch in seinem Innern musste alles so dunkel sein wie seine braunen Augen.

»Ein Treffen mit einer alten Freundin.« Schnell senkte ich den Kopf, als er nahe an mich herantrat.

»Erzähl mehr. Oder darf ich von meiner Zukünftigen nicht alles erfahren?«, forderte er mich mit hässlichem Grinsen auf und fasste mir unters Kinn. Am liebsten, es war für diesen Moment mein größter Wunsch, wollte ich ihm die Hand abschlagen und ihm meinen Widerspruch ebenso aufgebracht entgegenbringen, wie es in mir tobte. Stattdessen blieb ich ruhig und gefasst, sah kurz in sein Gesicht und zwang mich zu einer gespielten Geste.

»Aber, Tyler, es soll doch eine Überraschung für Madame Patrice und euer Haus sein. Ich kann es dir einfach nicht verraten.« Meine Worte klangen langsam, bedacht und wie die einer naiven Frau. Ich konnte ein unruhiges Zucken seiner Mundwinkel erkennen, weil er den Grund für mein Fortgehen nicht erfahren würde.

»Und jetzt entschuldige bitte. Du wirst dieser Überraschung doch nicht ihren Effekt nehmen wollen.«

Tyler blinzelte kurz und straffte die Schultern. »Natürlich nicht, Zukünftige. Wie könnte ich nur. Aber sei rechtzeitig zurück, ich würde es mir nie verzeihen, wenn...«

Mit einem kräftigen Schwung zog ich die Tür hinter mir zu und unterbrach damit Tylers trügerische Lügen.

Draußen versuchte ich, schnell zwischen den Menschen zu verschwinden, falls er durch die Fenster blicken würde, um meinem Weg zu folgen. Ich war jedoch geschickt darin, unterzugehen und unsichtbar zu sein. Ein wunderbares Gefühl.

Das Markttreiben im Zentrum der einzigen Stadt hatte auf den Straßen von Marenna bereits begonnen und viele Frauen waren auf dem Weg zu den Händlern. Trotz ihrer Plaudereien und Gesprächen hallten Tylers Worte wie ein Echo in mir nach.

Zukünftige. Eine unangenehme Bezeichnung, wenn sie so lieblos und kalt ausgesprochen wurde. Andere Worte für unsere Beziehung fielen mir allerdings nicht ein. Sein Verlangen nach mir als seiner Zukünftigen war ebenfalls ein entscheidender Grund, das Haus sobald als möglich zu verlassen. Auch wenn ich noch immer nicht wusste, wie ich Nate dazu bewegen sollte. Immerhin würde es nicht einfach sein, meinen eigenen Bruder zu entführen. Selbst wenn es zu seinem Schutz war.

Mein Vorhaben trug noch immer Risse in sich - ich ahnte nicht, wo ich beginnen sollte oder wie ich es am geschicktesten anstellen konnte, die Geldbeutel meiner Mitmenschen zu erleichtern. Ich brauchte das Geld. Ich brauchte es wirklich. Nate und ich mussten, sobald wir aus dem Haus von Madame Patrice geflohen waren, irgendwie untertauchen. Dazu benötigten wir so viel und nichts davon würde uns einfach in den Schoß fallen.

Denn direkt nach unserem Verschwinden würde die Suche nach uns beginnen, dessen war ich mir sicher. Und es wäre nicht Madame Patrice, die sich um uns sorgte und deshalb nach uns ausrufen lassen würde, sondern Tyler. Egal, wie sehr ich diesen Jungen verabscheute, ich war felsenfest davon überzeugt, dass er jeden Stein in Marenna nach mir umdrehen würde, um mich bis an mein Lebensende an sein Haus zu binden. Zuerst als seine Zukünftige und irgendwann als seine Ehefrau.

Ein Schauer lief mir bei diesem Gedanken über den Rücken und ich schüttelte mich. Es war vollkommen unsinnig, dass er sich auf mich fixiert hatte. Selbst seine Mutter hatte versucht, seine Meinung in etlichen Gesprächen zu ändern. Doch Tyler blieb bei seinem Entschluss und mit dem Tag meiner Volljährigkeit würde ich zu ihm gehören.

Diese Tradition kam in jeder Geschichte der Stadt vor, an die ich mich erinnern konnte. Sobald ein Mann volljährig wurde – was mit dem Erreichen seines achtzehnten Lebensjahres der Fall war –, durfte er sich seine zukünftige Frau erwählen. Das Einzige, was mich vor diesem Schicksal bewahren konnte, war ein anderer Mann, der ebenfalls Anspruch auf mich erhob. So sehr ich diesen Gedanken auch ver-abscheute, den Wunsch danach bewahrte ich sehnlichst in meinem Herzen auf. Jeder Mann wäre besser als Tyler.

Aber niemand würde mir diesen Wunsch erfüllen. Denn am Ende war ich eine Ausgestoßene, eine Frau ohne Mittel und Wege. Ich hatte keinerlei Attraktivität für eine Heirat zu bieten. Keine Ländereien, kein Anwesen. Keinen Ruf und keine Kammern voller Goldmünzen, die ihm mit unserer Vermählung zustehen würde. Nichts.

Das machte mich für den Heiratsmarkt so uninteressant wie wohl keine andere in dieser Stadt. Nur Tyler schien sich in den Gedanken verbissen zu haben, mich besitzen zu wollen … und niemand verstand, warum.

Bei einer Feierlichkeit meines Vaters hatte er mir einmal etwas ins Ohr geflüstert, das mir heute noch in den Ohren nachklang.

»Es ist, weil du so einzigartig schön bist. Keine in Marenna trägt so helles, kupferrotes Haar und hat so strahlend blaue Augen wie du. Du bist unverwechselbar und jeder soll wissen, dass du zu mir gehörst.«

Ein Zittern überkam meine Hände und ich zwang mich zur Ruhe. Sonst würde es mir unmöglich sein, die guten Leute um ihre Münzen zu erleichtern. Außerdem hatte ich Tyler und seine unheimlichen Wor-

330

te längst hinter mir gelassen, oder zumindest redete ich mir das ein. Mein Vorhaben sollte dieses Schicksal schließlich von mir abwenden und da konnte ich mir nicht mal die kleinste Ablenkung leisten. Ich würde alles daransetzen, einer anderen den Platz an Tylers Seite zu ermöglichen.

Doch niemand würde mich darum beneiden.

Die Schönen und Reichen mochten den Austausch auf den Märkten, sehen und gesehen werden. Die Frauen trugen prächtige Kleider und hatten ihre Frisuren mit den schönsten Blüten geschmückt. Zur Zeit des Marktes begegneten einem in der Stadt kaum Männer. Aber selbst wenn man dann mal einem über den Weg lief, war dieser stets ebenso gut gekleidet wie sein weibliches Pendant. Voller Stolz präsentierten sie das Wappen ihres Hauses zur Schau und machten damit den Unterschied zwischen den einzelnen Klassen deutlicher – es versetzte mir einen Stich, zu sehen, wie sie sich gaben und mir vor Augen führten, dass ich inzwischen keinen Wert mehr besaß.

Zuerst beobachtete ich das Treiben und wie die Menschen ihre Täschchen aufrissen, um an den Marktständen zu bezahlen. Ich verfolgte daraufhin eine kräftige Frau mittleren Alters, die ihren Beutel nur achtlos in die große Tasche ihres Rocks geschoben hatte. Aufmerksam lief ich hinter ihr her, bildete mir ein, das Klimpern der Goldstücke bereits zu hören. Die Frau kannte ich nicht und soweit ich wusste, war sie auch nicht aus einem erstschichtigen Haus oder eine besonders ehrenwerte Person, denn diese lernte man früh in der Stadt zu kennen. Wie gebannt starrte ich auf ihre Tasche und huschte nahe an sie heran, als sie einer anderen Frau etwas zurief. Beide lachten erfreut und gerade als die unachtsame Dame zu einer leichten Verbeugung ansetzte, glitt ich mit meiner Hand in die Tasche hinein und schnappte nach dem Beutel. Das Adrenalin schoss mir durch die Adern und ich konnte das schnelle Pochen meines Herzens hören, als ich mich zwischen die Menschen drängte, um unbemerkt in der Menge zu verschwinden. Unzählige Fragen und Zweifel schlichen sich in meine Gedanken und ich wurde das Gefühl nicht los, einen Entschluss mit fatalen Folgen gewählt zu haben. Was, wenn jemand mich erkannt hatte und identifizieren würde? Es wäre mein gnadenloser Untergang, wenn Madame Patrice von dieser Tat erfahren würde.

Gerade als ich um die Ecke in eine Seitenstraße bog, blieb ich stehen und lehnte mit dem Rücken gegen eines der Häuser. Die Mauer war kühl und ich beruhigte mit einigen tiefen Atemzügen meine anfängliche Nervosität. Erst jetzt realisierte ich meine Schandtat und betete innerlich, es möge sich gelohnt haben und Nate endlich wach werden lassen. Das hier war nicht ich und doch war es zu meinem Glück einfacher gewesen, als ich anfangs geglaubt hatte.

Mein Atem und Herzschlag hatten sich wieder normalisiert, als eine Hand nach meinem Arm griff und mich festhielt. Erschrocken fuhr ich herum. Ein Junge, nur ein wenig älter als ich, musste so eilig um die Ecke gekommen sein, dass mir keine Zeit geblieben war, um es zu bemerken.

»Psst!«, zischte er und der Schreck zuckte wie ein Blitzschlag durch mich hindurch. Jemand hatte mich tatsächlich bemerkt und war mir ohne Probleme gefolgt, während ich geglaubt hatte, entkommen zu sein. Für den Bruchteil weniger Sekunden wägte ich meine Fluchtmöglichkeiten ab, doch der Fremde hielt meinen Arm fest und war mir körperlich deutlich überlegen. War ich wirklich so naiv gewesen zu glauben, ich könnte, ohne aufzufallen, einen Menschen bestehlen? Was hatte ich mir nur dabei gedacht?

»Was soll das?«, entfuhr es mir plötzlich und ich musterte ihn. Er war keiner aus der Unterschicht, das sah ich sofort. Die braunen Haare waren, bis auf ein paar wenige Strähnen, die ihm ins Gesicht fielen, ordentlich, die Kleider sauber und sein dunkelgrüner Umhang hochwertig und mit dem Wappen eines Ehrenhauses bestickt. Deshalb verwirrte er mich umso mehr, denn er machte nicht den Anschein, als hätte er es nötig, mich auszurauben. Stattdessen hatte er sicherlich vor, mich an die Wachen auszuliefern und meinen Diebstahl zu verraten.

»Bitte, ich werde dir nichts tun«, sagte er mit ruhiger Stimme und ich blickte ihn mit deutlicher Verwirrung an. Weshalb war er mir dann gefolgt und hielt mich fest?

»Loslassen!« Ich zerrte an meinem Arm, doch sein Griff war stark, ohne aber schmerzhaft zu sein.

»Erkläre dich und ich werde dich nicht weiter aufhalten.«

Ich war mir nicht sicher, ob das ein Scherz sein sollte. Sicherlich hatte er meine Tat bemerkt und forderte nun mein Geständnis, um mich den Wachen zu übergeben. Verdammt. Was, wenn auch weitere Personen gesehen hatten, wie ich die Münzen aus der Tasche gezogen hatte? Ohne meinen Kopf zu heben, spähte ich die Seitengasse entlang und versuchte, einen Fluchtweg zu finden, bevor er mich an eine Wache ausliefern konnte.

»Nennst du das hier eine Erklärung, Mädchen?« Ein leichtes Lächeln lag auf seinen Lippen. Er wirkte so freundlich und ich wusste nicht, was mich daran mehr überraschte. Wieso jemand freundlich zu mir war, obwohl ich gestohlen hatte, oder warum ein Fremder überhaupt diesen Anstand einer Diebin gegenüber wahrte.

»Nenn mich nicht so«, zischte ich.

»Du meinst Mädchen?«, hakte er nach und ich nickte. Auch wenn ich mich gerade nicht in einer günstigen Position befand, schien es mein gutes Recht zu sein, darauf zu bestehen.

»Dann verrate mir deinen Namen«, sagte der Fremde und ließ meinen Arm los. Überrascht sah ich auf und betrachtete seine funkelnd grünen Augen.

»Damit du mich anzeigen kannst?«, fragte ich ungehalten und zog beide Arme hinter meinen Rücken.

»Ganz schön misstrauisch für eine Diebin. Mein Name ist Jayden. Und ich werde dich nicht verraten, wenn du mir deinen Namen sagst. Und dein Handeln erklärst.« Wieder dieses Lächeln, das mich kurz innehalten ließ.

»Nava«, erwiderte ich und wandte meinen Blick erneut zu Boden. Er wiederholte meinen Namen zweimal mit weicher Stimme.

»Ich habe dich beobachtet, Nava, und doch werde ich dich gehen lassen. Meine Mutter lehrte mir einst, dass das Vergeben vergangener Taten – neue, bessere erwachen lässt.« Jayden lächelte mir hoffnungsvoll zu. Meine Mutter wäre entsetzt, wenn sie mich hier und jetzt gesehen hätte. Jahrelang hatte sie uns bestes Benehmen und ehrenhaften Anstand gepredigt. Schamgefühl stieg in mir auf und ich hob nur zaghaft den Blick zu Jaydens Gesicht.

»Entschuldigung. Auch meine Mutter lehrte mich Anstand und das Wahren von Ehre und Gerechtigkeit«, wiederholte ich ihre Worte, die ich auswendig kannte. Sogar den Klang ihrer Betonung hatte ich noch im Ohr.

»Deine Tat sei verziehen und ich werde dir die Chance überlassen, eine bessere daraus wachsen zu lassen.« Er nickte mir freundlich zu, als Zeichen, dass er sich verabschiedete.

»Entschuldigung, ich war wohl nicht ich selbst«, sprach ich und deutete ebenfalls ein Nicken an.

»Nenn mich Jayden«, bat er und grinste mich vorsichtig an.

»Unsere Wege werden sich nie wieder kreuzen in dieser großen Stadt, also wieso sollten wir -«

Doch er unterbrach mich mitten im Satz. »Unsere Wege werden sich kreuzen, wenn es das Schicksal möchte, Nava. Aber selbst wenn nicht, möchte ich nicht nur der Namenlose in deinen Erinnerungen sein, der dich zur Vernunft gebracht hat.« Jayden nickte dann zum Abschied und ging durch die Seitengasse direkt wieder in die Richtung des Marktgeschehens.

Nachdem er verschwunden war, begannen meine Gedanken sofort, sich aufgeregt zu drehen. Für einige Momente hielt ich inne und versuchte zu verstehen, was soeben passiert war. Dass der Fremde mich erwischt hatte, brachte mich noch immer durch-einander und ich begann, das innere Chaos zu ordnen. Vielleicht war es ein zu voreiliger Entschluss gewesen, ihm mit demselben Misstrauen wie Tyler gegen-überzutreten. Ein Schauer glitt mir über den Rücken und ich verscheuchte den Gedanken an diesen Jungen. Tylers Frau zu werden, wo ich ihn nicht liebte, nicht einmal eine minimale Zuneigung empfand und auf eine gewisse Art sogar verabscheute, widerte mich an. Diese Ungerechtigkeit unter dem Regime des Majors, dass junge Mädchen wie Tiere verkauft und gegen ihren Willen verheiratet wurden, bestätigte die Entscheidung für meinen begangenen Diebstahl. Als müsste ich mein Gewissen damit besänftigen, dass ich das Richtige tat, indem ich gegen dieses vorgegebene Schicksal ankämpfte. Zuerst versicherte ich mich, allein in der Seitengasse zu sein, dann zählte ich die Münzen im Beutel, den ich der Frau entrissen hatte. Vierzehn vergoldete Münzen waren nicht gerade wenig, jedoch würde es nicht einmal reichen, um ein Lasttier zu kaufen. Ein tiefer Atemzug füllte meine Lunge und ich sah auf. Außerhalb der Stadt wäre das Überleben sowieso nicht in Gold zu bezahlen. *Nur in Mut und Tapferkeit,* dachte ich.

Erst dann begann ich in die entgegengesetzte Richtung zum Haus von Madame Patrice zu laufen. Meine Beine trugen mich, so schnell sie konnten, und ich warf keinen einzigen Blick zurück.